1

前情提要：

岚山之巅，神剑广场，李牧羊以弱胜强，击败止水老神仙木鼎一，再次震惊世人。

大雪漫天，红花似火，香阵冲天，宋孤独也终于踏破星空，跃入神游之境。值此契机，以宋孤独为首的势力突然发动叛变，楚先达驾崩，陆行空战死，陆氏倒台，李牧羊是一条龙的秘密也被宋孤独揭开。

众多神州强者做着成为屠龙英雄，名留千古的美梦，跟随宋孤独追杀李牧羊。

陆清明带着受了重伤的李牧羊逃离，并在逃离途中告知李牧羊，自己才是他的亲生父亲。

李牧羊还没有从自己身世的秘密中缓过神来，已经成为神游强者的宋孤独就赶了过来。为了得到龙族长生的秘诀，宋孤独将地底的幽冥之气凝成幽冥钉，打入了李牧羊的身体里……

逆鳞

NI LIN

9

柳下挥／著

时代出版传媒股份有限公司
安徽文艺出版社

图书在版编目（CIP）数据

逆鳞. 9 / 柳下挥著. — 合肥：安徽文艺出版社，
2021.10
ISBN 978-7-5396-7294-6

Ⅰ. ①逆… Ⅱ. ①柳… Ⅲ. ①长篇小说 – 中国 – 当代
Ⅳ. ①I247.5

中国版本图书馆CIP数据核字(2021)第175650号

NILIN 9

逆鳞9

柳下挥 著

出 版 人：段晓静
责任编辑：王婧婧　胡　莉
装帧设计：曹希予

出版发行：时代出版传媒股份有限公司 www.press-mart.com
安徽文艺出版社 www.awpub.com
地　　址：合肥市翡翠路1118号　邮政编码：230071
营 销 部：(0551)63533889
印　　制：湖南天闻新华印务有限公司 电话：(0731)88387856

开本：710 mm × 1000 mm 1/16　印张：18　字数：300千字
版次：2021年10月第1版
印次：2021年10月第1次印刷
定价：34.80元

目录

CONTENTS

第235章
神龙见首 / 001

第236章
黑火焚龙 / 012

第237章
鲁般传人 / 024

第238章
不死凤凰 / 033

第239章
鬼舞军团 / 048

第240章
一个不留 / 058

第241章
全军覆灭 / 067

第242章
牧羊苏醒 / 078

第243章
灯火阑珊 / 087

第244章
幽冥之痛 / 097

第245章
检查身体 / 106

第246章
假意招降 / 116

第247章
四面楚歌 / 121

第248章
有龙远来 / 131

第249章
声东击西 / 140

第250章
鲁般战车 / 149

第251章
局势有变 / 160

第252章
踏破风城 / 169

第253章
万般不甘 / 180

第254章
料事如神 / 193

第255章
不要认命 / 203

第256章
黑炎皇子 / 210

第257章
是否效忠 / 218

第258章
陆氏少主 / 226

第259章
活着忠诚 / 235

第260章
不跪龙族 / 243

第261章
三百零七 / 251

第262章
九国皇室 / 259

第263章
不会爱龙 / 268

第264章
千度求婚 / 278

第235章
神龙见首

凤凰之心是一个通过吸纳光明不停壮大自己的能量体，是世间一等一的传奇神器。

举一个例子，世间有用陶瓷做的瓦缸，有用黑铁打造的铁缸，或许也有用不周山神铁打造的传说级铁缸。

可是，不管是用哪一种材料做成的缸，它都有一定的容量，只可以装下一定数量的物品。

倘若这口缸原本只能装下一斗米，结果一下子被人往里面塞了三五斗甚至更多，那么结果就是，要么米塞不进去，要么缸被撑爆。

当然，这样的例子不太恰当。

凤凰之心毕竟不是固态的，而是能量体，谁也不知道它可以吞噬多少能量。

宋孤独知道凤凰之心的这个特点，于是一次性将“三五千斗粮食”强塞进去，不堪重负的凤凰之心一下子就被撑爆了内核，伤及凤凰本体。

受到凤凰之心的反噬，陆契机受伤严重，就连本命元神都受到暴击，五脏六腑如翻江倒海一般疼痛。

她觉得有一股力量在撕扯自己的身体。

“嗷——”

李牧羊嘶吼出声，施展身法疾速朝着陆契机扑了过去。

“砰——”

他将陆契机一把抱在怀里，没有让她直接从高空摔到地面。

李牧羊眼睛泛红，脸上的担忧无法掩饰。

谁也没有想到，一龙一凤，厮杀万年的对手，竟然在机缘巧合下成为一家人，为了保护彼此而和强大的敌人拼命。

“李牧羊……”陆契机还在不停地吐血，她看着被八根幽冥钉折磨得不成人样的李牧羊，沉声说道，“快逃！带着父亲逃走！”

“我不走！”李牧羊说道。

“快走！”

“我不走！”

“李牧羊——”陆契机又想对李牧羊发飙了。这个白痴，为什么总是这么惹人生气呢？“我还能挡他一挡，你立即逃走！不然的话，谁也走不了！”

“我不走。”李牧羊坚持道，“我走了，你就走不了了。”

“我自有脱困之法。”

“我不信。”李牧羊将陆契机轻轻地放到地面上，仰头看着全身被烈火环绕着，悬浮在空中就像一轮永不坠落的太阳似的宋孤独，咬牙说道，“要走，你走。”

“李牧羊，你这个白痴！你拿什么阻挡宋孤独？你根本就不是他的对手！”

“拿命。”

李牧羊说着，猛地冲天而起。

“轰——”

他变成了一条燃烧着的火龙，狠狠地朝着空中的宋孤独撞去。

“嗷——”

火龙咆哮。

“啪！啪！啪！”

烈火燃烧。

升龙诀！

这是以燃烧自己整个身体为代价的攻击。

这也有可能是李牧羊最后的攻击。

“找死。”

宋孤独的眼睛再次释放金色的光芒。

他整个人被“呼呼”的火焰包裹着，猛地一拳砸了出去。

“砰——”

李牧羊被打飞了。

两人相隔这么远，宋孤独的拳头就这么毫无预兆地打在了李牧羊的身上。

李牧羊的攻击被打断，全身的真气被打散。

升龙诀还没完全施展开来，还没发挥出应有的威力，势和威还没有融为一体，就那样突然终止，就像一本书没有了结尾，一幅画被人撕掉了一块。

“砰——”

李牧羊重重地摔在了雪水中。

厚雪融化而成的寒水，在李牧羊掉进去后发出“刺啦”的响声。

李牧羊的身体太灼热了，就像要把这荒野里的雪水都烧开一般。

不是升龙诀不够强，而是李牧羊的实力太弱。

正如宋孤独一开始说的那般，李牧羊只是模仿，没有真正参透。所以，在宋孤独的眼里，李牧羊的招式处处都是破绽。

雪水“噗噗噗”地响着，不停地往外冒泡泡。

李牧羊一动不动地躺在地上，脸埋在雪水里，让人看不到他此时此刻的表情。

宋孤独缓缓从高空下落，金色的双眼看向地面的李牧羊，一副若有所思的模样。

“宋孤独！”陆契机从地上爬了起来，警惕地盯着宋孤独，怒道，“你想做什么？”

“斩断因果，扼杀奇迹。”宋孤独沉声说道，“既然你们不能为我所用，那我只好将你们毁灭。真是期待你们真正长成后的模样啊，可惜……”

话还没有说完，宋孤独眼里两团金色的光芒再一次从眼眶里钻了出来，瞬间变成两个光芒万丈的大火球。

“轰——”

两个火球一左一右同时朝着地上的李牧羊砸了过去。

倘若这一次击中了，李牧羊怕是要形神俱灭了。

“李牧羊——”

陆契机大喊，再一次强行化作凤凰，一边嘶鸣着，一边挥舞着翅膀朝天空冲去，想要替地上的李牧羊接下那两个火球。

可是，那两个火球实在是太快了，瞬间即至，带着焚烧世间万物的势头，朝李牧羊砸去。

“轰——”

李牧羊被那两个火球砸中，群山嗡鸣，大地颤抖，方圆百里内的所有冰雪以及冰雪融化而成的冰水被一扫而光，蒸发成为气体。

李牧羊原本趴着的地方出现了一个巨大的窟窿，那窟窿一直向下，就像通向十八层地狱一般。

“李牧羊——”陆契机悲愤地喊道。

她朝着窟窿口扑了过去，对着深不见底的窟窿大声喊道：“李牧羊——李牧羊——李牧羊——”

陆契机一声又一声地喊着李牧羊的名字，声音一次比一次悲伤，一次比一次绝望。

她难以相信，李牧羊就这么死了。

以前，她一直想将李牧羊杀死，甚至可以说，她就是为了杀掉那条龙而存在的。

倘若不是黑龙一心要毁灭人族，她又何苦和黑龙纠缠万年，从半神之体被打成能量体，最后陷入意识海之中。

直至数万年后，两人的能量体再难以承受时代变迁而同归于尽。

黑龙将自己最后残留的神魂封存进一滴眼泪，进入初生男婴的身体，而她则封存了凤凰之心，进入了一个女婴的身体。

她防备着他，也关心着他。

因为，在这世间，除了黑龙，除了李牧羊，她没有一个朋友。黑龙不在了，李牧羊死了，她就再也没有任何存在的意义了。

李牧羊死了，她以后的漫长生命用来做什么呢？

“李牧羊——”陆契机再一次对着那无底窟窿嘶吼。

“嗷——”

苍老悠长的龙吟声从那无底窟窿里传了出来。

那声音威严、悲怆，更多的是愤怒。

仿佛感受到了强大的威胁，群山寂静，万兽伏首。

就连修行者骑的蜂鸟、火云马、闪电鹰、烟云兽等都惶恐不已，身体不停地颤抖，一些胆子小的甚至想要转身逃跑。

要不是那些修行者碍于颜面，又想看看到底是何神物出世，强行将它们拉了回来，它们怕是已经跑了大半。

“嗷——”

又是一声龙吟响起。

这一次的龙吟声比上一次更加高亢嘹亮，也更加威武霸气。

仿若凶兽从沉睡中苏醒，又仿若王者归来。

它要向世人宣告它的存在，要让世人知道它才是世间真正的主宰。

“李牧羊！”

陆契机瞪大眼睛，朝着那无底的窟窿看了过去。

“轰隆隆——”

一条黑色的巨龙从地底的世界腾起，蜿蜒盘旋。

头似牛，角似鹿，巨大的眼睛呈血红色。

利爪如刀，比世间最霸道的长刀还要霸道。

长尾如剑，比世间最锋利的宝剑还要锋利。

它的身上长满了黑色的鳞片，鳞片上面惊雷闪电密布。

噼里啪啦——

惊雷爆炸，将那漆黑的窟窿照得仿如白昼。

于是，那黑龙显得更加凶猛、更加庞大。

原本深不可测的黑色的窟窿，几乎被那黑色的巨龙填满。

神龙见首难见尾，便是如此！

盘旋！

盘旋！

上升！

上升！

“轰——”

黑色的龙头终于从那深不可测的窟窿里冲了出来，仿若用了千年万年那么漫长的时间。

“呼——”

巨龙并没有直奔九天而去，而是在陆契机的面前停顿了下来。

那双血红色的眼睛对上了陆契机的眼睛，腐蚀和毁灭的气息扑面而来。

龙族！

真正的巨龙！

这是神州传了数万年之久的“反派”，是每一个少年都想屠杀的阻碍他们救出公主的“恶魔”。

它近在咫尺。

陆契机只需伸出手，就能碰到它那仿若枯树之枝的尖角、它那和青砖黑石一般坚硬的头，以及它那布满雷电的黑色的鳞片。

丑陋、威严、巨大，并且让她如此熟悉。

天上地下，再也没有人比她更熟悉这条黑龙了。

陆契机很想伸手摸一下。

她这么想的时候，便也这么做了。

这个跪伏在地、伤势颇重的女孩子对着那条黑龙伸出了自己的手，轻轻地抚摸龙头上的黑色鳞片。

手感冰凉，她感觉自己就像摸到了一块万年寒冰。

是的，龙性热，龙血更热，但是龙的鳞片是冰冷的，且冰冷入骨。

这身体特性堪称神奇。

下一刻，陆契机感受到了一种强烈的反弹力量，千百道闪电朝着陆契机手掌碰到的部位汇集而来。

龙有逆鳞，触之必死。

世人皆以为这句话的意思是指触碰到了龙的逆鳞，便会被它凶残地杀死。

人们不知道的是，龙族本身就带着防御技能。当有人触碰它们的身体时，它们的身体会产生反弹之力，将那人弹开。

而且，高等级的巨龙身体表面密布着惊雷闪电，一旦外力介入，破坏了电流的平衡，那些惊雷闪电就会像有了生命一般，朝外力所在的位置汇集而来，并瞬间将产生外力的外物轰得粉碎。

受到的攻击越猛烈，它们身体产生的反弹之力就越大。

总而言之，龙族丝毫无愧于肉身无敌的名头。

这也是龙族的体形如此庞大，神州强者却难以伤害它们的原因。

“刺啦——”

鳞片上的闪电朝着陆契机的手掌汇集，在要轰击陆契机时，突然瞬间消失于无形，就像什么事情都没有发生过一般。

黑龙不愿意伤害陆契机。

“李牧羊……”陆契机轻声唤道。

黑龙眼睛里的红色变淡，李牧羊那双眼睛重新出现。

李牧羊和陆契机对视着，千言万语，却不知从何说起。

“呼哧——呼哧——”

黑龙沉重地喘息着。

突然，一种极其强烈的痛感从它体内传来。

那是一种要将它的骨头一根根敲碎一般的疼痛，仿佛有一根大铁钉朝着它的身体和灵魂狠狠地扎了进去。

那种痛超乎它的认知，连龙族如此强壮的身体都难以承受和抗衡。

很快，巨龙黑色的瞳孔又变红了，红得如同鲜血一样。

李牧羊的眼睛消失了。

“嗷——”

黑龙愤怒地嘶吼着。

巨大的黑龙仰天长啸，拖着长得几乎看不到尽头的尾巴朝九天之外疾冲而去。

“李牧羊——”陆契机大声唤道。

但是，她只能看到黑龙那条还未全部从无底窟窿中脱离的尾巴。

“轰隆隆——”

龙王一怒天地惊，便是如此。

神州高手看到天空中盘旋吼叫的巨大的黑龙，全部震惊了。

他们看着这一幕，一脸呆滞，有一种如梦似幻的感觉。

“那就是真龙？世间当真有龙？”

“黑龙！李牧羊是黑龙！世间怎么会有龙呢？”

“屠龙之战结束后，龙族悉数灭绝，现如今竟还有龙族藏身于人间？”

……

紧张、激动、畏惧、亢奋。

心在狂跳，血在沸腾。

何人没有屠龙的梦想？哪个没有留名青史的野心？

“此龙，将由我屠之。”

这是每个人心里浮现的一句话。

宋孤独痴迷地看着黑龙巨大的躯体，有一种由衷的幸福和满足感。

“天选之族，果然让人羡慕。”宋孤独一脸激动地说道。

他已经站在了人族修行者的顶端，几乎达到了人族修行者所能达到的最高境界。至于再上面的屠龙境，那只是传说。他不相信有人能达到那样的境界。

可是，他的器官依旧会逐渐衰竭。他就像生长到极限的一棵大树，很快就会迎来枯萎。

人族的血肉之躯难以承受他的精神需求，难以承受他对更强力量的追求。

他随时都有可能死亡。

死亡就是清零。

他所有的努力都会付诸东流。

这也是他突然出手将楚先达掀翻，将陆家重创，让宋家的地位再一次得到巩固的原因。

他总要在这个世间留下些什么。

比如青史留名，又比如子孙的富贵与权势。

龙族的身体便是宋孤独想要的身体，龙族的不死之法就是他想要得到的秘法。

可惜，李牧羊那个家伙嘴硬如斯，被他打入八根幽冥钉仍然不肯松口。

“幽冥打龙钉，自然是为打龙而造，专门对付龙族。李牧羊变成人族的时候，那样的疼痛或许还能忍受，当他变成真正的龙族时，那八根幽冥打龙钉才能真正发挥作用。现在这条黑龙一定非常痛苦吧。李牧羊，生而为龙，是福还是祸？”

“嗷——”

黑龙咆哮着从九天之外钻出来，在云海中不停腾挪。

每一个看到这庞大的身躯熟练地腾云驾雾的修行者眼里都发出灼热的光芒。

天赋其能！

这就是被上天厚爱的龙族。

可惜，拥有如此天赋的龙族，却被人族屠杀殆尽。

天可怜见，龙族总算是留下了一根独苗。

黑龙时而翱翔至九天之外，远得让人看不到影子；时而又俯冲直下，和地面的人族强者擦身而过。

舒展完身体后，黑龙终于停了下来。生命的意义在于运动，哪怕这种运动会让它的身体和灵魂更加痛苦。

“轰隆隆——”

它拖着长长的尾巴从九天之外下来，在高空盘旋。

血红色的龙眼扫视高空中的修行者，黑龙悲怆地长吼，声音苍老无比。

“尔等渺小的人类，是本王生平所见最卑鄙无耻之徒。数万年以前，尔等以‘仁义’二字驱使我族为尔等所用，又因‘利益’二字屠杀我族同胞，灭我龙族。”黑龙的声音苍凉而哀伤，含着浓得化不开的仇恨，“本王等待这一天等得太久了。毁九国，灭人族，是本王铭刻于骨血的誓言，是龙族不死不休的诅咒。

血债必须血偿，本王要让你们不得好死！”

黑龙再一次盘旋飞舞起来，并对着人最密集的地方喷了一口炽热的岩浆。

“轰——”

龙王一怒，龙焱遍地开花。

大团大团的岩浆铺天盖地而来，仿佛要将整个荒野都毁掉一般。

黑龙实在是霸道，说打就打，说喷就喷。

别人喷出来的是口水，龙族喷出来的可是岩浆，是毁灭性极大的物质。

能够紧随宋孤独的步伐追击至此的大多数是各国的精英，他们在看到黑龙张开大嘴时，立即各自施展身法分散逃跑。

可是，龙王之龙焱岂是他们轻易就能躲开的？

龙焱凶猛，而且喷射的面积极大。

飞得慢的，或者不小心跑错方向的，只要稍微沾上一点点龙焱，衣服、头发就立即燃烧起来。他们的身体或者他们的坐骑如果沾上黑龙带着腐蚀气息的口水，就会迅速被腐蚀。

“此龙极其凶猛。”

“大家快逃！”

“小心龙焱！”

……

这些修行者原本想着，好不容易遇到一条龙，无论如何都要把握这个成为屠龙英雄的机会。

可是，这还没有开打呢，他们就被这龙焱打蒙了。

在他们看来，这龙焱简直不是人力可以抗衡的。

黑龙恨死了人族，特别是人族的修行者。

数万年前，九国皇室就是召集人族的修行者对龙族挥舞起了屠刀。

倘若只是普通的百姓，又怎么可能将翱翔天上的龙族消灭？

于是，黑龙看到哪里有人，就朝哪里喷一口龙焱。

“嗷——嗷——嗷——”

巨龙咆哮，声震九天。

龙焱灭世，天降雷霆。

第236章
黑火焚龙

漫天龙焱，野火燃烧。

万兽奔走，群山呼应，荒野的草木都被点燃，荒野被搅了个天翻地覆。

黑色的巨龙盘旋在高空，对着它恨极的人族喷射出复仇的火焰。

“轰——轰——”

龙焱太过凶猛，而且覆盖面积实在太大，人族的修行者一上来就被打了个措手不及。

逃跑、躲避、反击，还有哀号。

被龙焱溅到的修行者及其坐骑或死或伤，损失惨重。

这简直不亚于天降陨石，是人力难以抗衡的灾难。

“修贤师兄快跑！龙族太过强大，不要和其硬拼！”

“黑龙凶狠，大家快逃！”

“我命休矣，我命休矣！”

……

呼喊声此起彼伏，夹杂着痛呼声。

人族修行者在第一个回合就吃了大亏。

数万年不见龙族，数万年没有与龙族战斗，几乎所有人都不知道应该如何与龙族厮杀。

屠龙故事在神州流传得所有人耳熟能详，就连幼童稚儿都念叨着要屠龙，要成为屠龙英雄。

可是，他们真正遇到巨龙时，却发现事情并不如他们之前想的那般简单。

黑龙很有战斗技巧，它先是对着聚集在一块的人族强者进行无差别的龙焱喷射，等到那些人族强者不得不四散逃开时，它才开始追杀落单者和对它没有威胁的小团体。

当然，黑龙追杀的主要是宋孤独以及之前一直帮助宋孤独的人。

它恨整个人族，但是它也清楚此时此刻最危险也最强大的敌人是谁。

黑龙不仅战斗有技巧，追杀也极有技巧。

它一开始的目的就是孤立宋孤独。

以它此时的状况，想要同时和会集而来的所有修行者厮杀，恐怕不是一件容易的事情。

所以，它先对所有的人族修行者来了一轮无差别的喷射，让他们知道龙族的强大、龙焱的可怕。

它用自己的行动告诉他们：虽然你们很厉害，但是和强大的龙族相比，你们还弱着呢！你们要认清自己和龙族的差距，不要做无谓的牺牲。

在那些修行者如它想的那样分散逃跑后，它才瞄准宋孤独，并且让所有的人族强者意识到，它最想杀掉的是宋孤独和亲近宋孤独的修行者，从其他国家赶来的修行者不是它的目标。

不得不说，它的计策是成功的。

之前一心想要屠龙的一些修行者开始旁观，开始犹豫自己到底要不要蹚这一池浑水，毕竟这种事情一不小心就会把自己的命送掉。

要成就屠龙英雄的威名，就要做好丢掉自己性命的准备。

划不来！

“孽畜！”

宋孤独趁黑龙酝酿龙焱的空隙，施展大日光术，一记日光拳朝着黑龙的躯体轰了过去。

一轮“烈日”带着“呼呼”的风声攻向黑龙。

黑龙知道这一拳的威势，不敢硬接，立即拖着巨大的身体朝着天空逃逸。

“轰——”

那轮“烈日”终究还是砸在了黑龙巨大的躯体之上，发挥出了全部的威力。黑色的鳞片生出一道又一道闪电，“咔嚓、咔嚓”的声响过后，那轮“烈日”终于变得黯然无光，消失于黑暗中。

宋孤独一击成功，立即趁势对心生惧意想逃的修行者喊道：“浩瀚神州，人族为尊。龙族暴戾凶残，所行恶事数不胜数，罄竹难书。我辈修行，一求长生，二求成名，三求不负天地仁心。为国除害，为神州兆亿子民屠龙，是我辈义不容辞之事。我乃西风宋孤独，今日将与这恶龙决一死战。”

宋孤独的声音苍老肃穆，凝重而充满威严，给修行者带来了巨大的力量，让人无比信服。

果然，受到宋孤独的蛊惑，有人高声应和。

“我乃一剑飞仙宁采尘，今日我陪宋老神仙诛杀此恶龙。”

“藏白剑派在此，李牧羊是我藏白剑派的仇人，我们定要诛杀此恶徒。”

“大武七刹陪宋老神仙屠龙。”

……

人心可用！

宋孤独最擅长的便是利用人心，将所有的力量掌握在自己的手中，最终达成自己的目的。

譬如在西风帝国朝堂上所做的一切，又譬如现在。

在宋孤独以大义号召屠龙的大旗下，神州九国有头有脸的修行者便不好意思偷偷溜走了。

不仅如此，宋孤独还以身作则。他都不怕死，其他人又有何可惧？

“诸位英雄，我们同心协力，共诛此恶龙！”宋孤独大声喊道。

说着，宋孤独一马当先，第一个朝着黑龙逃逸的方向追了过去。

其他数十名修行者也不甘示弱，一个接一个地紧随其后，组成阵形围攻黑龙。

这些修行者都是神州强者，不仅战力高强，而且战斗经验极其丰富。

黑龙刚刚现身时，他们被黑龙震慑了心神，一时间不知如何是好。在他们茫然的时候，黑龙说打就打，说喷就喷。面对威力强大的龙焱，他们毫无还手之力，只有挨打的份儿。

现在，在宋孤独的蛊惑下，数十名强者拧成一股绳，同时攻击一个目标，自然给黑龙带来了极大的威胁。

李牧羊化身黑龙，有好处，也有坏处。

好处是，他能借用黑龙本身的力量，提高自己的战斗力。

和宋孤独厮杀一番后，他早已力竭，倘若不化龙，怕是早就死在了宋孤独的大日光术下。

尽管如此，化龙之后的问题还是不小。

第一，他终究不是真正的黑龙，战斗经验不及黑龙。

第二，他的防御力不如黑龙，他此时的状态和黑龙巅峰时相差十万八千里。

他体内的黑龙不过是黑龙王的一缕神念而已。

它被封存在龙王的眼泪里，进入了李牧羊的身体，让李牧羊有了化身黑龙的能力。

可是，它终究只是一缕神念啊。

第三，也是最要命的一点，黑龙的身体太过庞大了，容易被那些强者击中，不容易躲避。

“李牧羊！”

现场只有陆契机最了解李牧羊的身体状态，她也是唯一不希望黑龙被屠杀的人。

陆契机发出一声清喝，化作凤凰，朝追杀李牧羊的修行者大军冲了过去。

今日之战，不死不休！

红狼王对那条黑龙也极其熟悉，一脸蒙地看了好一阵黑龙战斗的样子，鼻子里发出冷哼的声音。

然后，它也扑向了身边的修行者。

雪球倒是一如既往地贪玩，前来围攻它的人越多，它就越觉得好玩。它看到有好几个修行者跑过去围攻黑龙后，还对黑龙很不友善地挤了挤鼻子。

然后，它朝一名大周国的强者扑了过去。

“呼哧——呼哧——”

这是人族强者的喘息声，也是黑龙和凤凰的喘息声。

这是一场奇怪的战斗。

一方是人族强者组成的队伍，另一方是一条黑龙、一只凤凰、一只“狗”和一只狼的禽兽组合。

黑龙强大，凤凰不死，可是，它们都是新生，现在的它们还远远没有巅峰时刻的战力。

人族的天赋和体魄远远不如这一龙一凤，可是，和这一龙一凤一“狗”一狼的组合在此激战的都是人族的顶尖强者，是闻名整个神州的人物。现在的他们处于最强状态，战力已经达到巅峰。

于是，人难杀龙，龙难杀人。

战斗就这么僵持着。

宋孤独扫视全场，沉声说道：“诸位义士，恶龙强大，又有恶兽相帮，一时半会儿我们很难将它们铲除。数万年前，人族智者会集九族精英，将龙族悉数消灭。今日我们为国家计，为人族计，不如效仿先贤，集中所有人的力量，将此恶龙及其帮凶屠尽。无论如何，我们都不能让它们跑了。不然的话，以后想要诛杀它们怕是难如登天。”

“宋老神仙，您有什么计划尽管提出来，我等必当全力相助。”

“是的，宋老神仙尽管发话吧，我们信您。”

“诛杀恶龙，人人有责！”

……

“我将施展大日光术焚化世间魑魅魍魉，不知诸位义士可否将光明之力借我一用？”

“宁采尘愿借。”

“李平生愿借。”

“万里云愿借。”

……

“为国家，为人族，我就不向诸位道谢了。”

话未说完，宋孤独的身上再一次燃烧起红色的火焰。那些火焰越烧越烈，渐渐将宋孤独包裹住了。

“宁采尘助老神仙一臂之力。”

一名青冠修行者一拂衣袖，将自己体内的真元传到宋孤独的身上，火焰顿时燃烧得更加炽烈。

“李平生助老神仙一臂之力。”

一个黑袍老人轰出一拳，一股淡青色的磅礴力量传入宋孤独的身体。

“轰——”

红色的火焰变成了更加绚丽的紫红色火焰。

“侯小龙愿借。”

又有人加入。

随着加入的人越来越多，宋孤独身上燃烧着的火焰由淡红变成深红，由深红变成紫红，然后变成纯粹的白，再由白变成浅灰，变成深黑。

漆黑如墨的火焰。

诡异、邪恶，带着毁灭一切的力量。

黑龙看着那黑色的火焰，眼睛更红了。

它感觉到了危险。

“李牧羊——”凤凰张嘴长鸣，那是陆契机的声音。

“唯死而已。”黑龙说道，“你走。”

“李牧羊——”陆契机的叫声更加急切。

李牧羊说让她走，可是，这个时候她怎么可能会走?

这个固执倔强的家伙，这个疯狂又单纯的家伙，是不是永远都不懂得陪伴的意义?

黑龙的身上闪烁着无数道闪电，一道道闪电在它的鳞片上汇集。

此时的黑龙就像一条电龙，似乎要将自己毕生积蓄的雷电一次性释放完毕。

“嗷——”

黑龙发出一声怒吼，朝被黑色火焰包裹着的宋孤独冲了过去。

宋孤独睁开了眼睛。

他原本金色的眼睛变成了黑色的，就像他的瞳孔扩散，充满了他的眼眶。

他的眼睛里没有瞳孔，没有眼白，只有黑色的无底深渊。

他挥舞着两条燃烧着黑色火焰的手臂画了一个圈，结出复杂又玄妙至极的印诀。

这个印诀像佛门的经文，又像道门的符咒，又像经文和符咒融为一体而形成的怪异图形。

所有人见所未见，闻所未闻。

“焚！”

一字真言一出，宋孤独眼里飞出两轮黑色的“太阳”，这两轮“太阳”在飞行的过程中合二为一，朝着“轰隆隆”冲来的黑龙扑了过去。

“轰——”

黑色的“太阳”和黑色的巨龙撞在了一起，整个世界都陷入了黑暗之中，就像末世突然降临了。

天是黑的，地是黑的。

风是黑的，雪也是黑的。

一切都是黑的。

整个世界，再也找不到一丝光亮。

“嗒——嗒——嗒——”

红色赤霄马负重前行，火红色的马蹄抬起又落下，一次又一次地击打着地面的黑土和残冰，看起来就像一团团的红色火焰在荒原上蹁跹起舞。

战马无声，马上的骑士亦没有任何声音。

战马沉默前行，数千匹战马竟然跑出同样的节奏，姿态威武庄严，气氛沉闷肃杀。

“停！”

为首的将领勒紧马缰，右手打了一个停止的手势。

“嘎吱——”

数千匹正在奔跑的赤霄马立即停在了原地，就像被人施了定身术一般。

数千将士骑在赤霄马上，惊骇地看着天空中的奇异景象。

只见整片天空花花绿绿的，该白的地方不白，该黑的地方不黑，应该涂青色的地方用了重紫，应该涂金黄色的地方又用了橙色。就像有一个完全不懂丹青的顽皮孩童举着画笔，乱蘸颜料，在黑色的天空上胡乱地涂抹。

那像一幅完全不入流的画作，完成后又不小心掉在地上，被涌动的人潮践踏了百十遍。

一团团的野火还在燃烧，稀疏、零乱、没有章法，这里一块、那里一点地在燃烧，向着更远处蔓延。

那些云彩，那些空气……天空中的一切，都是它们的燃料。

“将军，这是何故？”一个身穿红色重甲的男人打马过来，侧脸看向宋朗。

宋朗目视前方飞霞满天的天空，问道：“你没有感觉到吗？”

“感觉到什么？”

“前方有硝烟的味道。”

左烈皱起鼻子闻了闻，回道：“确实有硝烟的味道，前方应该发生过一场激烈的大战。”

左烈一脸惊讶，又震惊地说道：“难道那是大战后留下的残影？”

宋朗伸手感受了一下风力：“如此大风，如此寒冷的天气，硝烟味弥久不散，看来那定然是一场旷世之战。”

“将军的意思是？”

“爷爷出来追杀李牧羊，定然就在前方。”宋朗说道，“我们这就赶上去探个究竟。”

“是，将军。”左烈应道。

宋朗一马当先，朝前面冲了过去。

数千身披红色重甲、手持长枪、腰悬制式长剑的麒麟军将士紧随其后，奔向那一场震惊神州的大战的发生地。

他们奔至战场时，简直不敢相信自己的眼睛。

整个战场密布着大大小小的沟渠和深坑，几乎找不到一块完整的地方。

远处的高山倒塌，更远处的河流断流。

这片沃土被彻底地毁掉了，千百年内怕是再不会有任何生命诞生。

“将军，这是……”左烈打马到宋朗的身边，出声问道。

“这是我宋家的大日光术施展时所产生的破坏力。”宋朗说道，心里却在想着：那个李牧羊竟然能逼迫爷爷施展宋家绝学大日光术，看来确实有几把刷子。难道他当真是龙族不成？

宋朗身边的小将听到宋朗的话，一个个面露崇敬之色。

“大日光术不愧是神州三大奇术之一。”

“老神仙的功力怕是和神仙一样深厚了吧，见之令人热血沸腾！”

“上次跟着将军回老宅，我有幸见过老神仙一面。老神仙确实是神仙中人啊！”

……

宋朗扫视四周，说道：“此处是大战发生地，爷爷定然就在附近。大家分散寻找，定要找到爷爷下落。”

“是。”宋朗身边的众将立即散开，各自带领着属下寻人。

宋朗扫视四周，双脚一蹬，直飞而起，朝一个凸起的山坡冲了过去。

那个山坡其实是倒塌的高山上的巨石汇聚在一起后形成的，俨然成了此处最高的地方。

宋朗飞到山坡上，果然看到了爷爷的身影。宋孤独盘膝坐在一块大石上，正闭眼疗伤，嘴角还有残留的血渍，身上的灰袍一片狼藉。

宋朗赶紧迎了过去，关切地问道：“爷爷，您怎么样？您没事吧？”

宋孤独缓缓地睁开眼睛，说道：“快追李牧羊。”

“李牧羊逃了？”宋朗大惊，比之前看到天空中的残影时还要震惊。爷爷都亲自出手拦截了，而且用了宋家的大日光术，竟然还让李牧羊逃了。李牧羊到底是什么境界？难道他的运气如此之好？

“李牧羊关系着我宋家生死。李牧羊死，宋家则活；李牧羊活，宋家则死。

无论如何，宋家都要不惜一切代价杀了李牧羊。”宋孤独虚弱地说道，“李牧羊是一条龙，是一条恶龙。”

“可是爷爷……”

“快去。”宋孤独催促道，“我已重伤他，切莫让他逃走。一旦龙入大海，再想寻此良机怕是不易了。”

“我若走了，爷爷怎么办？”

“此战伤我魂魄，耗我精神，不过不要紧，我好生休养一段时日便好。我没事，你快去完成自己的任务吧。”宋孤独安慰道。

“我留一千麒麟军保护爷爷，另带两千麒麟军追李牧羊。”宋朗见爷爷如此郑重地交代此事，不敢怠慢。

“速去。”宋孤独摆手道，“小心应战，自会有人接应你。”

“是，爷爷。您一定要保重。”宋朗说道。

然后，他身形一展，重新骑在自己的赤霄马上。

“左烈，你率一千精兵守在此地，务必保我爷爷安全，否则提头来见。”

“是，将军。”左烈拱手领命。

“麒麟军，随我屠龙！”

“哐当——”

车厢传出剧烈的撞击声。

陆契机左右摇晃，脑袋不小心撞到了坚硬的厢板，磕得头晕眼花。

她将怀里的李牧羊抱紧，让他的脑袋枕在自己的腿上，免得他被这剧烈的震动伤着。

“实在是不好意思。”坐在陆契机对面的胖子憨厚地笑着，对陆契机拱了拱手，说道，“回头我再改进改进。这次用得太急，我还没有准备好。”

陆契机冷冷地盯着这个胖子，思索着他的来历。

宋孤独借助九国数十名修行者的真元，完成了禁忌版的大日光术。

那是禁忌之术，是人族不应该拥有的力量。

可是，为了杀掉李牧羊，宋孤独不管不顾，竟然将那种力量带到了人间。

李牧羊也不惧，将全身的闪电能量汇聚于一点，以赴死的姿态朝宋孤独冲了过去。

那一瞬间，整个世界都为之震动。

天消失了，地消失了。

人也消失了。

天地间只有耀眼的白光，以及让高山塌陷、让河流断流的巨大爆炸波。

等到陆契机可以视物，想要冲过去把李牧羊救回来时，这个胖子就鬼鬼祟祟地出现了。

现在，她坐在胖子的面前，李牧羊躺在她的腿上，而陆清明则躺在了胖子的怀里。

可以这么说，这个胖子在关键时刻救了他们一家人的性命。

倘若不是他及时出现，她怕是没办法带着父亲和李牧羊逃脱越聚越多的修行者的追杀。

“处境真是艰难啊！”陆契机在心里想道。

不管是为了屠龙，还是为了得到弱水之灵，恐怕神州九国的修行者都不会放过他们。

正是因为现在的处境如此艰难，陆契机才对身边的每一个人都极其警惕。谁知道这些人到底是敌是友，这个时候靠过来有什么企图？

陆家倒台，陆行空不在了，原本的对手变成了生死大敌，原本的朋友怕是也有不少变成敌人了吧。

胖子有些不好意思地摸了摸自己肉乎乎的鼻子：“你别这么看着我，我还从来没有被这么漂亮的姑娘看过呢。我紧张。”

“你是何人？”陆契机沉声问道。

“公输垣。”胖子说道，“我之前给你介绍过的。三遍。”

“我是问公输垣是什么人，为何这个时候赶来救我们。”陆契机说道。

“因为我是李牧羊的朋友啊。”公输垣拍拍自己的胸膛，说道，“我们是生死之交，是可以为对方拼命的兄弟。”

陆契机眼神犀利，手心浮现一只火鸟。

“别别别，你可千万别激动！这飞车可抵不过你这么一掌！”公输垣连忙摆手，“我姓公输，出身于清城公输家。”

“清城公输家？”

“先祖鲁般。”公输垣脸上浮现出一丝骄傲的神色，“我这么说，陆姑娘应当了解了吧？”

陆契机看了公输垣一眼，冷冷地说道：“不了解。”

“……”

第237章
鲁般传人

“你不喜欢我。”公输垣看着陆契机说道，“你对我有敌意。”

“我对全天下的人都有敌意。”陆契机沉声说道，眼里紫光闪烁。

她的心里充满了戾气，有一种想要将全世界都毁灭的冲动。

李牧羊到底做错了什么？

他只是被那条黑龙的神魂选中了，什么坏事都没来得及干呢，就被人族折磨成这般生不如死的模样。

“凭什么啊？”陆契机在心里想道，“凭什么他们就能成为世间的主宰，仲裁善恶？凭什么他们就能高举道德的大旗对其他族群喊打喊杀？”

陆契机现在完全能体会那条黑龙的悲愤和委屈，不，数万年前就能体会。

只是，不死的凤凰是万族之母，担负着守护人族和使万物不绝的使命。

可以说，凤凰才是这个空间唯一的真神。

凤凰的力量来自光明，也来自人族的信仰。

倘若光明和人族全部消失了，凤凰的不死之身也会破损，到那个时候，整个神州都将崩溃，整个空间都会毁灭。

陆契机不想杀李牧羊，却担心李牧羊毁灭人族。这真是一个艰难的选择。

不说李牧羊，人族的种种作为，也实在让陆契机心寒至极。

她对整个人族充满了不信任，好像所有人都是有所图谋才来到她身边的。

包括这个笑得一脸猥琐的胖子。

“我明白你的担忧。”公输垣很有耐心地解释，“我知道你心里怀疑，这个时候还敢跳出来和宋孤独作对，救你们出火海的人不是傻子，就是有所图谋，可能是想要你们的弱水之灵。这种事情要是搁在我身上，我也会有这样的想法。不过，你应该听说过我。牧羊兄刚出江南在鸡鸣江和人大战的时候，就是我及时出手救出了许达将军，后来也是我一路护送牧羊兄到星空学院的山脚。那一路真是危险啊，我们遭遇了好几拨杀手，好几次都是我把牧羊兄从大刀长剑下拖出来的，不然他早就没命了，不信你问他是不是这样……”

公输垣看到李牧羊脸色惨白地躺在陆契机的腿上一动也不动，轻轻叹了一口气，说道：“等他醒了再问吧。不要担心，牧羊兄福大命大，连宋孤独都杀不死他，世间还有什么人能把他带走？”

陆契机看到公输垣对李牧羊的担忧和关怀不似作伪，这才对公输垣有了一点点的认可。

“你是陆家嫡系？”陆契机问道，“爷爷的人？”

公输垣没有直接回答，而是说起了公输家的历史。

“先祖鲁般出身于公输氏，原本是姬姓，名般。后来公输氏不断地开枝散叶，公输氏的人也分散到了神州各地，因此也就有了不同的姓氏，譬如大家所熟知的鲁姓以及姬姓。而我们这一支最为正统，一直以公输为姓。

“不管族人居住在何地，或者以何字为姓，大家共同传承下来的都是先祖的那一套器械之法。

“先祖以器械之法入道，是享誉神州的强者。因为先祖极擅机关破城之技，所以各国皇室大力拉拢先祖，最后先祖前往大晋，被晋王奉为‘国傅’。

“先祖临终之前，将毕生所学写成一本书，名为《鲁般书》。此书被公输氏视为传家之宝。没想到怀璧其罪，大晋国的太子白琪极喜此书，想要将其占为己有。威逼利诱不成，白琪竟然派遣手下大将王剑前来抢夺。公输氏被屠大半，最后仓促间逃往与大晋相邻的寒谷关。

“当年驻守寒谷关的便是陆家的陆峥嵘将军，是陆老将军挡下了王剑的数万大军，接纳了公输一族。陆老将军担心西风帝国的当权者觊觎甚至抢夺公输氏手里的《鲁般书》，担心公输氏才出狼窝又入虎口，便为公输氏提供足够的车马食物，趁夜将公输一族放走，任其自行藏匿。

“由始至终，陆老将军不曾询问过《鲁般书》一句，更不曾对它有任何觊觎之心。而且，据我们族人所知，陆老将军刚刚放走公输一族，得到消息的西风皇室便派来使者，要求陆老将军无论如何都务必将公输一族请至天都。那个使者最后被陆老将军一句‘已做足礼数，送贵客离开’打发掉了。当时的西风皇室还大为愤怒，对陆老将军罚俸数年，甚至在兵器粮草上也大为克扣。

“公输一族感念陆老将军之恩，在荒僻之地站稳脚跟之后，得知陆老将军与敌军对阵之时无兵器战甲可用，便聚集全族之力为陆老将军打造了狼头盔和黑魔甲。”

“狼头盔和黑魔甲竟然是你们公输氏打造的？”陆契机大为吃惊。

陆家的狼骑军天下闻名，狼头盔和黑魔甲功不可没。但是，陆家对狼头盔和黑魔甲的来历一直缄口不言，对外只称是陆家自己的兵器作坊打造的。

没想到，这两样战场杀器均来自器械之祖鲁般的后人。

“正是如此。”公输垣一副骄傲的模样，“公输氏感念陆家大恩，将最优质的战甲和兵器送给陆家。公输氏的族人也隐姓埋名至陆氏族人的军帐做幕僚。机关风水，攻城器械，只要是和此道有关的，公输一族都能为陆家提供最大的支持和助力。两家携手前行，陆家以赫赫战功一步步地稳固了帝国第一将军世家的名望地位。两家情分由此而来。上一次许达将军被抓，我被派去营救也是因为我懂得机关和破船之法，能在监察司的重重看守下把人带出去。也正是因为上次的巧遇，我才和牧羊兄有了交集，并且结成生死兄弟。”

原来公输垣是陆家友族的子弟，陆契机看向公输垣的眼神柔和了许多，她问道：“你是得到消息，所以赶来营救的？”

“不错。”公输垣点头，“我在寒谷关打磨我的穿云雀，得到消息之后第一时间带着我的穿云雀赶来救援。陆家遭此大难，我们公输氏定然不会袖手旁观，想必家族现在已经在思考救助之法。”

“谢谢。”陆契机对着公输垣深深鞠躬。

“用不着，用不着。”公输垣羞红了脸，连连摆手，“你只要不要用那样的眼神看着我就好了。我怕羞。”

“……”

“理应如此。”陆契机沉默了一会儿，沉声说道，“救命之恩，如同再造。

倘若不是你及时出现，将家父和李牧羊拖至这穿云雀中，我们怕是已经被那些人杀死了。”

“轰隆隆——”

巨大的摇晃声再起。

陆契机抱着李牧羊左右摇晃，等待着这一次震动停止。

云海中，由木头打造而成的穿云雀正在卖力地扇动着两只巨大的翅膀，“嘎吱嘎吱”地朝前方飞去。

正如公输垣所言，这只穿云雀还没有完全打造完成，模样看起来极其丑陋，尖长的脑袋上没有眼睛，也没有细嘴，甚至连毛发都没有。

两只巨大的翅膀舞动起来时嘎嘎作响，看起来打磨得还不够圆润。更让人难以接受的是，这只穿云雀有三条腿，左侧两条，右侧一条。

穿云雀看起来就像一个畸形的怪物。

“实在是不好意思，因为来得匆忙，我还落了穿云雀的一条腿没有装上，所以被强风袭击时，穿云雀就有些跌跌撞撞的，不太平稳。等回去后，我立即给它装好。”

“不碍事。”陆契机说道。知道了公输垣的来历，以及公输家与陆家的渊源之后，她看这个胖子的眼神温和多了。

“嘎吱——嘎吱——”

穿云雀在云海中起伏，突破强劲的寒风，终于进入了安全区域。

“我们现在要去何处？”公输垣询问。

“风城。”陆契机说道。

“好的。”公输垣点头，“风城是陆氏祖宅所在之地，也是陆氏兴起之地，理当安全。”

“我们去了，那里就不安全了。”陆契机冷冷地说道。

父亲生死未卜，李牧羊昏迷不醒，现在她最应该做的事情就是找一个安稳隐蔽之地藏起来，以免被那些紧追不舍的修行者找到。

可是陆契机知道，倘若李牧羊还有一丝神志，定然会嘱托自己带他去风城。

因为，那里有他的父母和妹妹，他们正面临着巨大的危险。

还有，“三魂七魄”正护送着她的母亲以及弟弟等陆氏族人前往风城。倘若在路上能与他们会合就再好不过了。

“也是。”公输垣点头，“我们去了，就把敌人也吸引过去了。”

“我们就是他们的敌人。”陆契机眼里杀意乍现。

那些背叛者终将受烈火审判，走向死亡。

公输垣并不知道陆勿用叛变的事情，看到陆契机杀气腾腾的模样，惊道：“风城有变？”

“陆勿用投靠了逆贼，囚禁了李牧羊的家人。”陆契机沉声说道，脸上带着掩饰不住的担忧。

李牧羊的家人并不是她的家人，她对罗琦、李岩几乎没有任何感情，和李思念甚至连面都没有见过。李牧羊的父母和妹妹被接到天都时，她已经和伙伴们去星空学院求学了。

现在，李牧羊的身份曝光，她和李牧羊成了一家人。

李牧羊此时昏迷不醒，没办法亲自去解救自己的家人。作为他的故友，或者说天敌，她理应考虑一下他的情绪。倘若李牧羊此时此刻是清醒着的，他要做的第一件事情是什么？

“陆勿用竟然如此狼心狗肺！”公输垣大怒，胖脸都憋成了紫红色的，“陆老将军视他为子侄，待他不异于自己的亲生儿子，甚至将陆氏的祖宅和大后方交到他的手上。没想到，他竟然临危叛变，在背后玩了一记这样的阴招。这样的人，简直是百死难抵其罪。”

“此番前去，正为取其狗命。”

听到公输垣的话，陆契机感觉心里稍微舒服了一些。她和李牧羊不同，她的记忆一直很清楚，也就是说，她早就知道自己是不死凤凰。但是，多年的养育之恩，多年的相处之情，使她对父母和陆家都有极深的眷恋。见他们受委屈，被人如此对待，她的心里恨意滔天。

陆勿用这些原本被他们信任的陆氏族人，过春节的时候她都要称呼叔伯的长辈，在最关键的时刻捅了陆家最凶狠的一刀，她更是难以接受。

凤凰浴火重生，既然喜欢玩火，那脾气自然是相当火暴的。

无论如何，她都要到风城找陆勿用他们讨一个公道。

“有一句话我不知道当不当讲。”公输垣犹豫地说道。

“不当讲那就不讲。”陆契机说道。

“我还是说说我的一点点浅见吧。”公输垣知道陆家这位大小姐不易相处，脾气火暴，于是小心翼翼地说道，“我能理解陆小姐对陆勿用他们的仇恨，但是，我觉得君子报仇，十年不晚。风城是边疆重镇，陆勿用手里握着十万大军，手底下猛将如云。倘若咱们在愤怒之下一头栽进去，那不是自投罗网吗？牧羊兄现在生死未卜，陆总督也是如此，而且陆小姐看起来也受伤颇重。虽然我有一定的战力，但是俗话说得好，双拳难敌四手，乱拳可以打死老师父。不如我们先找一处藏身之所，等牧羊兄和陆总督清醒过来，陆小姐也借机治疗一番，那个时候，我们再人马齐整地杀到风城，将陆勿用剥皮抽筋，想干什么就干什么。你说是不是这个道理？”

“你说得很有道理。”陆契机点头。

“陆小姐是天都有名的聪明女子，一点即悟。”公输垣称赞道。

“但是，我不准备听从你的建议。”陆契机说道。

“……”

公输垣觉得自己再次受到了伤害。

“我们可以等，李思念可以等吗？”陆契机反问，“倘若在我们疗养的时候，李思念遭遇了什么不测，等李牧羊醒来，我们要如何向他交代？”

“可是，至少，我们保住了他的命啊。”

“你要是怕死，就带我父亲和李牧羊离开。我一个人去风城。”陆契机道。

“谁怕死了？”公输垣脸红脖子粗地吼道，“谁怕死了？谁怕死了？不就是风城吗？就算是鬼城，我公输垣今天也跟你去！”

“这才像一个男人。”

“……”

公输垣咧嘴傻笑。

“她夸我咧。”

笑着笑着，公输垣又觉得有些不对劲。

“嘎吱——嘎吱——”

穿云雀再一次剧烈地摇晃起来。

公输垣赶紧背靠木壁，抱紧陆清明，说道：“遇到激流，大家小心一点。”

“咔嚓——”

一声清脆的响声传来，好像是什么物体断裂的声音。

“嘎吱——”

穿云雀巨大的身体突然倾斜，它肚子里的几个人立即朝着一边翻滚而去。

公输垣脸色惨白地说道：“左翼断了。这怎么可能？没有道理啊，没有道理啊。我用的可是鬼山红荆棘，那是世间最坚硬的木料之一。”

“咔嚓——”

穿云雀的身体又有什么部位遭到了攻击，发出木头断裂的声音。

“有人袭击。”陆契机冷冷地说道。

“那些人追上来了？”公输垣转过身去，抽开身后的一块小遮板，果然看到后面有几个修行者正紧追而来，朝着他们乘坐的穿云雀攻击。

“现在怎么办？”公输垣急忙问道。

“加速。”陆契机咬牙说道。

她将李牧羊放在木板上，弓着身体，随时准备出去和那些追杀而来的修行者战斗。

“将那只木鸟打爆，那条恶龙就在里面！”

“屠龙之功，就在今日，就在此时！”

“诸位，可敢与我一起屠龙？”

……

那些修行者满脸亢奋地朝断了一只羽翼，正急速向下坠落的穿云雀冲去。

他们大多数是借力给宋孤独施展大日光术的修行者。当然，那些借力的修行者各有心思，有人借力多，有人借力少。那些借力多的，在辅助宋孤独施展大日光术之后，本身精力耗尽，赶紧逃到安全之地休养去了。这些借力少的，本就存着其他心思。等宋孤独脱力难起，其他修行者各自散去之后，他们便立即追赶上来。

无论是夺取屠龙英雄的名号，还是擒获人人眼馋的弱水之灵，他们的成功机会都大大增加。

公输垣听到“加速”的指令后，猛地扳下穿云雀头部一把巨大的板斧。

“嘎吱——嘎吱——”

断了一只羽翼的穿云雀果然开始加速，残留的那只翅膀挥舞得更快了，细长的脑袋拼命地向前冲去。

“轰——”

一团红色的火焰袭来，穿云雀的腹部立即燃烧起来。

火借风势，越烧越旺。穿云雀的腹部似乎很快就要被烧透了。

公输垣脸色大变，说道：“我们要开始降落！”

“现在降落？”陆契机拧起秀眉，透过透风孔看着外面紧追不放的修行者，说道，“我们恐怕会被他们困住。”

“没办法。”公输垣无奈地说道，“这穿云雀还没有完全打造完成，没有添加防火的装置。我们再不降落，就会在里面被烤成焦炭。”

“你的意思是，这只穿云雀除了飞翔，没有其他任何作用？”

“本来是可以战斗的。”公输垣一脸尴尬，“当年先祖打造的穿云雀可驭风飞翔，还可辅助主人战斗，肚子里机关重重，堪比一只战斗力强大的神兽。”

“那你这只呢？”

“我还没能以器械入道。所以，它只能穿云。”

“……”

在公输垣的操纵下，穿云雀开始朝地面降落。穿云雀掠过群山之巅，穿过山林之顶，朝着一片巨大的平原落去。

噼里啪啦——

那是穿云雀的身体被烈火焚烧的声音。

“嘎吱——嘎吱——”

这是穿云雀拼命挥动翅膀，朝着地面降落的声音。

“轰——”

巨大的穿云雀重重地落在地面，三条腿站立不稳，朝前方疾跑了一段路后，“扑通”一声摔倒在地上，朝着前方急滚。

噼里啪啦——

那是穿云雀肚子里的乘客撞击厢板的声音。

等穿云雀好不容易停下来，顶板被打开，鼻青脸肿的公输垣率先从里面跳了出来。

而后，他伸出手，将陆清明从穿云雀的肚子里拖了出来，接着又把李牧羊拖了出来。最后是陆契机自己从里面跳了出来。

公输垣抱着陆清明就往前跑，一边跑一边对着陆契机喊道：“快跑，穿云雀会爆炸！”

“……”

陆契机有一种把这胖子收拾一顿的冲动。这胖子在穿云雀的肚子里吹嘘半天，说自己是鲁般传人，结果制造出来的穿云雀除了飞翔，什么功用都没有，落地之后还会爆炸。你没必要这么坑害自己吧？

陆契机不敢耽搁，抱起李牧羊就朝前面狂奔。

“轰——”

一声巨响传来。

那只穿云雀在烈火的焚烧下，突然爆炸开来，四分五裂，散乱的木片撒了一地。

“这是为了保护知识产权。”公输垣一边奔跑一边向陆契机解释，“我们公输氏的作品，不能被外人抄袭。”

“……”

第238章
不死凤凰

陆契机终究还是被人拦截了下来。

她原本就受了重伤，连凤凰之心都出现了裂痕。倘若不是公输垣及时驾驶穿云雀赶到，恐怕她已经被宋孤独等人杀了。

宋孤独他们可不在乎她是不是万族之母，也不在乎她为人族的延续做出了多大的贡献。

为了成就自己的威名，为了获得巨大的利益，没有什么事情是他们不能干、不敢干的。

活了这么多年，陆契机很清楚地认识到了这一点。

她负伤逃跑，又拖着李牧羊这个昏迷不醒的累赘，想要跑过那些驭风飞行的神州顶级修行者实在是一件很艰难的事情。就算还处于巅峰状态，她也不一定有逃掉的把握。

公输垣也一样。

他虽然身材肥胖，但是动作极其敏捷，是一个速度极快的胖子。

他抱着陆清明没头没脑地向前冲，一不小心撞到了一个修行者，他抬头看了一眼，连忙道歉——“不好意思，我走错路了”，而后转身就朝相反的方向逃跑，结果被人一巴掌拍翻在地。

陆契机和公输垣背靠着背，警惕地盯着从四面八方围拢而来的修行者。

“小爷招你们惹你们了？你们用火烧了小爷的穿云雀，现在又跑来挡住小爷的路！”公输垣就是这样，不管对方来的是谁，自己都要先占住道理。

“你和公输誉是什么关系？”一个骑在蜂鸟背上的美须男人问道。

“小爷和我爷爷是什么关系和你又有什么关系？”公输垣一脸怒意地吼道。

他顿了顿，又语带希冀地问道：“你认识我爷爷？你们是不是故交旧友？你们是不是情同手足？”

美须男人停在半空，倨傲地说道：“就算是你爷爷公输誉亲自过来，也不敢在我面前称爷！你小子是何辈分，也敢在我面前称爷？信不信我一巴掌拍死你？”

“神经病。”公输垣露出一副很嫌弃的模样，“我说我是你孙子，你就不会拍死我了？”

“你……”

“你什么你？既然左右都要被你拍死，那还是让小爷做你的爷爷过过瘾！”

陆契机警惕地盯着前面的拦路敌人，很不耐烦地对己方战友说道：“和他们废话什么？要打就打，要杀就杀。这个时候说这些还有什么用？”

“我就是想拖延一点时间。”公输垣小声说道。

“你以为还有神兵天降不成？”陆契机对这胖子的这点儿小心思嗤之以鼻。

她自己负伤在身，胖子实力不行，李牧羊和父亲昏迷不醒。别说他们被一群修行高手围攻，就算周围这一群人中只站出来一人，也能轻易将他们除掉。

到了这种绝境，胖子竟然还做着有人来拯救他们的美梦，实在是幼稚至极。

陆契机心高气傲，做事干脆利落，实在受不了公输垣这种婆婆妈妈的作风。

“一堆木头都可以在天上飞，还有什么事情是不可能发生的呢？”公输垣据理力争，“你看，在我和他们说话的时间里，咱们不是又多活了一息的时间吗？这种感觉是不是很美妙？”

“……”

美须男人盯着陆契机怀里的李牧羊，说道：“把他交给我，或许我可以饶你不死。”

“坏人总是死于话多。你们明明知道我不可能答应你们的条件。”陆契机声音冰冷地说道。虽然处于劣势，但是她看向那些拦截在前面的神州强者时，仍然是一副居高临下的姿态。她的眼里流露出这样一种意思：尔等皆是蝼蚁，根本没资格和我谈判。

“找死！”美须男人恶狠狠地说道。

“无已兄，何必气愤？”一个身穿白袍、白面无须的中年男人贪婪地看着陆契机说道，“这姑娘容颜绝美，天赋过人，是上好的鼎炉人选。诸位兄长想要成就屠龙伟业名留史册，这个美人就留给小弟吧。你们也知道，小弟修炼玉男心经，恰好需要一个上品鼎炉来破境重生。”

“逍遥子，谁不知道你好色如命？这姑娘落到你手里能有好下场？我宁愿将她带回去做一个洒扫煮茶的丫鬟，也不会任由她被你带走。此乃有违天道之事，我定然阻止。”

“百命书生，你的名声又比我好到哪里去？别以为你做的事我不知道，你还有脸和我说什么有违天道？当真天道好轮回的话，你不知道要被雷劈多少回了！”

“你找死！”

“你这老东西，不想活了？”

“闭嘴！”美须男人周无已发出一声大喝，怒道，“两位皆是成名已久的人物，怎能当众说出如此不堪之言语？也不怕传出去被人笑话！”

逍遥子冷笑连连，毫无廉耻地说道：“修行破境，皆在自由，在心意。我天生喜好那些绝色美人，又有什么不可与外人言的？神州九国，哪一国的皇室成员不是妻妾成群？他们为的是什么？”

“逍遥子，你休得辱我皇室！”一个衣衫华丽的人怒道。

“难道我说错什么了吗？”

……

公输垣心里乐开了花，低声对陆契机说道：“你看，我们多说几句话，说不定就能引发一场内乱。反正说话又不要钱，试试也无妨。”

“那是你的那番废话招惹来的吗？”

“当然，你的美色也帮了一点儿小忙。”

“……”

这群修行者中终究有冷静之人，他们眼神凶狠地盯着李牧羊说道：“任由他们争吵，我们自行去屠龙。”

“白休兄言之有理。我们自行动手吧。如此恶龙，我们不能让他久行于人间危害世人。”

“杀！”

一人飞跃而起，手持巨剑朝着陆契机劈斩而来。

他们不仅要斩杀李牧羊，还想把抱着李牧羊的陆契机一起杀掉。

什么美女，什么鼎炉，在他们的眼里一文不值！

“轰！”

陆契机的身影在原地消失，天空中出现了一只巨大的周身燃烧着熊熊火焰的凤凰。

陆契机再一次化作神禽，以本命元神来和这些修行者抗衡。

不然，以她本身闲云境的实力，和那些不是星空境就是枯荣境的高手相拼，只有被他们瞬间击杀的份儿。

凤凰的两只爪子合拢，李牧羊就这样被它紧紧地搂抱在怀里。

它不敢将李牧羊放在地上，在他没有任何自保能力的情况下，他随时都有可能被人斩杀。

要知道，这些千里迢迢追来不肯放弃的人就是为了屠龙，而李牧羊龙族的身份又已经曝光。

“咔嚓——”

第一剑落空，那人持剑飞起，又朝着凤凰所在的方向劈出第二剑。

凤凰不敢硬接，朝着云霄逃窜。

“锵——”

凤鸣声起，响彻八方。

“妖物，想逃？”那些修行者知道凤凰已经受伤，怎肯放过这个将它斩杀的机会？

他们一个个冲天而起，朝想要逃逸的凤凰追了过去。

“咔嚓——”

有人劈来一道惊雷。

“嚓——”

有人斩来一道剑气。

"轰隆——"

拳影憧憧，掌影翻飞。

凤凰朝着九天之上疾飞而去，四五名修行者跟在它身后对着它狂追猛打。

你劈一记重剑，我挥一记重拳。修行者轮番攻击，彼此配合，让陆契机化身的凤凰防不胜防，根本就没有反击之机，只有被动挨打的份儿。

"锵——"

凤凰悲鸣，声音仿佛可以撕破长空。

它的后背被人劈了一刀，身上的火焰掉落大半，自己也跟着急速下坠。

"扑棱——扑棱——"

即便疼痛难忍，它仍然拼命地挥动着翅膀。

在即将坠落地面时，凤凰又一次昂首飞起，再一次冲向云霄。

更多的修行者冲了过来，无论是不死凤凰还是李牧羊那条龙，对他们而言都有巨大的吸引力。

"砰——"

凤凰被人砸了一记炼金霸咒。

"轰——"

凤凰的翅膀被人斩了一记五色妖刀。

一系列攻击落在凤凰身上后引发连续不断的声响。

凤凰用自己庞大的身躯，一次又一次地将那些攻击挡在身后。

此时此刻，凤凰浑身伤痕累累，身上的火焰全部消失，眼睛被戳瞎，还断了一只翅膀和一只爪子。

全身浴火、高贵不凡的不死凤凰，变成了一只残缺丑陋的鸟。

可是，它仍然拼命地扇动它剩下的唯一一只翅膀向前飞翔，用它剩下的唯一一只爪子将李牧羊抓在怀里，护在自己的羽翼下。

凤凰与黑龙厮杀万年，却也是彼此最好的同伴。

"你们这些孙子！"公输垣看到所有人都追着陆契机打杀，自己抱着陆清明站在原地无所事事的时候，心中还有一丝不岔。

大家都是人，这些人凭什么只注意他们不注意我啊？

不过，公输垣转念一想，自己是人，可李牧羊和陆契机一个是神兽，一个是瑞禽，心里的那一点点不平衡又消失不见了。

人怎么能和神兽瑞禽相提并论呢？

他曾有过那么一丝丝的念头，想着趁追杀的人不注意，自己抱着陆清明赶紧逃跑。

有多远就跑多远。

李牧羊是救不下来了，可是他要把自己救下来，也要把陆清明救下来。

只要陆清明还活着，陆家就不算彻底灭绝。

他鼓起腮帮，下了好几次决心。

“说好了我们是生死兄弟，要生就一起生，要死就一起死。”

公输垣终究还是决定留下来和李牧羊并肩作战，不，是为了李牧羊而和陆契机并肩作战。

围攻之下，陆契机的伤势越来越严重。

而受伤越严重，反击以及躲避的能力就越弱。

眼见着折了一只翅膀的凤凰即将被那群修行者打落在地，公输垣又急又怒，从怀里摸出一条用木头打造的蜈蚣，按了一下蜈蚣的尾端机关的按钮，那蜈蚣顿时仿佛活过来一般脱手而出，“嗖”的一声钻进了土里。

公输垣的嘴里念念有词，然后他猛地大喝一声：“起！”

“轰——”

蜈蚣从地下破土而出，变得很大，仿若巨蟒，“呼”的一声腾空而起，张开尖嘴，挥舞着密密麻麻的爪子朝那些修行者冲了过去。

“砰——”

“咔嚓——”

那些修行者正要将陆契机和李牧羊赶尽杀绝，一条巨型蜈蚣突然冲到他们前面张牙舞爪，他们立即十八般兵器齐使，你一剑我一掌，很快就将那巨大的蜈蚣打落在地。

巨型蜈蚣的出现只是一刹那，却也暂时缓解了凤凰的危机，使它能挥舞着仅存的一只翅膀朝远处飞翔。

公输垣将陆清明放到地上，对着天空高喊：

“孙子，你爷爷在这里！

“你们快来打我啊！

“孙子，来打你爷爷啊，不来你们就是我亲孙子！

“你们就是一群疯狗，是一群白痴，是一群徒有虚名的废物！

“来啊，来打你爷爷啊……”

公输垣叫得声嘶力竭。

“砰——”

“轰——”

“咔嚓——”

那些修行者果然听话，立即朝公输垣所在的地方发动了最猛烈的攻击。

拳风阵阵，剑意重重。一个火球降落，将公输垣刚才站立的地面轰出一个巨坑。

公输垣早已逃离，他从腰间拔出一把微型斧子，对着斧子吹了一口气，那斧子便变成了擎天巨斧。

他挥舞着手里的擎天巨斧，吼道：“孙子，你们爷爷在这里！你们快来打我啊，有本事来打我啊！”

他又对着陆契机所在的方向吼道：“陆小姐，这些孙子交给我，你快带李牧羊逃跑，有多远跑多远！”

“小子找死！”周无已一手持剑，猛地朝公输垣劈了过来。

“孙子找死！”公输垣挥舞着巨斧，狠狠地朝周无已挥了过去。

剑气呼啸，斧头嗡鸣。

青色的剑气和火红色的巨斧重重地撞击在一起，公输垣直接被打飞了。

“砰——”

公输垣重重地砸在地上，将地面砸出一个巨大的雪窝。

“咔嚓——”

凤凰的另一只翅膀也被人斩断，“砰”的一声，凤凰摔落在地上。

落地之后，凤凰在地上不停翻滚，一直滚到离公输垣不远的地方才停下来。

它的一只爪子没办法再抱住李牧羊，李牧羊从它的羽翼下滚出来，身体僵硬、双眼紧闭地趴在雪地上。

“嗖——”

凤凰消失，陆契机口吐鲜血，躺在地上难以动弹。

公输垣努力从雪窝中爬起来，喊道：“李牧羊——陆契机——”

“噗——”

陆契机的嘴里再次喷出一口鲜血，有着倾城容颜的她变得凄艳而狼狈。

“陆契机——陆契机——”

陆契机没有回答，也没办法回答。

她脸色惨白，身体虚弱到了极点，连起身的力气都没有了。

她抬起手，朝着李牧羊摔倒的位置抓过去。

可惜，她的手一次又一次地落空了。

“陆契机——”公输垣悲愤地喊道。

他怒目圆睁，胖脸变成了紫红色的，怒吼道：“孙子们，来啊，来杀了爷爷！爷爷要和你们同归于尽！”

“就凭你？”逍遥子冷笑道。

“一只蝼蚁而已，一脚踩死就算了，何必与他多费口舌？”

“就是，我们为恶龙与那只火鸟而来，你算什么？”又有一名修行者落地。

众多修行者纷纷降落，将公输垣以及躺在地上难以起来的陆契机、李牧羊围在中间。

“诸位，屠杀恶龙，就在此时！”周无已高声叫道。

“大家一人一记，想必恶龙再无生还的可能。”有人提议。

李牧羊现在昏迷不醒，可任由他们出手，可是，要是由一个人出手，那就只有一个人成为屠龙英雄。那样的话，其他人的一番苦战又有什么意义？

所以，此人提议每个人出一招，各展绝学，人人都不落空。

“我先来。”逍遥子喊道。

“凭什么你先来？若论功绩，自然是我先来！”

“是我第一个伤到那只火鸟的。”

“是我斩了那凤凰的翅膀。”

“是我西风的宋老神仙施展大日光术将他们击败，理应我们西风的宋老神仙先出手。”

……

公输垣狂笑出声，指着那些修行者骂道：“你们这些道貌岸然的老东西，一个个装腔作势，自诩什么人族精英、神州强者，高高在上地俯视众生，自命不凡，以为天上地下唯我独尊，除了自己以外，其他人皆是蝇虫蝼蚁。没想到啊，真是没想到啊，你们这么多人，加起来都有几千岁了，却围着一个已经失去了神志昏迷不醒的少年争得面红耳赤，争论的竟然是……竟然是谁先砍第一刀，对着一个昏迷不醒的人砍第一刀……

“哈哈哈，笑话啊，真是天大的笑话！你们知道自己有多么可笑吗？你们又知道自己有多么卑鄙无耻吗？可惜啊，可惜你们看不到自己的样子，不然的话，你们一定会吐上七天七夜吃不下饭！

“这就是你们的真面目？这就是你们的修行破境？这就是你们追求的清心寡欲？为了一个屠龙英雄的名声，什么龌龊的事情你们做不出来？

“来啊，你们这些老妖怪，你们来杀了我啊！死在你们这些恶心的人手里，我一定会变成厉鬼，掉进十八层地狱。我会在十八层地狱等你们。你们根本就不配得长生，更不配入仙府。你们会和我一样，掉进十八层地狱，永世不得超生！”

“砰——”

周无已伸腿，一脚将公输垣踢飞了。

少了那个说话“恶毒”的胖子，大家的情绪一下子好了许多。

“诸位同胞，铲除恶龙是我辈应尽之职责、应担之义务。此胖子毫无人族的底线，与恶龙相交，自然也不是什么好人，我们杀了便是。为了天下苍生，我道遥子愿意第一个出手屠龙。”

说话时，逍遥子将手里的铁扇“啪”的一声打开。

铁扇闪烁着一团黄色的光芒，那是修炼玉男心经的人的真气的颜色。

铁扇光芒大炽，凝聚起来的黄色光华变成了一把大刀，刀刃上咔嗒作响。

“恶龙，去死！”

说着，逍遥子挥舞着手里的铁扇，猛地朝李牧羊斩了过去。

李牧羊躺在那里一动不动，一副任由铁扇长刀斩落的模样。

“轰——”

一阵微风吹拂过来，逍遥子横飞了出去。

“嗖——”

他的身影越飞越远，远到让人看不到了。

这是何故？

不是要屠龙吗？怎么屠龙英雄飞走了？

在场诸人都是强者，他们感觉到异样，立即朝天空看了过去。

高空中，一个身穿白袍、头戴荆棘王冠的老人缓缓降落。

“此子不可杀。”

“你说不可杀就不可杀了？你是何人？”

“孔雀王朝，嬴无欲。”老人声音温和，脸上带着淡然的笑意，看着在场的众多修行者。

孔雀王朝。

据说自创始神开天辟地以来，有人类的时候，就有了孔雀王朝。

但是，在万万年的历史长河中，这个王朝时而达到鼎盛，一统天下，又时而分裂，诸侯遍地，甚至在很长一段时间里，孔雀王朝直接消失在人们的视野，没有在史书里留下一笔。

孔雀王朝会消失，但是嬴姓一族从来不曾消失过。

孔雀王朝的第一任君王便是嬴氏之人，也是完成神州一统的始皇帝。后来孔雀王朝分崩离析，神州便进入了群雄割据的时代。

天下分分合合，各国战战停停。

或挟雷霆之势登上九五至尊之位，或隐于市野神龙见首不见尾，说的便是嬴姓之人。

一千多年以前的那场神州大浩劫中，布衣出身的天才修行者嬴千孤率领一群师兄弟再次创立了孔雀王朝，将那个古老的名字从历史的烟尘中扒拉了出来，让它迸放出耀眼的光芒。

在这一千多年的发展中，孔雀王朝的国力越发强盛，在神州人眼中，孔雀王朝是能与西风、大武分庭抗礼的帝国，是三大帝国之一。

孔雀王朝很可怕，因为它是不死的王朝。

在人族的权力变迁中，消失的国号不计其数。可是，这里面不包括孔雀王朝。每一个嬴姓人奋起重建国家时，都会以“孔雀”为名，让孔雀王朝世世代代延续下去。

嬴姓人更可怕，因为他们就算暂时沉寂，被别人取代，但是，所有人都清楚，他们很快就会东山再起。

“没有人能够夺走他们的权势，更没有人能够抢走他们的女人。”

这是《孔雀王朝编年史》里对嬴姓人的一句评语。

现在，站在他们头顶上方，一出手就将逍遥子打得不见踪迹的老头子就来自孔雀王朝，而且，他说他姓嬴。

这就让人不得不重视起来了。

这个说话客气、笑容和蔼的老头子出手一点儿也不温和客气，在他报完自己的身份之后，现场出现了片刻的沉默。

“原来是孔雀王朝的国师大人。”周无已对着天空拱了拱手，“吾乃大周国的周无已，名号半步追仙。”

“久仰国师大人威名，晚辈百命书生。”

“原来是皇族中人，老朽来自大周国的皇族，还和孔雀王一起喝过酒呢。”

……

众人纷纷向天空中的嬴无欲打起了招呼，看起来一副很熟络的模样。

嬴无欲仍然云淡风轻地浅笑着："感谢诸位记挂无欲薄名，不过，在场的诸位无欲一个也不认识。"

"……"

俗话说：打人不打脸。

嬴无欲这句话不仅是打脸，而且是当着这么多人的面打了一群人的脸。

大家都是神州有头有脸的人物，至少他们自己是这么认为的。

以前无论走到哪里，他们都被人抬着捧着。他们也习惯了别人的阿谀奉承，却没想到孔雀王朝的这位国师大人完全不给面子，直言在场的人他一个都不认识。

"怎么可能不认识呢？"

"我们都很有名气的好不好？"

这种话他们只能在心里想想而已，根本没办法直接说出来。不然嬴无欲再重申一次"我确实不认识你们"，那时候场面不是更尴尬吗？

周无已强忍着心中的不快，看着天空中的嬴无欲，说道："不知国师大人为何而来？"

嬴无欲指了指地面上躺着的李牧羊，说道："为此子而来。"

"国师大人也是为了屠龙而来？"

"屠龙？"嬴无欲稍微犹豫了一下，说道，"此子当真是龙？"

"千真万确。"周无已说道，"片刻之前，他还化作巨大的黑龙翱翔高空，腾云驾雾，口喷龙焱。"

"就是，我等亲眼所见，绝无作假的道理。"

"西风帝国的宋老神仙亲自出手，这才将他打落下来。不然的话，他怕是又要作恶，以致生灵涂炭了。"

……

嬴无欲面带微笑地说道："在你们发现他是恶龙之前，他不是安安静静地生活了十几年？在这期间，我也没听闻有什么地方的百姓被恶龙袭击。"

"这……那是恶龙刻意隐瞒行踪，担心被我们人族强者发现。不然的话，那恶龙怕是早就作恶了。”

“人族也好，龙族也好。”嬴无欲笑着说道，“此子不可杀。”

此言一出，大家的神色就变得阴沉起来，眼神也变得凶狠起来。

嬴无欲不让他们杀李牧羊，那就是不让他们屠龙，不让他们名留史册被万民传颂。

对他们这些修行者来说，碰到一条巨龙有多么不容易。为了屠龙，天知道他们有多努力。

他们为此付出了那么多，又是借力给宋孤独施展大日光术，又是追逐不休，好不容易把那只讨厌的火鸟打落下来，现在又多了一个孔雀王朝的国师。

怎么想要屠个龙就那么难呢?

“国师大人，此话何意？为何阻止我们屠龙？”

“就是。我们和恶龙厮杀良久，为的就是为民除害。国师大人不让我们屠龙，若是被民众知道，难免会有不利于国师大人的流言传出。”

“国师大人，为皇室计，为声名计，还请三思。”

……

周无已心思比较活络，他对着天空拱了拱手，又扫视四周的修行者，说道：“诸位，我想诸位误会了国师大人的意思。国师大人定然不是为了阻止我等屠龙而来。国师大人出身皇族，亦有守护万民的责任。不如这样，我们请国师大人率先出手，为我等做个表率。”

周无已仰头看着嬴无欲，说道：“国师大人意下如何？”

“我说，此子杀不得。我不能杀，你们也不能杀。”嬴无欲仍然是一脸笑意，仍然是那副慢声细语的模样，态度也是一如既往地坚决。

“国师大人为何会有此意？”

“我们是为民除害而来，国师大人为何极力阻拦？难道国师大人和这条恶龙有什么关系？”

“国师大人怕是想要独享屠龙的威名吧？这样我们可就不答应了。”

此言一出，气氛一下子变得沉重起来。

所有人都在等待嬴无欲的反应。

李牧羊，他们是必须杀的，不然的话，他们的一番心血就会付之东流，被世人传颂美名的机会也会就此消失。

如果嬴无欲碍于众人的情面改变态度，大家自然欢迎他一起来屠龙。毕竟，和嬴家的人一起完成屠龙壮举，说出去也更有面子。反正已经那么多人了，多一个嬴家人也算不得什么。

倘若嬴无欲死不松口，那么，一场恶战就在所难免了。

嬴无欲扫视众人，说道："那便出手吧。"

"……"

这是什么意思？出手吧？直接开打？

地上的修行者面面相觑。难道他们当真要和嬴无欲打吗？

"嬴老何故苦苦相逼？"

嬴无欲一脸无奈，说道："受人之托，忠人之事，不敢稍有差错。"

"何人能让国师大人亲自跑这一趟？"周无已问道。

嬴无欲脸上浮现出一丝温暖的笑意，说道："我们家那位公主。她的要求，孔雀王朝是没有人能够拒绝的。"

"公主？嬴家的公主？"

"据说孔雀王朝的公主极其神秘，无人见过其真容。"

"孔雀王仅有此女，视为生命。"

……

嬴无欲扫视众人，笑着说道："诸位不如就此散了吧。"

众人不退。

到嘴的肥肉就要被人抢走，这种事情搁谁身上都不愿意啊。

"轰——"

一名修行者飞身而起，手持长剑攻向嬴无欲，长剑瞬间青光大放。

敢挡路者，死！

见有人率先出手，其他修行者也不甘示弱，纷纷朝嬴无欲攻了过去。

“轰——”

“砰——”

“锵——”

八方高手，四方来战。

刀枪剑棍，拳脚齐用。

所有人都只有一个目的，那就是杀了赢无欲，完成屠龙壮举。

“不自量力。”

赢无欲举起手里的白骨权杖，嘴里念念有词。一个又一个符文浮现在空中，并急速朝高空而去。

下一刻，一只彩鸟从天而降。

彩鸟在赢无欲的身边飞了几圈，“轰”的一声爆炸开来。

方圆百里，一片白光。

等到白光散尽，余波消失，那些从四面八方攻来的修行者已经双眼圆睁，横尸荒野了。他们直到死亡仍然难以相信自己刚刚经历的一切。

赢无欲白袍舒展，犹如神仙一般持着白骨权杖缓缓下降，最终双脚落在了雪地上。

第239章 鬼舞军团

公输垣双眼圆睁，看着这一幕，一脸的不可思议。

然后，他号啕大哭，扑过去拉扯着陆契机的身体喊道："陆契机，你看到没有？看到没有？真的有人来救我们了！真的有人来救我们了！我就说嘛，我就说嘛，几块木头都能飞上天，还有什么事是不可能发生的？陆契机，你快醒醒！"

公输垣正哭得起劲时，看到那个神仙一样的老人家朝不远处李牧羊躺着的地方走去。

公输垣顿时急了，一个箭步冲了过去，用自己肥胖的身体挡住李牧羊，厉声问道："你要做什么？"

嬴无欲被这胖子的表情逗乐了，笑着说道："我才把你们救下，难道还能再伤你们不成？"

"你是我们的救命恩人，于情于理，我都应该相信你。可是，我还是不能让你接近牧羊兄。万一你有什么不良的企图呢？万一你把其他人都击退，就是为了成全自己的屠龙威名呢？你伤害我没有关系，但是你不能伤害他。"

嬴无欲若有所思地看着李牧羊，眼神温和而平静，说道："此子当真是黑龙不成？难道那些传言都是真的？"

"什么黑龙？哪里有什么黑龙？"公输垣瞪大眼睛，一脸迷惑的模样，"你是说李牧羊？不可能，这不可能。都是爹生娘养的，牧羊兄怎么可能是黑龙呢？不要相信外面的那些传言。那是宋孤独为了打垮陆家，铲除李牧羊故意在外面放出的谣言。宋孤独实在是太坏了，杀人叛国对他来说都不在话下，就没有他干不出来的事情。这样的人，怎么能成为修行者呢？"

"你这胖子甚是狡猾。"嬴无欲轻轻摇头，说道，"当真不让我看？"

公输垣有些紧张了，小心翼翼地问道："我不让你看，你是不是就要杀我？"

他刚才可是看得真切，那些实力强大的修行者一下就被这个老头儿消灭了。他只看到一只巨大的彩鸟从天而降，还没看清楚到底发生了什么事情呢，眼前就出现了一片白光。等到光影散去，那些刚才追击他们的修行者就倒了一地。

这个身穿白袍的老头儿看起来和蔼可亲，动起手来却凶狠异常，轻易不可招惹。

“我刚刚才将你救下，为何又要杀你？”

“当真不杀？”

“不杀。”

“既然这样，爷爷你还是不要看了吧。他长得丑，实在没什么好看的。你要是想看，就看你孙子我。你看看我，是不是比他丰满迷人多了？”

“满嘴浑话。”嬴无欲看着公输垣说道。

“嘿嘿——”公输垣傻笑，却紧紧盯着嬴无欲手里的白骨权杖，一脸紧张。刚才嬴无欲就是那么朝着高空一举，就把那只彩鸟召唤下来了。这权杖的威力实在是太过强大啊！

他很害怕嬴无欲也给他来这么一下。

“既然胖子不让看，那我就不看了。”嬴无欲突然变得很好说话，“不过，这小子被龙魂附体，应当不是骗人的吧？”

“不可能，绝对不可能！”公输垣拼命地摆手，“哪有被人打成这样的龙啊？说出去都给龙族丢脸。”

“呵呵呵——”嬴无欲十分爽朗地笑着，看起来很喜欢这个油嘴滑舌又有情有义的胖子。

公输垣看看躺在地上的李牧羊，又看看躺在李牧羊旁边的陆契机，再看看陆契机不远处的陆清明，有一种心力交瘁的感觉。

之前还有陆契机陪他一起战斗，两个人可以一人搀扶一个一起努力地向前走。现在可好，连陆契机也晕倒了，他一个人怎么能扛着三个人往前走啊？

公输垣偷偷打量着一身白衣不染纤尘的嬴无欲，有心要请嬴无欲帮忙治疗一下李牧羊、陆契机以及陆清明三人，但是他又怕这个老头子给人治疗的时候出什么幺蛾子。

虽然老爷子看起来很像一个好人，可是，宋孤独看起来也像一个好人啊，不也跟疯了一样为子孙谋？

公输垣看着嬴无欲，问道："爷爷，你这是准备去什么地方吗？"

"我哪儿也不去，就在这白马平原。"

"原来这个地方就是白马平原。"公输垣在心里想道。

白马平原的特产是一种白马，据说这种白马可以日行千里而不疲，而且力大如犀牛，可以驮送重物。各国都会派遣猎马队前来猎马，这些白马被捕捉回去经过训练之后就会成为耐力极佳的战马。

"那我就先走了。"公输垣试探性地说道。

"好啊。"嬴无欲点头，"有缘再见。"

公输垣一脸无奈，说道："爷爷，我觉得这样不太礼貌。要不，你先走？"

"你这小胖子！"嬴无欲啼笑皆非地看着公输垣，说道，"鲁般一代巨匠，倘若知道自己的后人如此狡诈多疑，定会痛心不已。你怕我伤害你的朋友，所以急着想要把我赶走是不是？"

"怎么会呢？"公输垣气得面红耳赤，说道，"我以躺在地上的李牧羊起誓，我若存了那样的心思，就让他昏迷不醒……至少三个时辰。"

"……"

"爷爷，你还有事？"

"有事。"

"什么事？"

"等人。"

"等谁？"

"等要等之人。"

公输垣还想再问得详细一些时，远处传来一阵马蹄声。

"轰隆隆——"

群马奔腾，看起来就像要把这白马平原的地皮掀起一层来。

公输垣看着那马群奔来的方向，再看到骑士身上火红色的盔甲，不禁吓得脸色惨白，小腿发抖。

“完蛋了，这次完蛋了！爷爷，借你的鸟一用！趁他们还没有站稳脚跟，咱们给他们来一个突然袭击。”

嬴无欲笑而不语，显然没有答应公输垣要求的意思。

“吁——”身披红甲、手提长枪的宋朗勒住马缰，视线扫过地上那些死亡的修行者，沉声问道，“李牧羊何在？”

“你是什么人？”公输垣吼道。无论如何，他在气势上都不能输给别人。

“麒麟军宋朗。”

麒麟军，宋家的军队。

宋朗，那就是真真正正的宋家人了。

公输垣伸手胡乱指了一个方向，说道：“我看到他往那里跑了。”

宋朗的视线落在地上的李牧羊和陆契机身上，他对公输垣和嬴无欲说道：“地上的那几个人是我的，闲杂人等立即离开。”

公输垣看向嬴无欲，说道：“爷爷，宋家人实在狂妄！这白马平原是谁都可以来的，凭什么他一来就让咱们离开，还说咱们是闲杂人等？虽然我不是一个挑事的人，但是他这么说我，我受不了。”

“那你就上前和他理论一番。”嬴无欲说道。

“……”

公输垣觉得这个老头儿在故意欺负人。

宋朗等得有些不耐烦了，大手一挥，喝道：“去把人给我拖回来。有拦截者，格杀勿论！”

“是！”数十麒麟军将士在队正林军的率领下朝前面奔了过去。

“轰隆隆——”

赤霄马狂奔，马上将士操着长枪，凶猛无比地朝着公输垣和嬴无欲冲来。

先将这两个碍眼之人杀掉，然后再杀李牧羊。所有将士都是这么想的。

公输垣朝嬴无欲所站的地方后退几步，见他仍然没有出手的意思，只得咬了咬牙，猛地朝着地面一跺脚。

“咔嚓——”

大地上出现了一道巨大的裂缝。

十几匹奔跑的战马落入那巨大的裂缝中，顿时人仰马翻。

林军实力不俗，在即将落地之时，脚尖在马背上一点，人便飞跃而起，手里的长枪如毒蛇一般扎向公输垣。

“呼——”

公输垣的手上再次出现一把木制的斧头。

当他将斧头挥出去的时候，那斧头不停地变大、变大……

刹那间，巴掌大的小斧头就变成了擎天巨斧。

“嚓——”

林军连人带枪被巨斧斩中。

宋朗脸色阴沉，抬起右手，声若雷霆地喝道：“全军听令，将这白马平原给我踏平！”

“是！”麒麟军将士齐声应道。

挟马，操枪，身体压低。

数千人同一个呼吸频率，同一种冲锋的姿态。

千马狂奔，千军效死。

宋朗正准备将举起的手放下，号令麒麟军将士齐出，围攻这拦路的胖子和白袍老头子时，大地再一次“轰隆隆”地震动起来。

只见北边的天际线外出现了一根彩色的线条。

当那线条越来越近时，众人才发现，那是正在凶猛冲锋的马阵前列。

“轰隆隆——”

天在颤，地在抖。

那线条越拉越长，越拉越长……仿佛看不到尽头。

战马上，无数身穿彩衣、头扎彩羽、脸戴花花绿绿的恶鬼面具的人，挥舞着黑色的斩马刀朝着这边冲来。

“鬼舞军团！”有人惊呼出声，“孔雀王朝的鬼舞军团！”

一石惊起千层浪。

那些蓄势待发，只要宋朗高举的右手用力地挥下去就纵马操戈，将对面的敌人团团围住的麒麟军将士面面相觑，发现自己的战友也是一脸惊恐。他们看着鬼舞军团的那些战士呼啸而至，杀气冲天。

“轰隆隆——”

千万匹战马的奔跑声整齐划一又连绵不绝，给人一种声势冲天的感觉。

神州有“文无第一，武有第二”的说法。

众所周知，大周国有天威军团、神威军团，西风帝国有狼骑军、麒麟军，孔雀王朝有天罚军团、鬼舞军团。这些军团互相厮杀过，也各有损伤。

但是，倘若非要从天下强军之中选出神州第一军团，那就非鬼舞军团莫属。

这是神州人心目中的共识，深深烙于人们的心底。

有传言说，任何强大的对手落在鬼舞军团的手里，都会被他们手里又弯又长的斩马刀斩灭。

更重要的是，鬼舞军团还是孔雀皇族的护卫军团，见鬼舞军团如同见孔雀王。也就是说，只要是鬼舞军团出现的地方，必然会有一名或者数名孔雀皇族的重要人物。

让麒麟军将士难以明白的是：为什么鬼舞军团会到这里来？这里不是我西风帝国的地界吗？

又是哪一位孔雀王朝的重要人物到了这里？

鬼舞军团是通过正规的外交渠道进入，还是绕过边疆防线私闯进来的？边疆那些关卡的守军都是瞎子不成？这么庞大的部队冲进来了都没有发现？

不得不说，大规模出现的鬼舞军团完全打乱了宋朗的计划，让他不得不暂时按捺住立即将李牧羊斩杀的念头。

作为军人，宋朗很清楚麒麟军的当务之急是应付这些更加强大的敌人。

虽然鬼舞军团并没有表明来意，但是军人的直觉告诉他来者不善。

他已经感觉到了他们奔跑时裹挟的杀意。

“轰隆隆——”

鬼舞军团转瞬即至，并没有给麒麟军太多惊讶的时间。

“嘎吱——”

鬼舞军团为首的脸戴恶鬼面具、头插白羽的将军猛地一提马缰，他胯下的白色战马立即止住奔跑的势头，马蹄重重地踩进冻土里，发出坚牙嚼冰一般的声响。

“轰——”

那名将军身后的鬼舞战士也纷纷提起马缰，止住战马奔跑的冲势。

两军对峙。

沉闷、压抑、亢奋。

大战一触即发。

宋朗眼神犀利地盯着为首的白羽将军，就像要戳破面具，看穿他的庐山真面目。

宋朗原本想要等对面的人先说话，可惜，他的愿望落空了。

从那恶鬼面具下射出来的目光里只有冷漠和杀意，白羽将军并没有说话的意思。

“来者何人？”宋朗放下高举的右手，喊道。

白羽将军没有应答，鬼舞军团的其他人也没有。

鬼舞军团里，只有彩衣被寒风掀起、彩羽被冷风吹拂、战马嘶鸣、马蹄踢打坚冰的声音，还有那压抑到极致，让人汗毛竖起、脊背生寒的杀气。

“他们是来杀人的。”宋朗明白了他们的心思。

可是，越是明白他们的心思，宋朗就越不甘心。

虽然西风帝国和孔雀王朝不睦，局部冲突从未间断，但这是神州大地上大国与大国之间的常态，双方并没有到要大动干戈的地步。

孔雀王朝的鬼舞军团连招呼都不打一声，就这么“轰隆隆”地冲到西风帝国境内，并且看这气势还想要杀人，凭什么啊？

“你是何人？”宋朗再次问道，声音比上一次还大，语气也比上一次严厉。

他生气了。

“白马平原隶属西风帝国，是西风帝国的属地。鬼舞军团私闯西风境内，意欲何为？”宋朗态度强硬地说道。

虽然从明面上看，西风帝国是楚氏的江山，但实际上，西风帝国完全在宋家的控制下，西风帝国的每一寸领土都属于宋家。之所以坐在皇位上的人姓楚，那只是因为宋家不想吃相太难看，被神州百姓指责诟病。

现在孔雀王朝的大军擅闯西风境内，那就是侵犯了他们宋家的利益。作为宋家的核心成员，这样的事情他是不能容忍的。

鬼舞军团强大，他们麒麟军也是百战雄师。再说，这里隶属于西风，只要他们能拖延片刻，就会有大部队从四面八方赶来支援。

宋朗的心里突然产生了一个疯狂的念头：倘若麒麟军此番能将孔雀王朝的鬼舞军团留在西风境内，算不算大功一件？

这么想着的时候，他不由得再次认真地打量那个头插白羽的鬼面将军。

此人一言不发，头上又插着孔雀皇族特有的白羽，应当是皇族中的哪一位？

“无可奉告。”白羽将军终于开口说话了。

让宋朗无比惊讶的是，这是女人的声音，这白羽将军竟然是一个女人。

心念电转，宋朗立即就明白了白羽将军的身份。

嬴家人天赋过人，每一个都是修行的天才，但是，他们人丁不旺，很多时候只能将皇位传于女子，女子嫁人之后，皇权自然会分化，然后逐渐地衰弱，最终被人掠夺，嬴家人也就只能暂时消失在权势巅峰。

能够头插象征皇权的白孔雀羽，又能够在鬼舞军团的簇拥下浩浩荡荡而来的，也只有那一个女人而已。

“阁下可是孔雀王朝的千度公主？”宋朗问道。

“我是嬴千度。”白羽将军，也就是嬴千度冷冷地说道。

因为嬴千度以鬼面遮脸，宋朗看不真切她的真容，更不知道她此时的表情如何。只是，从她的声音中，他已经能够感知一二。

早些时候，家族得到密报：孔雀王朝的千度公主隐去姓氏去了星空学院，和李牧羊一样学的是屠龙专业。

当然，那个时候他的视线并不在李牧羊的身上，他也没有过多地关注孔雀王朝这位年纪尚轻的公主。

现在看来，他是不是错过了什么重要的信息？

宋朗看着以鬼面遮脸的赢千度，说道："既然是孔雀王朝的千度公主，那么便应当清楚，没有通牒，不受邀约，便率领大军私闯他国领土，这是有意制造两国争端。"

"那又如何？"赢千度再一次只回了几个字眼。

宋朗很不喜欢这几个字眼。

那又如何？

这里面含着高高在上的威胁，以及死不认错的强硬。

我知道我错了，我就是这样，你们又能把我怎么样呢？

多欺负人啊。

"对于千度公主的鲁莽行为，我们西风帝国深表遗憾。西风帝国会向贵国提出严厉谴责，倘若贵国不能给我们帝国和亿万子民一个交代的话，我们不惜与贵国刀兵相见，以此来维护我们帝国的尊严和主权不受侵犯。"

"我对你们的行为也深感遗憾。"赢千度怒道，"一个天才少年，却被你们这些眼中只有私利的家伙摧残打击到如此悲惨的地步。这就是你们西风帝国的胸襟？这就是你们西风帝国这些掌权者的容人之量？"

"千度公主所说何人？"

"李牧羊。"

"千度公主应当有所耳闻，李牧羊被黑龙附体，已经变成了邪恶的龙族。"宋朗解释道，"为家国计，为百姓计，屠杀恶龙，为民除害，是每一个修行者的职责，更是我们这些为国效命的军人的职责。为何到了千度公主的嘴里，这就成了我们欺压良善、打压人才？"

"呸呸呸——"一个粗鲁的声音从左侧传了过来。

公输垣奔跑到赢千度的马前，指着宋朗骂道："放屁，真真是放了一个大臭屁！臭不可闻，简直是臭不可闻！李牧羊是好端端的人族，他的家人我都认识，我还亲眼见过，他怎么可能是什么邪恶的龙族？你们为了打击异己，简直是不择手段，什么阴招都使得出来！浩瀚神州，还有你们宋家做不出来的事情？杀皇帝，诛忠臣，整个西风帝国都被你们掌控在手里。李牧羊不就是和陆家的关系近一些吗？你们就想着赶尽杀绝！还有你们家的那个老头子，一百多岁的年纪了，不好好在家休养，却大老远地跑出来追杀一个才入修行界的少年。更丢脸的是，他还没有杀掉！”

公输垣跑上前抓住赢千度的马缰，胖脸上满是哀求地说道：“千度公主，求求你救救李牧羊。他不是龙族，他怎么可能是龙族呢？他要是龙族，宋家的这些人不早就被他用龙焱喷死了？你救救他，只有你能救他了。还有陆契机、陆清明和我，都是宋家迫害的对象。千度公主，你要是不出手相救，宋家就要斩草除根，到时候就再也没有人能站出来揭穿他们的丑陋嘴脸，揭穿他们名为大义，实为篡权叛国的龌龊事了。”

公输垣眼眶泛红，摆出一副决绝的模样说道：“倘若千度公主愿意出手相救，让我公输垣做什么都行。”

第240章 一个不留

在洪水中垂死挣扎的人，突然见到有人伸过来一条手臂，他们便会手脚并用，使尽全身的力气紧紧地将它抱在怀里。

最终的结果很有可能是，落水之人和那个伸手臂过来的人一起沉了下去。

对公输垣来说，孔雀王朝的千度公主就是那个主动向他伸出手臂的人。

公输垣并不清楚李牧羊和千度的关系如何，甚至在孔雀王朝的国师大人亲自出手击灭那些想要屠龙的修行者时，他仍然担心那个老头子是为了自己一个人屠龙。

一群人屠龙得到的名望哪里有一个人屠龙得到的名望高啊？

原本他还期待嬴无欲再次举起白骨权杖召唤一次大鸟，将宋朗带来的麒麟军一下子消灭干净。可惜那个老头子并没有这么做的打算。

现在千度公主亲自率领大军而来，他感觉自己和李牧羊的安全又多了一些保障。

只要千度公主肯出手，他们就能得救。

在神州，能真正破解李牧羊此时此刻面临的危局的人，大概也只有这位头插白羽、脸戴鬼面的女子了。

所以，公输垣立即抱着这根稻草不肯撒手。

只要能让李牧羊、陆清明和陆契机活着，他愿意做任何事情。

在公输垣的心目中，宋朗和嬴千度是一个层面的人物。两个超级大国的重量级人物，万一聊着聊着突然达成一个什么协议，那他们不就死翘翘了吗？

李牧羊昏迷不醒，陆清明昏迷不醒，连陆契机也昏迷不醒。他们是生是死，这所有的压力和责任都担于他一人身上。

公输垣也很想自己昏迷不醒，什么事情都不用考虑，什么压力都不用承担。

这样多好。

嬴千度低下头来，看着伤痕累累、狼狈不堪的公输垣，声音柔和了许多："你说的这些，我都知道。"

公输垣瞪大眼睛，一脸呆滞。

刚才看到嬴千度对宋朗的那种态度，公输垣还以为这位孔雀王朝的公主冷酷骄傲，眼睛长在天上呢。

他怎么也没有想到，她竟然也有如此温柔可人的一面。

公输垣眨了眨眼睛，胖脸上浮现出一抹让人难以察觉的绯红。

"千度公主。"听到嬴千度回应公输垣的话，宋朗心里很不满，"此话何意？"

那个胖子用言语侮辱他的爷爷乃至整个宋氏宗族，嬴千度却说胖子所说的一切她都知道，这潜台词不就是"我的观点和你一样"吗？

嬴千度指着公输垣说道："难道他说的有什么不妥吗？"

"陆氏谋反，诛杀先帝，并且想要以军权篡位，被我爷爷出手阻止……"

嬴千度很不耐烦地打断宋朗的话，冷冷地说道："事实如何，我自会分辨。你当真以为天下皆是有眼无珠之人吗？你的这些鬼话骗骗那些无知小儿还行，还妄想我也能相信？你们是不是太过自欺欺人了？"

"千度公主，我西风帝国与你孔雀王朝素无大的干戈，我宋家与你们嬴氏也不曾有仇怨，为何你们孔雀王朝如此藐视西风帝国，独独针对我宋家行事？我再说一遍，这白马平原处于西风帝国境内，你们孔雀王朝率领大军前来，已经侵犯了我国的尊严。再加上你们三番五次对我爷爷出言侮辱，此次，倘若千度公主不给我一个交代的话，我宋朗定不会善罢甘休。"

"你要交代？"

"是的。"宋朗强硬地说道，"倘若千度公主不给我一个说法，我不会罢休，宋氏不会罢休，西风帝国也不会罢休。"

"你要交代，那我就给你交代。"嬴千度沉声说道。

"锵！"

她拔出匣中长剑，对着前方喝道：“一个不留！”

“诺。”

万名鬼舞军团战士挥舞着手里的长刀，“嗷嗷”怪叫着朝对面的麒麟军冲了过去。

彩衣飞扬，彩羽飘荡。

黝黑的长刀划破天际，带着呼啸的风声。

宋朗脸色惨白，但更多的是愤怒。

嬴千度简直是欺人太甚！

神州九国，尤其是大国之间，相处很是慎重，谁也不会轻易地挑起战端，不然的话，两虎相争，必有一伤，或者说两败俱伤，到时候就会成为“鹬蚌相争，渔翁得利”的典型。

士可杀，不可辱。

宋朗原本就是心高气傲之人，此番宋家出手之后，西风帝国更是无人可与其分庭抗礼，可以说宋家是西风帝国的影子皇族。

现在嬴千度一言不合就拔刀相向，那是根本就没把他们宋家和西风帝国放在眼里。

“刺候队用鬼蝶示警，向四方重镇求援。”宋朗默数着对面鬼舞军团冲过来的马蹄声，计算着两支军团迅速被拉近的距离，镇定自若地发出指令。

“是。”宋朗身后的几支小分队立即从怀里的盒子里放出一只又一只鬼蝶，那些鬼蝶一和空气接触，就消散于无形。很快，宋朗遇到强敌袭击的消息就会传至附近守将的耳朵里。

以宋家此时的权柄和声望，那些边城重将倘若足够聪明的话，想必不会拒绝支援。

宋朗发布命令之时，右手再一次高高举了起来。

他的身体前倾，胯下的赤霄马受他的强大气势感染，惶恐不安地动了动马蹄，急迫地想要冲出去。

马蹄重重，一次又一次地击打着冻土，刨出一重又一重的冰泥。

“杀！”宋朗吼道，高举的右手重重地落了下来。

“锵——”

长剑出鞘，他的脚尖在马背上一点，人便朝着敌方冲在最前面的嬴千度飞了过去。

擒贼先擒王！

“杀——”

“杀——”

“轰——”

两股强大的力量，红色重甲和彩色羽衣狠狠地撞击在一起。

喊杀声震天！

麒麟军是西风帝国的百战军团，鬼舞军团更是神州赫赫有名的雄师铁骑。这样的两支队伍无比凶狠地撞击在一起，所产生的破坏力是惊人的。

“杀——”一名身披红甲的麒麟军骑士手持长枪，从马背上高高地跳了起来，将尖锐的枪尖对准了一名鬼舞战士的胸口。

“啊——”

鬼舞战士一手抓住对准自己身体的枪杆，一手高高举起斩马刀，手起刀落，一刀劈死了那名麒麟军骑士。

这是两支战斗风格完全不一样的队伍。

麒麟军沉默、有序、服从命令。

他们在队正或者校尉的率领下组成各种各样的战斗队形，你冲我挡，守望相助，一拨接一拨挺枪。

他们更信奉团队的力量，数千人拧成一股绳，变成一头疯狂吞噬敌人生命的战争巨兽。

一个人倒下去，后面的人就会立即冲上去填补。

闻鼓厮杀，鸣金撤退。

完全的军事化管理，打仗绝对不拖泥带水。

鬼舞军团诡异、疯狂、悍不畏死。

他们就像群魔乱舞，嘴里“嗷嗷”出声，挥舞着大刀四处砍杀。战斗和厮杀仿佛已经成为他们的本能。

他们看起来是单一的个体，但是又有着紧密的联系。

一方有难，八方支援。只要有一名鬼舞战士遇险，总会有其他战队的战士从一个不可思议的角度冲过来救援。

他们是可以将后背交付出去的生死兄弟。

麒麟军组成了一个巨大的枪阵，借助战马的冲劲，将手里的长枪对准敌人的胸膛。

鬼舞军团是冲击者，他们无视前方密密麻麻的长枪，高举手里的斩马刀，嘴里发出奇怪的嘶吼声。

“轰——”

他们就那么直挺挺地冲了进去。

有人被长枪插中，更多的人挥舞着斩马刀左劈右砍，硬生生地杀出了一条血路。

“砰！”

一名头插彩羽的鬼舞战士飞起一脚将一个麒麟军骑士踢飞，与此同时，他手里的斩马刀朝着疾飞而去的麒麟军骑士劈了一刀。

那还在半空中的麒麟军骑士竟然就被劈死了。

刀气!

这些鬼舞战士竟然随手一刀就能挥出刀气。

刀不触体，却可将人劈死。

更多的麒麟军将士冲了过来，将手里的长枪扎向那名挥出刀气的鬼舞战士的身体，鬼舞战士手里的斩马刀抡起直斩。

数名麒麟军将士丧命。

宋朗的目标是那名白羽将军，也就是孔雀王朝的公主嬴千度。

他心里恨极了这个一言不合就擅自开战的女人，她为了自己的一时好恶，竟然不顾及两国争执的凶险以及亿万国民的安危，所以他出手的时候也毫不留情。

宋朗腾空而起，手里的长剑迸放出青色的光辉。

疾风斩！

长剑如风，一剑又一剑地斩落。

“嚓——嚓——嚓——”

他瞬间便斩出了三十二剑。

光影憧憧，剑气纵横。

战马上保持冲击姿态的嬴千度完全被剑影笼罩，看起来就要被那一片青影击灭。

但她不为所动。

她明知道头顶有无数剑影，仍然策马狂奔，一剑斩飞了两名率先冲到她面前的麒麟军骑士。

“狂妄。”宋朗心里既亢奋，又担忧。

亢奋是每一名将军在战斗时应有的情绪，不管是主动出击还是被动迎敌，在出招的一刹那，他都难免身体紧绷，热血沸腾，心悬到嗓子眼。

而担忧，是因为他要杀的这个女人是孔雀王朝的千度公主。

据说现任孔雀王只有这么一个宝贝女儿，将她视若生命。若他一剑将她斩杀，孔雀王定然不肯罢休，两国之间怕是就要打个不死不休了吧？

别人怕他们宋家，孔雀王可没有怕他们宋家的道理。

无数道剑光劈向嬴千度的头顶，将她的身体完全包裹住。

与此同时，一道耀眼的白光闪烁起来。

在三十二道剑气即将斩中嬴千度时，嬴千度的身体周围突然出现了一个透明的光罩。

那个光罩就像一个琉璃罩似的，将嬴千度以及她胯下的战马都笼罩住了。

而且，受力越大，那光罩的反弹之力就越大。

琉璃镜！

三十二道剑气一触即返，呼啸着冲向正快速朝着嬴千度飞来，准备发出第二轮攻击的宋朗。

宋朗知道孔雀王朝珍宝无数，却没想到千度公主的身上竟然藏有如此厉害的宝器。

这种遇到危险时自动防御，而且还能将敌人的剑气反弹的武器，怕是能直接载入神州《宝器·神器谱》吧。

宋朗斩出三十二剑，以为就算杀不死嬴千度，也能让她手忙脚乱一阵。

所以，他不待剑气重伤嬴千度，就持剑飞来，准备再次施展剑道绝技，将嬴千度斩杀或者俘虏。

宋朗攻得猛，冲得也猛。

但这三十二道剑气反噬的力度更加凶猛。

宋家多英杰，而宋朗能从宋家那么多英杰中被选中，掌控麒麟军，自然有其过人之处。

虽然那突然出现的琉璃镜打了他一个措手不及，但是他不躲不避，更没有慌张逃跑。

他的回应是，手里的长剑再次挥斩。

剑刃四周，一簇红色火焰向前急冲。

狂风剑！

这一剑不斩其他，只是斩向自己的前方。

“砰——”

那些反弹回来的剑气接触到这一剑，立即就被驱散了。

长剑在前，为宋朗劈开了一条通道，宋朗直接飞到了嬴千度的头顶。

他双手握剑，狠狠地朝着嬴千度劈了过去。

狂风剑！

白色的光华再闪。

“砰——”

那一剑再次被透明光罩反弹而起，朝天空中的宋朗狂袭了过去。

“嗖——”

宋朗的身影从空中消失，反弹回来的剑气劈斩在空中，然后消失于无形。

刹那间，宋朗劈出去了三十几剑。而嬴千度就像什么事情都不曾发生过一般，长剑飞斩，再次消灭了几个重甲战士。

“吁——”

嬴千度勒住了马缰，将战场交给了她的鬼舞军团。

她抬头朝着远处的天空张望，宋朗的身影再一次出现在高空中。

宋朗看着嬴千度，有一种很羞耻的感觉。

他耗费了那么大的精力，劈出去那么多的剑气，可是，人家根本连像样的回应都没有。

这就像一只蚊子在她身边“嗡嗡”叫，她明明可以一巴掌将这只蚊子拍死，却选择了不闻不问，完全无视蚊子的存在。

宋朗觉得自己就是那只被嬴千度忽视的可怜蚊子。

这位宋家豪杰，军方重将，从来不曾想过自己会得到这样的待遇。

宋朗在高空中盯着嬴千度，嬴千度同样盯着高空中的宋朗。

“我听说孔雀王身怀传说中能防御金木水火土的琉璃镜，他将此物赠送给你了？”

“那又如何？”嬴千度冷傲地说道，就像在说一件微不足道又理所当然的事情。

“……”

又是那句话，又是那句“那又如何”。

宋朗觉得自己又被人狠狠地抽了一记耳光。

这个女人，实在是非常可恨啊。

可恨也就罢了，她还相当可怕。

先不说她本身的实力如何，单是这能防御五行攻击的琉璃镜就让人非常头痛。

他连人家的防御都攻不破，又怎么能把人杀掉呢?

宋朗相当苦恼。

“孔雀王果然爱女如命，连这样的宝器都愿意轻易送人。”宋朗不无羡慕地说道。

虽然宋家的宝贝也不少，但是，一来宋家男丁甚多，分下来后大家手中的宝贝也就没有什么了；二来宋家的底蕴不及孔雀王朝深厚。孔雀王朝断断续续地存在了数万年，宋家在孔雀王朝面前根本就不值一提。

“父皇又用不着这些。”嬴千度云淡风轻地说道。

宋朗看到自己带来的麒麟军将士被追击，被那些脸戴鬼面的鬼舞战士一个个地消灭，整个麒麟军开始溃败，心仿佛在滴血。

这些人可都是他多年来的心血，也是他立身的倚仗。他们跟随他屡建奇功，却在遇到更强大的力量时被屠杀殆尽。

“嬴千度！”宋朗眼里都快要喷出火来，他指着头插白羽、脸戴鬼面的嬴千度嘶吼出声，“你知不知道你在做些什么？你这是挑起两国的争端，向西风帝国宣战吗？”

“既然你这样想，”嬴千度的声音仍然冰冷，让宋朗觉得自己就像是冰天雪地里被一盆冰水浇了一头，“那就算是吧。”

“……”

第241章 全军覆灭

“那就算是吧。”

在宋朗询问孔雀王朝的千度公主是否要挑起两国争端，向西风帝国宣战的时候，千度公主是这么回答的。

干脆、果断，还带着一点儿漫不经心。

这是一种什么感觉呢？

就像情窦初开的少年，羞涩而惶恐地将自己精心准备了好长时间的情书递给自己喜欢的女子，结果那女子只是回了一句“放在那儿吧”。

在你眼中和生命一般重要的事物，在别人眼里不过是一些芝麻蒜皮的小事。

这就是数万年帝王之家的底气？

宋朗虽是宋家的嫡系，但如果没有必要的话，他是不敢轻易发起一场国与国之间的战争的，何况是与孔雀王朝这种超级帝国的战争。这种级别的战争，只有宋家的那几位核心人物一起点头才有可能进行。

他是这么想的，他以为身为孔雀王朝公主的嬴千度也应当是同样的想法。

谁能轻易就将万民推向战火呢？

可是，这位千度公主完全不在乎这些。

什么身份地位，什么义务职责，她自始至终都是一副完全不在意的模样。

“你想打，我就打。”

宋朗听明白了，她就是这个意思。

狂妄自大，目中无人。

要是别人敢这般对自己，宋朗早就忍不住出手了。

偏偏对他说出这句话的人是孔雀王朝的公主，而且这位公主身上还有那举世闻名的琉璃镜。

他就算想要冒险杀了她，都不是一件容易的事情。

她就像一朵长着尖刺的玫瑰花，采不下，摘不走。他对她根本就无可奈何。

“嬴千度，你知道你在说些什么吗？”宋朗怒喝道，“国与国之间岂可儿戏？”

“这不是儿戏。”嬴千度指着远处的大战，说道，“不是已经开始了吗？”

在他们说话的间隙，麒麟军已经被越战越猛的鬼舞军团杀得溃不成军，阵形开始混乱，人心开始涣散。麒麟军全军覆没，也不过是时间问题而已。

“嬴千度！”宋朗看得悲愤不已，出声喝道，“你用得着把事情做得如此决绝，不留退路？”

“决绝？”嬴千度的声音突然变得尖锐起来，她指着被公输垣护在身后的李牧羊等人，怒喝道，“你们举国对付李牧羊的时候，怎么就那般决绝？你们联合各国的修行者追杀李牧羊的时候，怎么就没想过要给他留一条后路？”

“他只是一个无关紧要的人而已，但是你们嬴家和我们宋家以后还会有更多利益上的往来。”

“休想。”嬴千度打断宋朗的话，态度坚决地说道，“我们嬴家绝对不会和篡权者来往。那是对嬴姓的羞辱。”

“嬴千度……”

“怎么？你觉得很悲愤，觉得很无力，觉得自己受了天大的委屈？你们那般对待李牧羊的时候，没想到自己也会有这么一天吧？”嬴千度恶狠狠地说道，“现在，我就把你们给予李牧羊的一切痛苦，在你们宋家身上重新演绎一遍。”

说话之时，嬴千度突然飞起。她手里的长剑早就已经插在了马背上的剑匣里，此时她的手里握着一支通体碧绿的短笛。

“魔音笛！”宋朗惊呼。

他有一种想死的感觉。

魔音笛同样属于神州宝器，虽然排名不如龙王的眼泪、弱水之灵等史诗级神器靠前，但也是可以载入《宝器·神器谱》的强大存在。

魔音笛能吹奏出各种带有杀气的曲子。

修行者的实力越强，魔音笛吹奏出来的曲子的杀伤力也就越大。

曲牌的不同、曲调的高低、情绪的喜怒，都会影响魔音笛的战力。对魔音笛来说，越是气势雄浑的曲子，产生的战力就越强。

等到修行者的实力达到一定的境界，一首曲子就可以斩杀千军万马。

仔细思量，这样的实力和神的力量有什么区别?

魔音笛主攻击。

琉璃镜主防御，可防金、木、水、火、土五行。

这两者相互配合，这场仗还怎么打啊?

宋朗心想：自己要不是宋朗，索性就缴械投降。嬴千度简直是欺负人。

嬴千度立在高空中，空中风大，她身上的彩衣被劲风吹荡得忽左忽右、忽前忽后，头上的白羽也不停地在空中飞舞飘扬。

嬴千度双手捧着那支魔音笛，笛子青翠欲滴，显得嬴千度的手指修长白皙。

她将魔音笛捧至嘴边，急促的声音突兀地响起。

杀!

嬴千度吹奏出来的是一个“杀”字。

那短促的声音仿若一把匕首，毫无预兆地朝着远处的宋朗扎了过去。

宋朗身经百战，战斗经验极其丰富。

他手里的长剑朝着胸口一挡。

“当——”

一声脆响传来，他后退了两步，而那由魔音笛吹奏出来的音符也被他的剑刃击得粉碎。

宋朗还没来得及喘一口气，一连串带着杀气的音符从魔音笛里吹奏出来。

《侠客行》!

嬴千度吹奏的是杀气最为可怕的《侠客行》。

十步杀一人，

千里不留行。

事了拂衣去，

深藏身与名。

……

每一个音符都是一把匕首，每一个高音都是一次重击。

一长串的音符是一把把匕首，刀刀朝着宋朗所在的位置横切竖劈过去。

宋朗感觉到了压力。

他手握长剑，不停地劈斩，将那些疾飞而至的音符斩断。

可是，魔音笛不停，那些音符便绵绵不断。

如海洋之水，永不枯竭。

如天空之风，永无尽头。

宋朗越斩越心惊，越斩越吃力。

他发现，当笛声变得急促激烈之时，那些音符就越聚越多，有一种要将他包围的架势。

“绝对不能让它们包围自己。”宋朗在心里想，“倘若被那些音符围困住，自己就会被乱剑穿心，死无葬身之地。”

宋朗心里这么想着的时候，便准备发出自己最猛烈的反击。

他一剑将一堆音符斩开，然后急速朝高空飞去。

宋朗越飞越高，越飞越快，就像要冲至九霄云外。

“轰——”

在向天空冲锋的时候，他的身体突然剧烈地燃烧起来。

红色耀眼，火焰漫天。

那燃烧着的火焰越飞越高，最后完全消失在人们的眼前。

嬴千度不管不顾，只是尽情地吹奏自己的曲子。

《侠客行》！

杀人之音！

破敌之曲！

此曲高亢急骤，风格暴烈，不可轻易中断，不然连吹奏者自己也会受伤。

“轰——”

冲至九天之外的红色火焰从高空急速降落，就像突然从天空掉落下来的一颗流星。

红色火焰在黑幕上留下一道优美的弧线，“砰”的一声朝正在吹曲的赢千度砸了过去。

赢千度仰起脸，双手捧笛，拼命地吹奏着。

一个又一个音符朝着红色火焰冲锋、环绕，想要将火焰包裹住。

在赢千度漂亮的瞳孔中，火焰越来越近，越来越大。

眼看火焰就要砸在她的身上，可是，她仍然停在原处，一动也不动。

她不是不能动，而是不敢动。

她将自己全部的心神都投入这曲《侠客行》，稍一动弹就会导致真气泄出、战力分散。

到时候她想再次凝聚真气，恢复战力，怕是一件极其困难的事情。

火焰越来越近，越来越亮。

“砰——”

当那猛烈的火焰即将落在赢千度的头顶时，天空中突然出现了一道耀眼的白光，然后传出巨大的爆炸声。

火焰爆炸了。

宋朗燃烧自己丹田中的本命真元，拼尽全力施展的大日光术被赢千度吹奏出来的战曲破掉了。

他的实力远远不如宋孤独，所以同样的功法，他和宋孤独施展出来的威力也是大不相同。

“砰——”

爆炸带来的尘埃消散，宋朗的身体重重地落在了冰雪中。

“喀——”

宋朗仰面朝天，嘴里大口大口地吐出鲜血。

“嗖——”

敌已灭，曲亦散。

嬴千度手持魔音笛，身体缓缓朝下降落。

她落在宋朗面前，居高临下地看着他。

"嬴千度，你不能杀我。"宋朗嘶声说道，"我是宋家的……血脉。杀了我，宋家会和孔雀王朝不死不休。到时候，西风帝国和大武国结盟，这对你们孔雀王朝……不利……"

"这些事我不关心。"嬴千度淡漠地说道。

她举起手里的魔音笛，猛地朝地面上的宋朗挥了过去。

"咔嚓——"

一道碧绿色的真气闪现，宋朗的身体已经没有一丝生机。

宋朗战死。

黑云翻滚，野火燃烧。

白马平原上，受惊的战马竭力嘶鸣，有些还拖着已经死去的主人朝着远处狂奔。

这场战斗已经接近尾声，当麒麟军被那些头插彩羽、脸戴鬼面的家伙用弯曲修长的斩马刀砍得阵形残缺、难以成军之时，个人战力更高的鬼舞军团完全占据了上风。他们驾驭着战马，挥舞着长刀，左劈右斩。麒麟军死伤一片，根本就不是鬼舞军团的对手。

与此同时，宋朗也直挺挺地倒在那里。

因为那一击太快，真气又太过凛冽，宋朗的伤口被真气覆住，就连鲜血都难以流淌出来。

等到那封住伤口的真气消散，鲜血才流出。

宋家嫡系，麒麟军主帅，就这样被嬴千度用幻化成刀的音符一击斩杀。

手持白骨权杖、头戴荆棘王冠的孔雀王朝国师嬴无欲走了过来，看着躺在地上的宋朗，轻声说道："此子虽无皇子之名，却有皇子之实。将其斩杀，终究不妥。"

嬴千度朝着嬴无欲深深鞠躬，声音温柔地说道："谢谢二爷爷出手相助，不然的话，怕是我的朋友已经被他们害死了。”

“傻孩子，一家人，你还和我客气什么？”嬴无欲怜惜地说道。

“二爷爷，杀了此人，会不会给帝国带来麻烦？”

“是有一些麻烦。”嬴无欲说道，“正如我刚才所说，宋家是西风帝国真正的掌权者，亦是实际上的皇族，是可以决定西风帝国走向的第一家族。千年以来，为了维持神州的平衡，孔雀王朝、西风帝国以及大武国三大强国都不会轻易结下死仇。因为一旦有两方结下生死大仇，就有可能出现两家合作，联手吞噬另一家的局面。你将宋朗斩杀，恐怕会刺激宋家，导致西风帝国和大武国结盟。那样的话，就算孔雀王朝的长刀再锋利，孔雀王朝也很难在和西风、大武两国同时开战的情况下存活下来。”

“可是，此人真是可恨至极，不杀他不足以平我心头之恨。”嬴千度愤慨地说道。

“我明白。”嬴无欲还是一副云淡风轻的模样，他轻声说道，“你想做什么，去做便是了。你父皇曾经说过，你的事便是国事。不过是宋朗而已，宋家又能怎么样呢？”

“二爷爷……”

嬴无欲摆了摆手，笑着说道：“有鬼舞军团保护，想必你安全无虞。我就先行一步了。此间事了，你也早点回去吧，别让你父皇和母后担忧。”

“是，二爷爷。”嬴千度知道二爷爷身份特殊，他既是孔雀王朝的国师，也是国教之师。可以说，他是孔雀王朝的定海神针，是不可在外面停留太久的。

“快去看望你的朋友吧。”嬴无欲朝李牧羊所在的方向看了一眼，劝慰道，“万事皆有因果，切记不可强求。束缚本心，是大愚蠢。”

“千度定会谨记在心。”

嬴无欲点头，身影逐渐变淡，最后化作一道白光消失在众人的眼中。

嬴千度朝李牧羊所在的方向走了过来，公输垣挺身拦截，想了想，又退让到了一边。

他看着嬴千度，问道：“你是李牧羊的朋友吗？”

“是。”

“没想到李牧羊别的不行，交朋友的本领倒是不错，竟然有你我这样的朋友。”公输垣一脸笑意地说道。

宋朗战死，麒麟军覆灭，他们这一群逃亡者的危机解除。

公输垣有一种死而复生的感觉。

他原本以为自己已经走到了绝路，却没想到形势因为孔雀王朝国师嬴无欲和孔雀王朝公主嬴千度这两位强势人物的到来而柳暗花明。

嬴千度看向公输垣，问道：“他现在情况怎么样？”

“不容乐观。”公输垣说道。

嬴千度走到李牧羊的身边，将面具摘了下来，露出了她那端庄清丽的脸。

公输垣看了，喃喃说道：“这位鬼面公主……一点儿也不像鬼，简直是神女下凡，是天仙一样的人物。”

嬴千度蹲下身体，伸手抚摸李牧羊惨白的脸颊，轻声唤道：“牧羊同学，我们又见面了。”

清心谷，梅花潭。

清心谷是宋家的私有领地，宋家的一些重要人物都会选择在这里辟谷修行，以求清心宁静。

梅花潭是宋家的老神仙宋孤独最喜欢的地方。此处以温水为汤，以天然的石髓为药，有舒筋活血、增加真气、洗涤心灵的作用。每浸泡一次，都能去除修行一天的疲惫，以最饱满的精神状态迎接新的挑战。

长期浸泡，还可以强身健体、益寿延年。

这就是宋家天才武者辈出的原因。

其他同地位的门阀也是如此。

这些强大的势力不仅将修行功法垄断，还将世间的天材地宝、灵山宝川也占据了。

普通人家的孩子，一生见过的最厉害的功夫就是一招“隔山打牛”，连修行的大门往哪边开都不知道，哪里有机会成为星空强者？

此时，宋孤独身穿一套雪白长衫，大半身体都浸泡在汤泉里面。

烟雾缭绕，泉水叮咚作响。

大雪漫天，寒梅怒放。

此处仿若神仙洞府一般。

宋孤独端坐在潭水中，眼睛紧闭，双手捏着印诀。一个金色的小球在他头顶闪耀，将一道道白色的光华投在他的身体上。

“嚓——”

积雪掉落的声音传来。

宋孤独睁开眼睛，看到宋洮一脸歉意地站在他的面前。

“孙子粗莽，打扰了爷爷清修。”宋洮躬身道歉。

老爷子受伤的消息家族里的重要人物都已经知道了，暂时还对外界封锁。但是，想要瞒住有心人的耳目是不可能的。

宋洮原本想要等到爷爷此番治疗结束再开口问候，却没想到自己的到来会引得积压在一朵寒梅上的雪团掉落，将正在闭目清修的爷爷惊醒。

“不碍事。”宋孤独面无表情地说道，看起来如往常一般从容，并没有任何的不适。

“是。”宋洮低头说道，“天都那边已经肃清，陆家的党羽爪牙已经被我们一网打尽。反抗激烈的满门抄斩，更多的被关进了水牢大狱。还有一些人在我们还没有清查到他们面前时就自行了断了。”

宋孤独不发一言，就像没有将这些话听在耳朵里。

他不关心这些。

他只需要结果。

结果是什么？

结果是心意。

对他们这些修行者而言，最重要的就是顺心意。

到了他今日今时的地位，最渴望的是什么？

是获得更大的力量，是永生不死。

他为何还要耗费时间精力在这些争权夺利的俗事上？

因为心意不顺。

他知道，倘若自己没有及时出手，等到陆行空和那个皇帝再准备几年，或许当真有将他们宋家拉下神坛、一网打尽的可能。

事情充满了不确定性。

他之所以出手，是因为当时他已经对破境绝望了。

倘若破不了境，他的寿命也就到了尽头，连这个寒冷的冬天都熬不过去。而一盏枯竭的油灯，怕是再也点燃不了了。

之前天都不一直传言他宋孤独即将逝去，帝国将失去一双眼睛吗？

他死了，何人能够制衡手握军权、背后又有圣心的陆行空？

他是做好了必死的准备，才筹备数年，准备了一场杀君篡位的大戏。

只是他没想到，受到李牧羊破境的启发，自己竟然也在最关键的时刻踏破星空境，进入了神游境。

如此一来，他的寿命便再次延续下去，他也便有了更多的修行时间和破境机会。

只是，那个时候万事俱备，又有李牧羊这个变数不停地激化矛盾，既然箭已上弦，就不得不发了。

境破了，心意也顺了。

其他事情，想必家里的子子孙孙以及那些依附宋家的势力都能处理得很完美。

“崔家那边的动静很大，这次肃清行动他们出了大力，现在他们已经开始在一些重要部门安插自己的人手。”

宋洮不管爷爷有没有听到，他过来的目的就是让爷爷知道这些事情。

爷爷管不管不重要，但是他得了解，在关键时刻做出权衡和选择。这是一家之主的职责所在。

宋孤独仍然闭目养神，不为所动。

崔家的那位是聪明人，知道什么该拿，什么不该拿。就算宋家一声不吭，崔家那位也会将那最大的一块肥肉双手捧着送到宋家的碗里。这些事情，用不着他操心。

“宋朗……”

宋孤独睁开了眼睛。

他的眼睛犀利深邃，如秋意深浓的深潭。

“宋朗出事了？”

“被孔雀王朝的嬴千度……斩灭。”宋洮悲恸地说道，“他带走的麒麟军全军覆灭。”

第242章
牧羊苏醒

宋朗战死，带去的麒麟军全军覆灭。

这样的消息在宋家这样的顶级家族算是大地震了。

宋孤独的表情有些哀伤，他沉默良久，才声音沙哑地说道：“是我害了他。倘若不是我命他前去追杀那条恶龙，他也不会遭遇不测。是我害了他。”

“爷爷切莫自责，此事和您无关。”宋洮赶紧出声劝慰，“宋朗是将军，是帝国的战士。对阵杀敌是战士职责所在。既是战士，在杀敌的同时也随时都有可能被敌方所杀。”

“话虽如此，但是……”宋孤独轻轻叹息，将头顶的金色小球收了回去，然后从汤泉之中站了起来，“我终究是少了一个好孙儿。”

“爷爷……”

“李牧羊活，则宋家死。李牧羊死，则宋家活。”宋孤独看着远处纷飞的大雪，说道，“这是命数。”

“爷爷，李牧羊他当真是一条龙吗？”

见爷爷不答，只是若有所思地看着自己，宋洮不禁吓出了一身的冷汗，赶忙解释道：“我不是不相信爷爷说的话，只是，晨曦一直说世间不可能有龙。或许是受到了她的一些影响，所以我才会有此一问。不过，既然爷爷说有龙，那自然是一定有龙的。没想到龙族消失数万年后，再一次在人间出现，实在是可恨至极。”

“晨曦可好？”

“晨曦很好，在家里休养。她吵着要一起过来探望爷爷，被我拒绝了。”

“天寒地冻的，可不能让她受了寒气。”宋孤独认真嘱咐道。

“是，爷爷。我也是这么和她说的，只是她还有一些生气。”

“这孩子。”宋孤独轻轻摇头。

“爷爷，您刚才说李牧羊活，则宋家死，李牧羊死，则宋家活……那个李牧羊当真有那么大的影响力？他的死活竟然关系到宋家的兴亡？”

“世间之事，说来便是如此神奇。”宋孤独表情凝重地说道，“家里有一部藏书，不知从何得到，名为《推背图》。虽然名字不起眼，但是书里的内容深不可测。随意在历史长河之中选择一个支点，便可在这本书中上推五千年，下推一万年。我选择了几个支点，发现历史进程和此书推算的一模一样。后来，我又尝试着推算我宋家的兴衰，可惜……”

“可惜什么？”

“虽然我对此道只是略懂皮毛，但是也推算出来，宋家将遭遇大劫，遇火则活，遇水则死。”

“爷爷的意思是……”

“孔雀王朝的公主率领大军践踏我西风国土，杀害我西风栋梁，总要给一个说法才行。”宋孤独并没有和自己的孙子深谈命格推算的意思，而是转移话题，把话头引到战死的宋朗身上。

“韩王……皇帝已经向孔雀王朝发出照会，我们的使者也在前往孔雀王朝的路上。倘若孔雀王偏袒女儿，不给我们一个说法，那就休怪我们西风大军压境，与其不死不休。”宋洮恨恨地说道。终究是自家的精英战死，他心里也很不痛快。

“千度公主远来是客，西风理应将其请至都城尽一尽地主之谊。”宋孤独稍一沉吟，出声说道。

“是，爷爷。”宋洮点头，“宋朗战死之前发出求救鬼蝶，现在那附近已经有八支军团前去救援。嬴千度率领鬼舞军团在我西风境内纵横，定然会被我精锐之师包围。”

“去吧。”宋孤独摆了摆手，有些疲惫地说道，“照顾好晨曦。”

“是。”宋洮看了爷爷一眼，心想：直到此时，爷爷仍然记挂着晨曦的身体状况，看来他心里最宠爱的果然是晨曦这个孙女。

宋洮躬身行礼，然后脚步匆匆地离开。

“神佛流血，国失栋梁……”宋孤独抬眼看着不远处一朵有着粉色花蕊的寒梅，喃喃自语，“到底失的是哪一位栋梁呢？晨曦啊晨曦，宋家的生死存亡，当真要系于你一个弱女子的身上吗？那《推背图》，推算的当真就是我宋家的命数吗？三千一百年而生大劫，这场大劫……当真能终结辉煌鼎盛的宋家不成？”

“你我相交，情同手足。我愿意以家族荣耀起誓……”

“深渊恶魔破壁而出，生灵涂炭，神州浩劫将至。人龙两族原本就应当连成一体，共救神州于水火。”

“你们这些愚蠢的家伙，空有一身天生的神技，却比最低贱的蝼蚁还要愚蠢。杀了它们！杀了那些邪恶的巨龙！”

……

“杀了它！”

“杀了它！”

“杀了它！”

……

“轰——”

李牧羊猛地从一场又一场的噩梦之中惊醒。

他脸色惨白，大汗淋漓，呼吸急促，心脏跳动得厉害。

那是漫长又黑暗的一生，那是让人悲愤到心生绝望的惨痛记忆。

那无尽的厮杀，那看不到尽头的战火……

那以荣誉之名发起的誓言，那最残忍的背叛……

那些被万剑砍伤的巨大身体，还有那被血染红的大江……

梦中的一切，都深深地铭刻在李牧羊的心底，铭刻在李牧羊的灵魂深处。

他痛！

痛彻心扉！

痛到了骨子里！

他记起来了。

全部都记起来了。

一桩桩，一件件。

清清楚楚，明明白白。

数万年前，他们杀了他一次。

现在，他们又要杀他一次。

“我不服。”李牧羊清楚地听到，在自己的内心深处，有一条通体漆黑的巨龙在嘶吼，“我要报仇！血债必须血偿！”

李牧羊睁开眼睛，黑色的瞳孔完全被一片红色覆盖。

“李牧羊，你醒了！”嬴千度掀帘走了进来。

“啊——”嬴千度看着李牧羊的脸，惊呼出声。

“啪嗒——”

她手里的瓷碗也掉落在地上，摔成了碎片。

之前，嬴千度急着赶去救李牧羊，所以只带了鬼舞军团的冲锋部队，粮草支援一概不理。

毕竟，鬼舞军团是一支擅长打野战的军团。只要人还在，无论是深山老林还是火谷冰川，都难以困住他们。

白马平原盛产白马，平原上有人以牧马为生，也算是这白马平原上极少数的原住民。

宋朗虽然战死，但是他大战之前放出去的鬼蝶仍然带来了数支援军。

西风帝国边境已经被军队封锁，带着昏迷不醒的李牧羊、陆契机以及陆清明等人，就算是嬴千度也不敢贸然闯关，担心伤了没有自保能力的李牧羊等人。

好在白马平原足够辽阔，足够让他们暂时隐蔽起来而不被西风军队找到。

嬴千度需要帐篷，于是下面立即有人为她从牧马人那里买来帐篷，作为她暂时歇息之所。

听到女孩子的惊呼声，李牧羊转身看了过去。

帐篷入口处是自然垂下的厚实的帘子，显得有些昏暗。

所以，一眼看过去的时候，李牧羊只看到女孩子身上的彩衣和头上插着的白羽。

那实在太耀眼了。

很快，李牧羊就被那女孩子的容貌所吸引。

面如明月，眼如秋水。

娇若花蕊，甜若樱桃。

大概是身份尊贵的缘故，这个女孩子的气质端庄而优雅，但这不仅不会让人避而远之，反而让人心生信任。

“增一分则太长，减一分则太短。”

古人的话用在她身上实在再贴切不过了。

只是，女孩子现在一脸惊恐地看着自己，就像看着一只凶猛的怪兽。

自己是怪兽吗？

李牧羊认真地想了想：还真是……

李牧羊的眼睛依旧血红，持久不变。

“有事？”李牧羊问道。

这是李牧羊的声音，只是这声音冰冷，就像他血红色的眼睛，给人诡异阴森的感觉。

“你的眼睛……”嬴千度看着李牧羊的眼睛说道。

“怎么了？”

“你的眼睛……你长了三只眼睛。”嬴千度吞咽着口水，惊恐地说道。

“三只眼睛？”

在他的眉心中间，双眼之上，多了一只眼睛。

一只漆黑如墨的眼睛。

那只眼睛竖着生长，就像一个黑色的洞。

那只眼睛里面没有瞳孔，没有眼白，只有一颗黑色的水珠。

李牧羊看不到，伸手摸了过去。

他轻轻地抚摸着自己的第三只眼，并没有觉得害怕，反而有一种极其熟悉的亲近感。

这就是那颗眼泪，黑龙死前凝聚的那颗眼泪。

龙王的眼泪！

它从李牧羊的手背转移到了心脏，再从心脏转移到了眉心——李牧羊的“天眼”所在。

那颗眼泪嵌入了李牧羊的天眼之中，真正地、完全地和李牧羊融合了。

李牧羊看向嬴千度，说道：“你都知道了？”

“知道了。”乍惊之后，嬴千度很快就恢复了冷静。在她这样的位置，什么稀奇古怪的事情没有听说过？什么奇人异士没有见过？

“你不害怕？”

“害怕什么？”

李牧羊咧开嘴笑了起来，样子邪恶而冷漠。

“我是一条龙，”李牧羊说道，“是被你们……视为邪恶野兽的龙族。”

“李牧羊！”嬴千度怒喝道，“请注意你的措辞。”

“怎么？我说得不对吗？”

“不对！一点儿都不对！大错特错！”嬴千度有些歇斯底里，“第一，你不是一条龙。你是李牧羊，是我的同学李牧羊，是和我一起闯入幻境的生死之交李牧羊。你有人族的父母，有人族的妹妹，还有人族的其他亲戚朋友。你不是龙族，你是人族。第二，不是‘你们’，是他们。我从来都没有视龙族为邪恶野兽，更没有视你为邪恶野兽。不管是以前，还是现在，或者是以后，你都是我的朋友。我永远都不可能站在你的对立面。李牧羊，只要你愿意，你还能和以前一样。”

“不一样了……”李牧羊的声音平静，却冰凉刺骨，“不一样了。这个消息怕是已经传遍神州了吧？你觉得，神州还有我立足之地？”

“你可以跟我回孔雀王朝，我可以保护你。谁敢伤你，我就收拾谁。”

“去了孔雀王朝，我就不是龙族了吗？谁敢伤我，你就收拾谁。要是孔雀王朝的所有人都要伤我呢？你收拾得过来吗？”

“不会的，不会的。”嬴千度摇头，“一定会有解决办法。”

“怎么解决？”李牧羊的眼睛越发血红，戾气难以抑制地从他心里朝头顶狂涌，“数万年以前，龙族和人族亲密无间，龙族一次又一次地为人族挡下入侵的深渊恶魔，尚且遭到人族的背弃和无情屠戮。现在……经过数万年的‘言传身教’，神州所有人都视龙族为罪恶的化身。在神州，人人皆想屠龙。这样大的裂痕，当如何修补？这么深的仇恨，又当如何化解？我说我不杀人、不伤人，人族会相信吗？他们会放过我吗？”

“李牧羊，你不要激动。只要我们努力，只要我们尝试去做，一定可以化解龙族和人族的矛盾与误会。”

“千度，别人被蒙蔽，难道你还不清楚吗？”李牧羊盯着嬴千度的眼睛，说道，“龙族之所以被屠戮、被灭族，是因为龙族威胁到了人族最高统治者的利益。他们怕龙族失去控制，怕龙族和他们争权夺利，怕龙族威胁到他们的生命。他们才是最仇视龙族的人。只有将龙族全部杀了，他们才能高枕无忧，才能内心安宁、睡得安稳。你说要化解人族和龙族的矛盾和误会，怕是连你自己的族人都会反对吧？更何谈九国的其他皇族和那些威震神州的修行者？他们怎么能允许一个异类，一个有可能威胁到他们的龙族活在这个世上？”

“可是，你不是龙啊，你是人！”

“他们不信。”

“我信。”嬴千度坚定地说道，“就算全世界都不信，我信。”

“……”

李牧羊看着嬴千度坚定执着的眼神，沉默良久，心里的戾气消散，声音也变得柔和了许多。

“谢谢。”

没有亲身经历，你不会了解，当你被全世界遗弃的时候，有一个人对你说出肯定的话是何等重要。

李牧羊有一个美好的童年，虽然重病缠身，随时都有可能死掉，但是因为有父母的爱和妹妹的照顾，他觉得自己是全世界最幸福的人。

他和很多人一样，一直视自己为人族，视龙族为异类。

甚至年少的时候，他也以屠龙为梦想，想像那些广泛流传的故事的主人公一样，照耀星空，举刀屠龙，成为吟游诗人歌颂和万民仰慕的屠龙英雄。

没想到，他没能屠龙，而是变成了一条龙。

他不曾伤害过谁，甚至想都没想过去伤害谁。

他努力地克制，用自己的善良和意志去化解那条黑龙带给自己的各种负面情绪。

可是，当他被西风帝国像蝗虫一样多的强者追杀，被宋孤独打进八根幽冥钉，甚至接下来还要面对更多的追杀时，他不得不重新审视自己的身份和立场。

李牧羊，你当真是人族吗？

倘若如此，为何你的同胞全都要杀你？

他恨人族。

以前没有，但是从那一场悠长痛苦的噩梦中清醒过来以后，他开始恨人族。

可是，在这个时候，嬴千度出现在了他的身边。

“就算全世界都不信，我信。”

那个女孩子斩钉截铁、毫不犹豫地说道。

或许连嬴千度自己都不清楚，她说的这句话会给李牧羊带来什么样的影响和变化。

这正是他需要的啊，这正是他期待的啊。

他仇视人族，想毁灭那些要将他毁灭的人族。

但是，这不是他的真实想法。

或者说，他不愿意拥有这样的想法。

他是一个人啊，一个活生生的人啊！

他怎么能背叛自己的族人？怎么能舍弃自己的父母和亲戚朋友呢？

嬴千度伸出手，把手放在李牧羊那覆盖着漆黑鳞片的手背上，轻声说道：“无论如何，我都会和你站在一起。别人杀你，我保护你。不管你要做什么，我都会帮你。”

李牧羊心潮起伏，仿佛有一滴蜜糖滴进了他的口腔，混着口水顺着他的喉咙而下，瞬间流过他的全身。

神奇的事情发生了。

嬴千度伸手覆住的手背上，那大块的鳞片瞬间消失于无形。

所有遭遇过苦难的孩子，愿你被这世界温柔以待。

第243章 灯火阑珊

麋鹿小筑。

一间古色古香的暖阁里，两个年轻的女孩子正在说话。

一个温婉清丽，一个楚楚可人。

温婉的是崔小心，可人的是宋晨曦。

名满天都的两轮明月聚会，原本应当是引起整个天都城的人谈论的热闹事，可惜现在是多事之秋，先皇新丧，天都城暂时还处于国丧期，酒坊歇业，就连茶馆里的说书人都被禁止在这个时候说书赚几个糊口钱。

“晨曦妹妹，最近身子骨可好了些？”崔小心捧着热茶，看着对面的宋晨曦关切地问道。

崔小心心想：之前的帝国三明月，陆契机锋芒毕露，容易让人产生距离感；自己又过于谨慎小心，处处不与人争；倒是这个宋家的小公主冰清玉洁，心思剔透，最为惹人怜爱。

“谢谢小心姐姐关心。今年的冬天比往年更冷一些，但是晨曦的身体要比以往好上许多，或许是因为晨曦常常出去活动吧。”宋晨曦捧着金丝楠小暖炉，认真地回答。

“嗯，此言有理。”崔小心点头道，“还是要多出去走走，这样才对身体有好处。以前想多和晨曦妹妹亲近，又恐打扰了晨曦妹妹休息。这么一犹豫，时间也就耽搁了下来。”

宋晨曦脸上浮现一丝笑意，乖巧地说道：“好的，以后听小心姐姐的，没事就出去欣赏美景，也好为自己绘画寻找素材。李牧羊传授我丹青之道的时候也曾经说过，胸有成竹，方能笔下有竹。我终日窝在这麋鹿小筑里不出去，所见所闻也不过是这一方天地，又能画出什么好的作品呢？不过是自己构想的那一座空中楼阁而已。”

“李牧羊……他也传授过你丹青之道？”崔小心强忍着异样的情绪，出声问道。

宋晨曦看了她一眼，说道：“小心姐姐稍等。”

宋晨曦对着身边的侍女小星说道：“小星，去把那幅画取来。”

“是，小姐。”小星立即跑了出去，很快就抱着一个画卷回来了。

宋晨曦接过画卷，小心翼翼地在桌案上展开。

很快，那幅极其传神动人的《少女推门图》便展现在崔小心的面前。

崔小心看得入神，伸手轻轻地摩挲着画卷上的墨迹，嘴里喃喃自语道：“相识多年，我还没来得及请他帮忙画一幅画呢。”

宋晨曦看着崔小心深思的模样，说道：“小心姐姐，以后会有机会的。”

“以后？”崔小心笑容凄凉，“哪里还会有以后？”

陆家倒了，李牧羊竟然成了邪恶的黑龙。现在这个消息在整个天都城或明或暗地流传，就连崔府的丫鬟小厮也在谈论。

李牧羊生死未卜，而她的命运……大概也已经注定了吧？

先皇驾崩，陆家垮台，现在宋家可以说是权倾朝野，就连她的爷爷都要仰其鼻息。

在这种紧迫的局势下，崔家更不可能更改与宋家早就已经谈妥的婚事。

崔小心现在已经处于半禁足的状态，这次还是她说要来看望宋家的这位小姐，崔母那边才放行。

崔母担心崔小心去了不该去的地方，引起宋家的反感，还特意将自己身边的几个大丫鬟派到崔小心身边跟着。只要崔小心这里稍有个风吹草动，她们就会在第一时间向崔母传信。

好在崔小心并没有其他想法，确实是来看望宋家这位小姐的，那些大丫鬟终于安了心。

“小心姐姐，你也不要太过悲伤。”宋晨曦觉得崔小心很可怜，和自己一样可怜。

自己是家养的金丝雀，而小心姐姐又是什么呢?

是一只被圈养的短腿猫。

可以偶尔出去玩耍，感觉也有无限的自由，但是主人一声呵斥，就得乖乖地回去蹲在他的面前，听从他的使唤，让倒立就得倒立，让抓痒就得抓痒。

“我没事。”崔小心笑着说道，担心宋晨曦发觉自己的心事后私下里和她的哥哥说起，到时候又是一件麻烦的事情。

“小心姐姐，你是不是不喜欢我们家停云哥哥？”宋晨曦问道。

崔小心的眼神瞬间变得犀利，身体也因为防备而紧绷起来。

但继而，她又变得柔和起来。她若有所思地看着宋晨曦，不知道宋晨曦此话的真实意图是什么。

她们俩来往不多，甚至连朋友都算不上。

宋晨曦知道了她的答案，又会做出什么样的反应呢?

“小心姐姐，你不要误会。”宋晨曦冰雪聪明，瞬间就明白了崔小心的担忧，“你且说无妨，今日所说是我们姐妹之间的私房话，你知我知，晨曦不会让第三人知道。”

“是。”崔小心点头道，就像做了某一种决定。

说出这句话的时候，她压抑已久的烦闷情绪一下子就跑掉了大半，心情也一下子就好了许多。

她终于能够说出这句话，说出这句在心里憋了许久不能为外人所知的话。

“那就不要嫁给他啊。”宋晨曦眯着眼睛笑了起来。

崔小心打量着宋晨曦，思索着她笑容里的真实成分有多少。

看着看着，崔小心便也跟着笑了起来。

她感觉得到宋晨曦的真心，宋晨曦确实是站在她的立场上说这句话的。

“好啊。”崔小心欢快地应道，“那我就不嫁他了。”

“嗯，我们找更好的。”宋晨曦笑着说道，“小心姐姐喜欢谁，那就嫁给谁。”

崔小心也跟着笑，但是笑容逐渐变得苦涩起来。

"小心姐姐，你说……李牧羊真的是一条龙吗？"

"是你爷爷这么说的。"

"我知道。当时我也在现场呢，可是，我还是没办法相信啊。我认识的那个李牧羊，他怎么可能是一条龙呢？"

"在我心里，他不是。"崔小心语气坚定地说道。

李牧羊手背上的鳞片消失，然后身体其他部位的鳞片也渐渐消失。原本被鳞片覆盖的地方都露出了和人族一样的皮肤。

他的眼睛不再血红，漆黑的瞳孔里出现了嬴千度的身影。

就连额头上那第三只眼睛也神奇地不见踪迹，就像它从来都不曾出现过一般。

那是龙王的眼泪。当李牧羊不再处于化龙状态时，龙王的眼泪便会进入李牧羊的身体里隐藏起来。

"李牧羊！"嬴千度一脸惊喜。

"对不起。"李牧羊愧疚地说道。

伤害自己的人，自己无力反击。

真正关心自己的人，自己却对他们乱发脾气，仅仅是因为自己发了脾气他们也不会离开，仍然会选择站在自己身边吗？

"没关系。"嬴千度摇头道，"谁遭遇这样的事情，心里都会委屈不甘的。你并没有做错什么，是世人亏欠你太多了。我想，这笔债，人族一定会偿还的。"

"可是……"

"没有可是。"嬴千度知道李牧羊想要说什么，劝阻道，"没关系的。无论什么事情，我都会陪你一起承担。"

"和我一起成为人族公敌？"

"是的。"嬴千度说道，"包括成为人族公敌。"

"何苦如此？"

"你忘记了？"嬴千度笑起来的时候，脸上便显出了一丝动人的柔媚，她说道，“我们是朋友啊。”

“是啊，我们是朋友。”李牧羊点头道。

“接下来你有什么打算？”

“去风城。”

“可是你现在的身体……”

“我没事。”李牧羊摇头道。不管有没有事，他都要赶到风城，以最快的速度赶到风城。

他的父母在那里，他的妹妹也在那里。他怕自己去晚了，他们会遭遇不测。

嬴千度面露忧虑，说道：“我明白你的心情，但是我要先给你分析一下我们此时此刻面临的局势，这样也方便你做判断。”

看到李牧羊不答，嬴千度说道：“风城是陆家的陆勿用经营多年的地方，陆勿用能在这种危急关头反戈一击而没有走漏任何风声，定然是已经完全掌控了风城。陆勿用本身就是修行高手，又在疆场厮杀多年，实力极其强大。而且经过多年磨砺，他身边高手如云。此外，他还手握十万铁骑，堪称疆域霸主。”

她顿了顿，继续说道：“在你昏迷不醒的时候，宋朗率领麒麟军前来拦截，结果麒麟军反被我的鬼舞军团全部歼灭。宋朗战死之前，以鬼蝶传信于白马平原附近的守将。之前接报，有八路大军正在追杀围剿我们。”

嬴千度看着李牧羊的眼睛，柔声说道：“所以，你现在的决定是什么？”

“我要去风城。”李牧羊说道。

“好，我陪你一起去。”嬴千度嫣然而笑，那笑容让整个帐篷都明亮起来，就像有人偷偷地在帐篷里放了一颗珍贵无比的夜明珠。

千度！

千度！

众里寻他千百度，蓦然回首，那人却在灯火阑珊处。

驱散黑暗的唯有光明，赶走寒冷的也只有温暖。

此时此刻，李牧羊的内心深处是平和的、温柔的，还带着一点点的甜。

那种甜不知道起于何处、来自何方，却弥久不散。

戾气消失，恨意不见。

李牧羊觉得，自己的人生也并不是只有残酷和死亡，还有耳边的微风、头顶的骄阳，以及那女孩子不离不弃的呢喃软语和如花笑颜。

李牧羊看着嬴千度的眼睛，嬴千度同样在看着李牧羊的眼睛。两人彼此对视，心意相通。

“这种有人倾诉的感觉真好。”李牧羊在心里想道。

幻境之中，因为藏白七子擒拿了嬴千度，用药逼迫嬴千度交出琉璃镜，李牧羊愤而化龙，喷出熊熊龙焱，终于毁灭藏白七子，将嬴千度救了出来。

那个时候，嬴千度的神志被药所迷，所见真真假假，如梦如幻；眼里心里只有欲念，不见其他。

等到她醒过来时，药效已过，欲念消失。

她身上的衣服虽然破烂，也终究有所遮掩。

她脑海里的记忆残缺，两人也就心知肚明，不再提起。

幻境中危险，随时都有性命之忧，谁能放下心来去说那些原本就说不出口的男女私情？

但是不说，并不代表不念。

也正是从那个时候开始，嬴千度的心里有了那个男孩子清晰的身影。

他的坚毅和勇敢，他的自制和奉献，都深深地铭刻在了她的心底。

就连他化作黑龙的模样，也并不让她害怕，不让她觉得丑陋。相反，她有一种踏实和温暖的感觉。

倘若没有李牧羊，或许她已经被藏白七子侮辱杀害。

那样的话，身份再高贵又如何？模样再漂亮又如何？

谁能和死神抗争？

幻境崩塌，李牧羊被困其中没有及时出来。嬴千度出来之后郁郁寡欢，苦等数十日，在得知李牧羊的消息之后立即就离开了星空学院，连招呼都没来得及打一声。

可是，天都城风云变幻，当她将所有的消息全都收进耳朵里时，她发现自己到天都不但救不了他，而且自己也会有危险。最聪明的做法是回到孔雀王朝，那里才是她的根，有她的依仗，才可以让她得到强大的力量。

孔雀王朝布于天都的棋子全部活动起来，只为一个少年的安危，他们冒着生命危险，将最新的消息汇集到这位公主的手里。

当得知陆家倒了，陆清明带着李牧羊从岚山山顶逃脱时，嬴千度立即率领孔雀王朝最强悍的鬼舞军团前来救援。

她千里奔波，不眠不休，只为早一刻到，早一息找到他、保护他。

骑在马上的时候，嬴千度就在心里想着，无论如何，这一次都不能再让李牧羊以身犯险了。

因为那样的话，她也要跟着担心害怕。

现在见到李牧羊之后，她又想着，李牧羊坚持去冒险，意味着他有不得不去的理由，那么自己就陪他一起去好了。这样的话，自己就不会再担心害怕了。

“你不能去。”李牧羊说道。

“为什么？”

“危险。”

“你一个人去，就不危险吗？”

“我一个人去，可以悄无声息地将他们救出来。要是你率领着鬼舞军团一起去，那等着我们的就是一场惨烈的攻城战。”李牧羊并没有被仇恨和担忧冲昏头脑，分析道，“而且，一旦鬼舞军团出现，西风帝国那些正在四处搜寻我们行踪的军团一定会立即齐聚风城。到时候，他们从四面八方围拢而来，鬼舞军团再强大，也难以寡敌众、以少胜多。他们也有父母和兄妹，我不想他们因为救我的父母而被人夺走性命。”

“可是，你想过没有，敌人不杀你的家人，或许就是想以你的家人为饵，诱你进入他们在风城布下的天罗地网。”嬴千度不无担忧地说道。

“我知道。”李牧羊点头道，“我不了解陆勿用，但是我了解宋孤独。那个老匹夫算无遗策，他一定会这么做的。”

“那你还想独自去救人？”

“我可以为我的父母去死，因为我的命就是他们给的。”李牧羊沉声道，“你们不行。”

嬴千度轻轻摇头，说道：“你是嫌鬼舞军团的人太多是吧？那行，我就把他们打发了，我一个人陪你去。”

“……”

虽然嬴千度极力劝阻，希望李牧羊多休养几天，但李牧羊还是不顾自己疲惫不堪、伤痕累累的身体，坚持下床走动。然后，李牧羊在另外一个帐篷里见到了陆清明——他真正的父亲。

在战场上，李牧羊突然听闻这个消息时，有一种荒谬和不知所措的感觉。

他还没想清楚，新一轮的战斗就开始了，化解了他和陆清明独处时的尴尬和沉默。

如今，战斗早已结束，但是当他们以这样的方式再见时，李牧羊的心情仍然复杂至极。

在这以前，他坚信自己生于江南，长于江南，罗琦是自己的母亲，李岩是自己的父亲。为什么他只是去了一趟天都，他从小到大所有的认知就全部被颠覆了呢？

陆清明的伤势不容乐观，虽然得到了嬴千度这边的太医的救助，他仍然处于昏迷不醒的状态。

“我父亲……”李牧羊用一种非常低沉的声音问道，“他的情况怎么样？”

“我已经让太医帮忙治疗过，你父亲身体外部的大伤口有七处，小伤口有四十八处……”嬴千度理解李牧羊的心情，尽量用轻松的语气来解释这些事情，“那些都不是最关键的，得到及时治疗，你父亲应该不会有性命之忧。最致命的是……”

“是什么？”

“幽冥钉。”嬴千度看了李牧羊一眼，说道，“他的身体里被打入了一根幽冥钉。太医们尝试过，但是以他们的能力，还没办法将他体内的幽冥钉取出来。

所以……那根幽冥钉直到现在还在他的体内。”

李牧羊再一次沉默了。

幽冥钉，全名幽冥打龙钉，是专为打压和折磨龙族而创造的东西。

宋孤独为了从李牧羊口中得知龙族的不死之秘，抽取地底的幽冥之气，凝聚成钉，并将它们一根根地从李牧羊的天灵盖打入李牧羊的身体里。

李牧羊的体内就这样被打入了八根幽冥钉，当宋孤独准备打入第九根幽冥钉，直接将李牧羊钉死的时候，陆清明用自己的身体护住了李牧羊……

这就是父亲为自己所做的事情。

这也是父母才能够做到的事情。

李牧羊心想。

“太医有没有说过……怎么样才能把身体里的幽冥钉拔出来？”李牧羊问道。

“没有。”嬴千度摇头，“因为幽冥钉主要是针对龙族使用。既然这些钉子是打在龙族身上的，也就没有人想过再将这些钉子从龙族的身体里抽取出来。”

嬴千度见李牧羊神色平静，这才接着解释道：“所以，直到现在，只有打入之法，没有抽取之法。幽冥钉只要打入身体里，就会与精血融为一体。它是一股凝聚成钉子的幽冥之气，想要将钉子拔出来，就要将受害者全身的精血全部抽取出来。那样的话，就算幽冥钉被全部拔出来了，受害者也会因为失去精血而死亡。”

“果然如此。”李牧羊哑声说道。他在自己的记忆海里搜寻到的信息也是如此。

因为龙族的半神之体太过强大，普通的刀剑几乎不可能伤到它们的要害，更不可能限制它们的半神之体，继而逼迫它们为人族利用驱使，所以才有人创造出这专门压制龙族的幽冥钉。

他们将地底的幽冥之气凝聚成幽冥钉，幽冥钉一旦进入龙族的身体，就和龙族的精血融合，难以被单独剥离。

除非龙族死亡，否则龙族体内的幽冥钉会一直陪伴着龙族。

白天的时候还好一些，但是一到夜晚，幽冥之气最为旺盛的时候，那种折磨几乎让龙族生不如死，更不用说只是血肉之躯的普通人类了。

对于这种折磨，龙族是无可奈何的。

嬴千度身份特殊，见多识广，李牧羊原本以为她会知道一些解救之法。

可惜，他的希望落空了。

“牧羊，你不要担心，终究会有解决办法的。”嬴千度说道，“我不知道，并不代表别人也不知道。此番回去，我就让我的二爷爷帮忙救治。他可是孔雀王朝的国师，也是国教之师，境界极高，实力深不可测，或许他有解决之法。”

“谢谢。”李牧羊感激地说道。

“这么客气做什么？我不是说过了吗，我们是朋友。”嬴千度轻声说道。

“好，那我以后就不客气了。”李牧羊说道，“千度，能不能让我和父亲单独待一会儿？”

“我去看看派遣出去的探子们回来了没有。”嬴千度说着，走了出去。

李牧羊站在陆清明的身侧，看着他伤痕密布的国字脸，沉声说道：“对不起，我知道拔钉之法，可我现在还不能救您。”

第244章
幽冥之痛

李牧羊确实知道一种救治之法，一种只有龙族之主才能使用的方法。

那就是将幽冥钉吸入自己的身体里，用自己强大的真龙之力与幽冥钉抗衡，直至吞噬幽冥钉。

以前就有龙族被人类打入幽冥钉，那条黑龙的父辈为了救它，就用吞噬神功将那根幽冥钉吸进自己的身体里，也就是说，两条龙的血液互换。黑龙的父辈将带有幽冥之气的血液吸入自己的身体里，再将自己纯粹的血液渡还回去。

那个时候，龙族正处于战力巅峰，仅仅一根幽冥钉还是可以承受的。况且，龙族坐拥无数神奇功法和仙丹灵药，有很多种办法可以抵御此钉带来的痛苦。

可是，李牧羊的身体里已经有了八根幽冥钉。虽然他继承了真龙之血，但八根幽冥钉已经是他所能承受的极限。倘若他再吸入这第九根幽冥钉，他体内的血液就会被那幽冥之气冻成冰块。也就是说，第九根幽冥钉入体之时，就是他殒命之日。

为了陆清明，他不怕死。

但是现在他还不能死，他还要用这残躯去救自己的父母和妹妹。

无论如何，他都要活着。

所以，他要向自己的父亲，向自己的另外一个父亲道歉。

他知道救治之法，现在却不能救自己的父亲。

陆清明伤得很重，从外表上看，陆清明比李牧羊伤得还要重。

在他带着李牧羊逃离岚山之巅之后，一路上是他和那一狼一“狗”不停地与那些追逐而来的强者厮杀。

宋孤独施展大日光术打晕了李牧羊，李牧羊也用自己的雷霆之力给予了宋孤独一定程度的伤害。

公输垣赶去得很及时，将即将坠落的李牧羊拖到了他的穿云雀之中。可是，李牧羊也因此和那一狼一“狗”失去了联系。

陆清明脸色青紫，身上还有大大小小数不清的伤痕。好在他身体上的大伤口都被孔雀王朝的太医们涂抹了特殊药物，又用纱布包裹住了。

李牧羊蹲下身体，看着睡在褥子上的陆清明，心里有一种说不清道不明的滋味。

“您怎么就成了我的父亲呢？”李牧羊握住他的手说道，“我已经有了一个父亲，现在又多了一个父亲，心里确实觉得怪怪的。我并不是讨厌您，我只是觉得……我只是不知道自己要如何面对才好。”

李牧羊的神色有些纠结。

“您待我很好，公孙姨对我也很好……也许现在我应该叫母亲了。罗琦是我的母亲，她也是我的母亲。我现在有两个父亲、两个母亲，还有一个弟弟和一个妹妹。对了，还有陆契机。以前我总觉得家里人太少，除夕的时候不够热闹，没想到现在一下子多了这么多亲人。”说着说着，李牧羊又高兴起来。

“我是你们的儿子，我是陆家人。你们早些告诉我也好啊，最好是在陆家还完整的时候吧，总要给人一点时间接受不是？总要让我……享受一下陆家大少爷的生活不是？”李牧羊又微微抱怨起来。

他顿了顿，接着抱怨道：“现在倒好，陆家倒了，陆爷爷……爷爷也走了。被人追杀的路上，您突然对我说我是您儿子。我什么好处都没捞着，什么荣光都没有沐浴到，连完整的家庭生活都没有体会过，一不小心就成了您的儿子。

“爷爷被人杀了，我要替爷爷报仇。陆家被人灭了，我要重振陆家。这么多的事情，这么重的责任，全都落在我的肩膀上了。您说，这事要是搁在您身上，您会开心乐意不？再说，我是一条龙啊，我的身体里有一条龙！现在全世界的人都知道了，整个神州的人都要杀我。

“在这样一个人人都想要屠龙的时候，我活得真是很有压力啊。父亲，您说，我现在怎么办？我从来都没有经历过这样的事情啊。您说我现在怎么办？前路茫茫，我要何去何从？”

陆清明自然是没办法回答李牧羊这些问题的，他现在还昏迷不醒，根本就听不到李牧羊在说些什么。

“如果可以选择，”李牧羊看着陆清明，悲怆地说道，“我希望我永远都不知道我是您的儿子，我希望我一辈子都生活在江南小城，我希望过安逸平静的生活，而不是像现在这样。我不想杀人，更不想被杀。”

陆清明的脸上露出痛苦之色，神色狰狞，表情扭曲，身体也开始挣扎起来。

陆清明挣扎得越来越厉害，额头上开始出现大颗大颗的汗珠。

在这冰天雪地的白马平原，陆清明竟然因为疼痛而汗湿了衣被。

“又开始了吗？”李牧羊说话的声音也哆嗦起来，变得含糊不清。

深夜子时，是幽冥之气最为浓烈的时候，他们体内的幽冥钉便开始发作。

这个时候，不仅是他们体内的幽冥钉在折磨他们，就连地底的幽冥之气也仿佛受到召唤似的，一股股地朝着他们的身体里钻去。

这种感觉，就像有人不断地朝着他们的躯体打入钉子。幽冥打龙钉之名也正是因此得来。

显然，现在正是午夜子时，陆清明体内的幽冥钉开始活跃，开始拼命吞噬他身体里面的热量。

他现在流的是热汗，等到热汗流完，他的身体温度就会降至冰点。

那个时候才是最痛苦的时候。

李牧羊和陆清明的反应一样。

而且，他的体内有八根幽冥钉，所以他承受的痛苦折磨是陆清明的八倍。

在痛苦达到一定的峰值后，人就感受不到疼痛了。这种说法完全是瞎说。

李牧羊坐不住了，身体哆嗦得就像寒风中摇曳的一片叶子。

他拼命地握住陆清明的手，想要给陆清明一点力量，或者借用一点陆清明的力量。

但是，他已经将所有力气都拿去抗击寒冷和疼痛，就连握手都没有力气了。

“啊——”李牧羊倒在了地上。

他拼命地挣扎着，扭动着，翻滚着。

用脑袋去撞击地面，他感觉疼痛在脑海里。

用身体去撞击柱子，他感觉疼痛在脊背里。

他用身体的每一个部位去撞击，感觉身体的每一个部位都在疼痛。

“啊——”

凄惨的声音连绵不绝。

帐篷外，赢千度站在那里仰望苍茫的天空，脸上露出哀伤至极的表情。

“你不进去看看吗？”一个冰冷的声音在赢千度身后响起。

赢千度没有回头，因为她不用转身也知道说话的人是谁。

“进去做什么？”赢千度反问，“我知道他体内有八根幽冥钉，可是我帮不了他，我什么都做不了。这种时候，他或许不能保持一个男人最需要的自尊。既然这是他必须承受的痛苦，那我就给他一个私人的空间，让他能独自面对这一切。在这个私人的空间里，他可以歇斯底里地叫喊，可以用任何方式缓解痛苦。”

赢千度神色悲哀：“这个时候，我何必进去让他全身不自在呢？他已经很不容易了，又何必在这种事情上隐忍？以后需要他咬牙坚持的事情实在是太多了啊。”

“都说孔雀王朝的千度公主聪明睿智，有王者气度。由小见大，此话果然不假。”陆契机说道。虽然这话是在夸奖人，但是她那冰冷的语气，让人听了还是有一些不舒服。

陆契机早就醒了。

她只是受了真气的冲击，在得到太医们的治疗之后就立即醒了。

但是她也只是醒来了，那一战太过激烈，越级挑战更是让她伤及了真元。

不仅如此，就连她的凤凰之心都裂开了一道口子。她刚才查看过，那道口子一时半会儿没办法弥合，她暂时没办法吸纳光明之气了。

这样的话，她想迅速地恢复身体都是一件艰难的事情，更不用说快速地提升自己的修为境界了。

“这样的称赞用在不死凤族的身上不是更恰当？”赢千度说道。她同样知道了陆契机的身份。没想到这个星空学院冷傲不可一世的同学竟然是不死凤凰。

这个世界还真是奇妙啊，什么事情都有可能发生。

谁能想得到，一龙一凤就在自己的眼皮子底下，而且还和自己朝夕相伴了很长一段时间呢。

等到老了作传的时候，那些书记官和史学家一定会对此事大书特书吧？

“我要走了。”陆契机说道。

“去哪里？”嬴千度问道。她知道自己留不住这个女孩子，但也没想到陆契机那么快就要走。

“杀人。”陆契机轻声说道。

她的语气十分平静，神色却冰冷无比，紫火在她眼里不停闪烁。

陆契机说杀人，那自然是要杀宋家人，或者陆勿用。

无论是远在天都的宋家人，还是风城城主陆勿用，都不是易与之辈。她伤口未愈，身体疲惫，现在去只有死路一条。

就算她现在不去，西风帝国派遣的在白马平原疯狂搜寻的数路大军也迟早会来找她。她现在何必自投罗网？

嬴千度稍微沉吟，说道：“我知道你不喜欢我，同样，我也不喜欢你。不过，局势至此，我们现在是一根绳子上的蚂蚱。所以，能否听我一言？”

陆契机沉默不语，算是默认。

于是嬴千度继续说道：“虽然你是不死凤族，可以永世轮回，拥有无尽寿命，可是现在，你终究不是不死之躯，还没有完成凤凰九转。这样的你没办法浴火重生，虽然依旧可以轮回，但每一次轮回都需要强大的实力支撑才行。而且就算轮回成功，实力也会削弱。除非你舍弃这一世的身体，否则，以你现在的身体状况，冲过去也只是死路一条。何不等李牧羊清醒过来，大家再从长计议呢？”

“李牧羊？以他的身体状况，他现在哪里还有一战之力？”陆契机冷冷地说道，“虽然我是不死凤族，但是公孙瑜是我这一世的母亲，对我有养育之恩。陆家倒了，母亲下落不明。为人子女，哪能因为贪生畏死而对此无动于衷？”

“你的母亲也是李牧羊的母亲，你要做的事情也是他要做的事情。”嬴千度继续劝道，“你们俩原本应当是兄妹才对。兄妹齐心，其利断金。倘若我是你，我一定会等到兄长清醒过来再一起商议救人之法。再说，我已经派遣多路人马前去打探，只要一发现公孙姨的行踪就会立即派人接应。公孙姨那边有‘三魂七魄’在，那都是陆家培养多年的高手，公孙姨他们一定不会有事的。”

陆契机想了想，说道：“我回去睡一觉。”

“好好休息。”嬴千度说道，“我让人给你送一些滋补之药。倘若你需要外力疗养，我可以让人过去为你渡气。”

“不用。”

陆契机拒绝了嬴千度的好意，转身朝自己居住的帐篷走了过去。

在她的身后，是嬴千度站立在雪地上的身影和帐篷里李牧羊翻滚的身影、惨叫哀号的声音。

李牧羊睁开眼睛的时候，远处的天际已经露出鱼肚白。

对白马平原上的牧马人来说，在大雪纷飞、整天不见太阳的寒冬腊月，这样的能见度已经值得他们喝酒庆祝了。

昨天晚上，李牧羊被幽冥钉折磨得死去活来，大半夜没能睡着。

等到疼痛减弱，身体疲惫到极致，他才能安稳地睡上那么一小会儿。

地面一片狼藉，他更是狼狈不堪，身上的伤痕比经历好几场恶战后还要惊人。

帐篷里面没有镜子，李牧羊没办法看清楚自己的脸。但是他知道，自己的模样一定惨不忍睹。

他猛地从地上爬了起来，四处搜寻陆清明的身影。

陆清明躺在帐篷的东北角，脸朝下，背朝上，衣衫褴褛，看起来比李牧羊还要痛苦许多。

李牧羊当时也正受着折磨，不知道幽冥钉有没有让父亲痛得从昏睡中清醒过来。

他从毛褥子上挪动到帐篷的角落，怕是无意识的行为吧？

想及此处，李牧羊觉得自己的心情更加沉重。

他有两个父亲、两个母亲。按道理讲，他应该有双份的父爱、双份的母爱，比其他人都要幸运才是。

可是，他的一个父亲落入贼窝，一个父亲重伤未醒；一个母亲生死未卜，一个母亲在逃亡路上。

人生艰难至此！

李牧羊走到帐篷外面，抓了一把雪朝着脸上擦拭一番，将脸上的血迹洗掉，也给额头上受到猛烈撞击的地方消消肿。

接着他又将衣服整理了一番，将束发的丝带解开，就这般披散着长发。这样一来，他倒是有点儿哀伤洒脱的韵致了。

李牧羊刚刚做完这一切，嬴千度就捧着一个大海碗出现在了李牧羊的面前。

“你醒了？”嬴千度笑着问道。

“醒了。”李牧羊看着她手里的大海碗，里面有一大块肉骨头，漂着一层油的肉汤正冒着浓郁的香气。

李牧羊的肚子顿时“咕咕”直叫，直到这个时候他才想起来，自己好像有很久没有好好吃过东西了。

嬴千度眯着眼睛笑了起来，将手里的大海碗递了过去，说道：“快吃吧。他们向那些牧马人买的羊羔，肉很鲜嫩。”

李牧羊接过大海碗，抓起骨头就狂啃起来，一边狼吞虎咽地吃肉，一边“呼噜呼噜”地喝汤。

没有吃东西的时候，李牧羊反而没觉得自己饿到了什么程度。当第一口肉咬下去时，他就被那种浓而不腻的肉香吸引了，越吃越快，最后完全不顾形象。

当然，他知道自己也没有什么形象了。

在李牧羊吃肉喝汤的时候，嬴千度始终站在李牧羊旁边看着他，笑脸盈盈，神色温柔而怜惜。

“慢一些，我再让他们送一碗过来便是。”嬴千度劝道。

李牧羊抬头看了她一眼，终于放缓了进食的速度。

“你不想问些什么吗？”李牧羊问道。

"问什么？"

李牧羊想了想，说道："吃饱饭我就去风城。"

"好，我们一起去。"嬴千度说道，"我已经吃好了。"

"呜——"

嘹亮的羌笛声突然从远处传来，划破天际。

嬴千度脸色大变，说道："有敌袭。"

李牧羊把手里的大海碗一丢，立即朝帐篷里面的陆清明奔了过去。

无论什么时候，家人的安全永远是第一位的。

公输垣顶着一双熊猫眼打着呵欠走了出来，一脸茫然地问道："怎么了？发生了什么事情？"

他看到一队身穿彩衣、头插彩羽的鬼舞军团战士朝着嬴千度簇拥而来，瞬间清醒过来，瞪大眼睛吼道："他们找到了？他们找到我们了？"

嬴千度接过卫队替自己拉来的战马的缰绳，翻身上马，看着公输垣说道："你跟在李牧羊身边，保护他们父子。"

"锵！"

嬴千度抽出手中长剑，厉喝道："杀！"

那些鬼舞军团的战士一个个情绪高涨，挥舞着斩马刀，跟在嬴千度的身后冲了出去。

嬴千度是午时回来的。

从清晨到中午，这一仗可以说用时极长。

嬴千度长发凌乱，彩衣染血，就连那一直插在她头上代表皇族身份的白羽也不知所终。

她身后的护卫少了些，一些受了伤的战士被同胞搀扶着回来交由太医医治。

李牧羊迎了过去，问道："怎么样？你有没有受伤？"

"我没事。"嬴千度轻声笑道，脸上浮现疲态，"天海城城主莫隆发现了我们的踪迹，率领三万士兵偷偷摸来想要将我们一网打尽，在新皇面前捞个大功。"

"人呢？"

"死了。"

三万虎狼之师，在半天的时间里全军覆没。鬼舞军团不愧为天下第一强军。

"此地不宜久留。莫隆能找到这里，其他人也能。莫隆死在自己的贪欲上，倘若他将我们的行踪向风城汇报，等数路大军从东南西北四个方向围拢而来，鬼舞军团再善战，也没有活命的机会。"

"我们去风城。"李牧羊说道。

嬴千度有点不明白，说道："风城是边疆重镇，风城城主陆勿用手握重兵，担当防御大武国和孔雀王朝的重任。而且和风城临近的恶狼谷、石林峡谷也驻扎着大军，这两处军事重镇的长官同样隶属陆家嫡系。三方势力互为掎角之势，守望相助，就算是朝廷也不敢轻举妄动，派遣大军攻打。风城进可攻，退可守，实在不行还可以向大武国或者孔雀王朝投诚，想必大家很乐意接受这些百战雄兵以及他们镇守的城池。倘若是以前，风城确实是避祸宝地。但是现在风城已经叛变，我们此时前去不是自投罗网？"

"那就要看他们织的网是不是足够坚韧了。"李牧羊眼里闪过一丝狠厉。这个时候不是哭天喊地叫委屈的时候，他们首先要解决的问题就是活着。

活着，就是最大的转机。

嬴千度想了想，眼睛一亮，对身边的一名书记官发布命令道："稍作休息。一刻钟后，我们兵发风城。"

"是。"书记官躬身行礼，毫不犹豫地将公主的命令发布了出去。

"就是要辛苦陆叔叔了。"嬴千度看着李牧羊说道。

"活着不苦，死了才苦。"李牧羊说道。倘若父亲就这么死了，那他满腔的仇恨和满腹的不甘又将如何化解？就算死了他也会难以安宁吧？

第245章
检查身体

风城，城主府。

议事大厅里，陆勿用正和他召集过来的手下大将们商议要事。

“天海城城主莫隆以为凭借自己率领的三万大军就可以独自吃掉鬼舞军团，立下剿逆头功，真是愚蠢至极！”

“鬼舞军团要是那么容易被吞掉，哪里还有今天这么大的威名？”

“你们也不要长他人志气，灭我等威风。咱们陆家的狼骑军也是和鬼舞军团齐名的强军。”

此言一出，全场沉默。

整个神州的人都知道，狼骑军的赫赫威名是陆行空那一脉的陆家人打出来的。当年放走公输家的陆峥嵘老将军是陆行空的先祖，和陆勿用这一脉相隔甚远。

正是因为陆峥嵘老将军的善念，陆家才得到了公输家无条件的支持和帮助，陆家建立起来的狼骑军才得以在军事装备上一骑绝尘。陆行空一脉的陆家人都要从底层与狼骑军将士同吃同睡，接受残酷的训练。在陆行空一脉的努力下，狼骑军才一跃成为震动九国的强军。

可是，这和陆勿用有什么关系？

他们才背叛了陆行空那一脉，正在背后捅刀子呢，现在却有人拿狼骑军的威名给自己撑面子，世间怎会有如此愚蠢之人？

见所有人都不说话，眼神诡异地看着自己，刚才说话的毛远山梗着脖子，冷笑连连，说道：“怎么？难道我说得不对吗？背叛了老将军，现在连狼骑军的大名都不敢提了？”

“你想怎么个提法？”陆勿用平静地看着他，问道。

“我就是要给老将军讨一个公道。”

“要是我不给你这个公道呢？”

“那我也要替老将军说一句话。我就想不明白，老将军待我们不薄，为何会落得如此下场……”

“嚓——”

毛远山一句话还没有说完，心脏位置就穿出来半截长剑。

他的鲜血沿着剑刃，一滴一滴地朝着议事大厅的地板滴落。

“你……”毛远山睁大眼睛盯着陆勿用，一脸不可思议。

“话也不许你说。”

“陆勿用……”毛远山的嘴角溢出鲜血，他怒目圆睁，吼道，“你不得好死……”

“扑通——”

他朝前面扑倒，趴在地上再也没有声息。

全场再一次静默无声。

陆勿用目光如刀，扫视全场，说道：“我做错什么了吗？”

没有人应答。

毛远山的尸体就在眼前，谁还敢违逆陆勿用的意志？

“我是做错了一些事情。”陆勿用自问自答，带着温和随意的笑容说道，“远山没有说错什么。老将军待我们不薄，可以说，陆氏能有今日之荣光，和老将军的辛苦筹谋是分不开的。没有老将军，就没有我们这些人的存在。特别是我陆勿用，可以说是老将军一手提拔起来的。没有他，就没有我。

“可是，有些事情是我不得不做的。老将军性子执拗，要做忠臣、直臣，甚至不惜以死相搏。可是，诸位，老将军不怕死，我们可是想要活命的。宋家势大，这是三岁幼童都能看到的事实。可是，老将军还是要和他们对着干，这不是自寻死路吗？

“陆某是不愿意拿自己一家老小的性命给某些人邀名的，我想在场应该有不少人和陆某的想法是一样的。我就不说那些忠君爱国之类的话了，大家都是战场上可以背靠背的兄弟，谁还不明白谁心里的那一点小九九？我想活着，你们也想。所以，我陆勿用就站出来带你们干一场大的。

“倘若不是我及时做出选择，风城现在会落得什么下场？在场诸位将军又会落得什么下场？天都那么大一座陆府，他们说烧就烧了。修为那么高深的老将军，他们说杀就杀了。诸位，为了活着，也为了让你们活着，我陆勿用已经背负卖主求荣的骂名了，现在也轮到你们做一些事情来证明自己的诚心了。记住，你们不是为我，是为你们自己，为你们一家老老小小。”

“唯将军马首是瞻。”

“将军说什么就是什么。”

“将军，这骂名我们愿和您一起承担！”

……

不得不说，陆勿用能被陆行空看重，成为这风城之主，确实是有几把刷子的。他先是以雷霆手段杀掉胆敢当众质疑自己的毛远山，再粗暴直白地告诉众人：我是错了，但我做这些事情是为了活着，也是为了你们活着。不是为了什么忠君，也不是为了爱国，全部是为了我们自己。我为了你们背负骂名，你们又将以什么来报答我的恩情？

陆勿用慷慨激昂地说着，没有一句废话，也没有一句套话。

他的话清清楚楚、明明白白，虽然简单，没有矫饰，却偏生容易让人信服。

陆勿用摆了摆手，说道：“我不需要你们效死，我也不希望杀人。我们做了那么多事情，最终不就是为了活着吗？所以，谁不想让我活，我就让谁死。陆氏那些反抗的人都被我杀了，毛远山也被我杀了。为了活着，我是不吝啬让别人死的。”

众人沉默。

“所以，鬼舞军团来了，我还是要杀。不仅是我，我还要请在场的诸位陪我一起。他们死了，我们才能活着，我们的父母子女才能活着。诸位将军，你们说是不是这个道理？”

“将军，您说章程吧。我们都是一群大老粗，您指哪里我们就冲到哪里。”

“就是。为了老婆孩子能活，老莫什么事情都敢干。”

“将军，您说话。”

“李牧羊是一条恶龙，这个消息大家都有所耳闻吧？”

“将军，这件事情都传遍了。营地里的弟兄们也都在传，说那李牧羊是一条黑龙，专吃人心肝……”

“李牧羊是不是恶龙，咱们暂时先不管。不过，连宋家那位都没能把他留下来，证明他确实有可取之处。对于此人，我们不可大意懈怠。”

“将军，您是说那李牧羊有可能会来我们风城？”有人露出一脸惊讶的模样，“咱们风城高手如云，有铁骑十万，堪称铜墙铁壁，连那大周和大武的大军屡次进犯，都不能进我们疆土分毫。那李牧羊负伤逃走，他来此地不是自投罗网吗？”

“那李牧羊的父母和妹妹都在我们手里，他必然会来的。”陆勿用笃定地说道。

“来了正好，一刀杀了便是。”有人咧嘴大笑，“保不准咱们兄弟也有机会成为那说书人嘴里的屠龙英雄，名传千古……”

“李牧羊来，那孔雀王朝的公主赢千度自然也会来。赢千度来，自然会带着她的鬼舞军团。所以，诸位切莫大意。”陆勿用再次提醒道。

“将军，我们明白。”

“将军可有计策？”

“计策自然是有的。猛龙过江，小命难保。”陆勿用眼神森冷，嘴角浮现出一丝讥讽的笑意，说道，“既然算准了他会来，那咱们就在这风城布下天罗地网。倘若兄弟们这次全力将这条恶龙斩杀于风城，那咱们这风城可就扬名神州了。到时候，索性不再叫风城，叫作屠龙城如何？”

“好名字！”众人齐声叫好。

陆勿用环视四周，问道：“陆林呢？怎么不见这小子的踪影？”

站在陆勿用身后的管家轻声说道：“老爷，少爷在陪那位李小姐说话。”

“废物！”陆勿用冷冷地说道。

众人静默，不敢多言。

毕竟，这是城主府的家事，他们可不敢说什么。

城主府后院，一间窗户破了无数个口子，冷风正在“呼呼”地朝里面狂灌的柴房里，李思念衣衫单薄地缩在一角，淡漠地看着面前的男人。

陆林披着华贵暖和的皮大衣，坐在一把造型古典的梨木椅子上，前面摆着一张小桌，桌子上摆着几个小碟，碟子里是瓜果糕点之类的吃食，旁边还有一个暖玉茶壶，暖玉杯子里的茶水正在往外冒着淡雅的香气。

“你说说，做我的女人有什么不好？”陆林说话的时候，将一颗果干丢进自己的嘴巴里咀嚼着，“自从第一次见到思念小姐，我陆林便心生仰慕之情，一而再，再而三地上前奉承讨好，可是思念小姐从来不曾给过我好脸色。那个时候你有天都陆家护着，我无可奈何。只是没想到，天都陆家突然倒了，陆行空也死了……更让人喜出望外的是，我风尘仆仆地从天都赶回来，思念小姐已经成为我陆府贵客……”

“滚！”李思念声音冰冷地说道。她很讨厌看到这个男人，每看一次都觉得恶心，更讨厌听到他说话。她宁愿听一群苍蝇在自己身边“嗡嗡”叫，虽然之前她最讨厌的就是苍蝇。

“这个字你说多少次了？我不走。我说过，我心中仰慕思念小姐，所以，你说什么我都不会走。你将我的脸抓成这样，你看我生气了吗？我没有。我有时间，也有耐心。这冰天雪地的，闲着也是闲着，倘若能找到一些有趣的事情打发时间，倒也不错。”陆林扭头朝外面看了看，笑着说道，“没想到啊没想到，没想到思念小姐的哥哥是一条龙。当时和他相处，我只是觉得他极其怪异，却没有深究，没想到他隐藏得如此深……我说，思念小姐不会也是一条龙吧？”

李思念转过头去，不愿意和他多说一个字。

“神州消失了数万年的龙族啊，想想就觉得非常刺激……”陆林坐在那里居高临下地打量着李思念，欣赏着她那倔强而清秀的面孔、消瘦却玲珑的身段，不由得有些燥热，“要不，思念让我检查检查身体……看看你到底是不是龙族？”

陆氏在倒台之前称得上是帝国的顶级门阀，陆林又是风城城主的儿子，也算是熟读圣贤之书的豪门子弟。

陆林一直想给人一种温文尔雅又学识渊博的印象，所以，在天都陆家遇到李牧羊时，他才会主动上前与李牧羊交谈，并且大力称赞李牧羊画技了得。

在李思念初入风城之时，他也确实保持着世家子弟的风采和礼仪，说话温柔，行事体贴。若是一般的小姐，怕是早就身心沦陷了。

可是，偏偏李思念就不是常人。

后来局势突变，风城陆氏背叛了天都陆氏，李思念也从贵宾变成阶下囚。

就算是那个时候，陆林也不曾对李思念有过身体上的冒犯，只是不停地前来烦李思念，一次又一次地要求她做自己的女人。

当等待的时间太久，被拒绝的次数太多时，陆林就有些绷不住了，就连表面上的伪装也难以维持。

这几天，李思念对他的态度越发恶劣，甚至对他吐口水以及抽耳光、抓脸，让他怒火中烧。

他心里明白，自己没有机会。

倘若不用一些另类的手段，他是不可能得到这个女人的。

在他的心乱了之后，再来审视自己和李思念的关系，他心里就有了不一样的感觉。

李思念，他必须得到的女人。

不管怎样，他都要得到这个女人。

陆林用一种异样的眼神盯着李思念，嘴角浮现一丝淫贱的笑，说道："我还从来没有想过，我会和一条龙发生什么密切的关系。"

风城，议事大厅。

陆勿用和在座诸将商量了一番防备事宜，最后陆勿用又嘱咐大家务必小心谨慎、严防死守，不要让李牧羊和鬼舞军团浑水摸鱼闯了进来，诸将应诺。

陆勿用宣布会议结束，心里想着一会儿要和陆林那个浑蛋好好谈一谈。就算陆林再浑蛋，那也是他的儿子，刚才他没有在众将面前破口大骂，那是为了给陆林留一些颜面。毕竟，以后风城这一大摊子事儿还要交到儿子的手上，他不能伤儿子威望。

大家还没走出院子，就听到城墙上传来嘹亮刺耳、连绵不绝的“呜呜呜”的警报声。

“将军，有敌袭！”一个披甲小将大步奔了进来，向陆勿用汇报道。

众将止步，陆勿用问道：“来者何人？”

“身穿彩衣，头插彩羽，是孔雀王朝的鬼舞军团。”

“人数几何？”

“五千。”

陆勿用沉默了。

众将也全都沉默了。

仅仅五千之数的鬼舞军团，竟然状若疯癫地跑过来围攻他们的风城？

先不说风城的常住人口到底有多少，仅驻军就有十万，再加上一些辅助军团，那更是一个庞大的数字。风城是立于边疆的四大雄城之一，拥有和相邻的大周国、大武国以及孔雀王朝直接抗衡的实力。

鬼舞军团疯了吗？

还是说那个带头的孔雀公主疯了？

陆勿用看向那名小将，问道：“何人领军？”

“领军之人脸戴鬼面，头插白羽，应当是孔雀公主嬴千度。”小将回答道。

“可见到李牧羊？”

“不曾。距离太远，看不清楚。”

“下去吧。”陆勿用摆手道。

小将领命而去。陆勿用扫视四周的风城将领，说道：“说说吧，各位都是怎么想的？”

“将军，那个嬴千度一定是疯了，带着五千人的鬼舞军团就想和我们十万大军抗衡，她以为自己的鬼舞军团是天兵天将啊？”

“孔雀公主嬴千度多才多智，这里面是不是有什么深意？”

"是啊，这会不会是诱兵之计？难道孔雀王朝那边另有大规模的军团进入了西风境内？可是，我们完全没有得到任何消息啊，也没有任何一处边疆防线示警。"

……

陆勿用沉吟片刻后说道："静观其变，先看看这位孔雀王朝的公主有什么动作吧。"

"是，将军。"众人应道。

"将军……"又有一名小将跑了进来。

"何事惊慌？"

"那位孔雀王朝的公主……她派遣人送来了……"

"送来了什么？"

"招降书。"小将小声说道，生怕自己声音大了会吓到自家的将军，"他们送来了招降书，要招降将军。"

"岂有此理！我等是西风重将，岂会受他们孔雀王朝的招揽？"

"嬴千度欺人太甚，将军，不如让我领军五万出城去杀他们个片甲不留！"

"灭了鬼舞军团，抢了孔雀公主给新皇献礼！"

……

等大家都说了一句狠话发了心中郁气后，陆勿用云淡风轻地说道："把他们的招降书取来给我看看，我倒要看看，这位孔雀王朝的公主会给我陆勿用开出什么条件！"

当一个人变成禽兽时，世间所有的道德法则都对他没有任何约束力。

陆林放下手里捧着的茶杯，一脸笑意地朝双手双脚被缚、坐在地上的李思念走过去。

"杀了我。"李思念说道，并不见任何的惊慌失措。

陆林不由得脚步一滞，心里对李思念生出大大的不满。

拜托，你不是应该先喊"救命"吗？书里都是这么写的啊！你怎么能完全不按照套路出牌呢？

陆林呆滞片刻，脸上浮现一丝狞笑，恶狠狠地说道："李思念，你不是喜欢装圣女吗？你不是喜欢装淡定从容吗？我倒要看看，一会儿，你还能不能像现在这般圣洁，像现在这样淡定从容……"

"那个时候我已经死了。"李思念说道。

"你以为你死得了吗？"陆林冷笑连连，"这里是风城，是我的地盘。这里的一切都是我说了算。我让你活，你才能活。我让你死，你才能死。明白吗？"

"靠装孙子骗来的地盘，靠背叛家主得到的权力……我明白，但不屑。"

陆林的脸色阴沉至极。

李思念说得对，他们父子是靠不停地跑到天都陆氏那里装孙子才骗来的风城地盘，他也一直亲热恭谨地称呼陆行空为"爷爷"。他们是靠背叛家主才得到一言决断的权力。倘若陆行空未死，风城的重要事务还是由他来决断。

李思念这不仅是打脸，简直是诛心。

"李思念！"陆林一步步地朝着李思念走了过去，恶狠狠地说道，"本少爷的忍耐是有限的。你现在自寻死路，那就休怪本少爷出手无情了。"

这一次，陆林终于对李思念生出了杀心。

当然，杀她之前，他要先做点什么，弥补自己这些日子承受的伤害。

陆林走到李思念的面前，蹲下身体和她对视。

"你怎么不吐口水了？"陆林问道。

"我怕你的脸脏了我的口水。"李思念说道。

被一个男人这么近距离地用侵略性的目光打量着，说不紧张是不可能的。

李思念也是紧张的，她也害怕那最不堪的情景出现。

可是，她不想表现出紧张、惶恐不安的情绪，因为那样会让她面前这个恶心的男人心里生出满足感。

就连一点点的满足感，李思念也是不愿意给他的。

"有道理。"陆林点头道，"你的口水可不能脏了。"

他伸手去抚摸李思念的脸，李思念侧头避开。

“砰——”

陆林伸手一拍，李思念的身体便僵硬得不能动弹。她的嘴微张，尖利的牙齿正准备狠狠地咬向自己的舌根。

可是，她的打算被陆林发现了，陆林立即对她施展了石佛功，让她的身体不再受自己的意识控制。

“我说过，这里是我的地盘。我让你活，你就能活。我让你死，你才能死。怎么？想咬舌自尽？”陆林得意地笑着，一副“我已经看穿一切”的模样，说道，“李思念，现在想死了？怕是没那么容易。”

李思念眼睛充血，仿佛正在嘶吼：“杀了我！杀了我！”

“是说让我杀了你吧？在我玩够之前，我怎么可能让你死呢？”

陆林说话的时候，已经伸手去解李思念的腰带。

他嘲讽地盯着李思念，手上的动作却不曾停顿。

“李思念，我喜欢你现在的样子。这样才像一个女人嘛……”

“噗——”

陆林身后传来一声异响，就像有什么东西在对着他的脊背吐泡泡。

陆林疑惑转身，看到一只雪白的“小球”正在柴房的半空之中飞着，对他吐着泡泡。

“噗——噗——噗——”

陆林先是错愕，然后神情激动，满脸狂喜。

“弱水之灵，竟然是弱水之灵！”

第246章
假意招降

风城，箭楼之上。

陆勿用率领风城众将以及府里招纳的强人勇士登高望远，视线所及的开阔之地，有大批脸罩鬼面、身穿彩衣、头插彩羽的将士驻马而立，队形前尖后阔，呈强攻之势。

为首之人身穿绣有孔雀图案的白色锦袍，脸戴鬼面，头上插着象征孔雀皇族的白羽。

“来者何人？”陆勿用身边的一个将军吼道。

“孔雀王朝千度公主殿下前来招降陆勿用，陆勿用速开城门投降。”

“笑话！孔雀王朝的人竟然有胆子到我们西风帝国来撒野，还大言不惭，说要招降我们将军，你们也配？”

陆勿用摆了摆手，高声喊道：“来的可是千度公主？”

“嗒——嗒——嗒——”

白羽将军打马前行几步，仰起脸，远距离和陆勿用对视，与陆勿用有了一个短暂的交锋后，清声说道：“正是嬴千度。”

“不知千度公主所为何事？”

“前来招降陆将军。”

“陆某受宠若惊。”陆勿用平静地说道，“只是我不明白，为何公主觉得陆某需要被招降呢？我又为什么要接受千度公主的招降？”

“陆将军大难临头，还不自知？”

“愿闻其详。”

“陆将军，风城是谁家之风城？”

“自然是西风之风城，皇室之风城。”

“既然是西风之风城，皇室之风城，那么陆将军觉得，西风皇室和宋家会放心由你一个外姓人手握十万精兵，来统领这险要之地吗？”

陆勿用沉默了。

嬴千度是深谙政治之道的孔雀王朝公主，她说的也正是陆勿用担心的。

风城之所以在这千百年里一直由陆氏把守，成为陆氏之后院，所需兵器粮草都能得到优先供应，一是因为陆氏先祖跟随西风帝国的开国皇帝一起争得天下，深受皇室宠信；二是因为风城是陆家祖祠之所在，天都城内又有强势人物庇护。

可是，现在陆行空战死，天都陆家倒台，风城虽然看起来仍然强壮如猛兽，却犹如无根之浮萍。这个时候，宋家还有必要将风城交给陆勿用这样一个外人吗？

与其终日提防，不如将这个风城城主换成他们宋家的嫡系。

那个时候，他又当如何自处？

连陆行空那样的老狐狸都被宋孤独斩杀，他就抵挡得了宋孤独的辣手？

“本想卖主求活，殊不知，卖了主人，这生活怕是也越来越不容易了，陆将军，是不是？”嬴千度声音清脆，如叮咚泉水。只是她的每一句话的每一个字都直刺人心，让陆勿用脊背生寒。

“陆某一心为家国计，所作所为，问心无愧。陆某忠心报国，想必朝廷也不会负了陆某以及这风城十万兄弟。”陆勿用朗声说道，“再说，我等降了你们孔雀王朝，又会有什么好日子过？怕是投降之日，就是人头落地之时吧？”

“陆将军此言荒谬。你去打听打听，我孔雀王朝何时诛杀过有功之臣？倘若陆将军愿降，将这千年大城拱手让于我孔雀王朝，如此大功，足可封爵，荫及子孙。那样的话，我可保陆将军世代无虞。陆将军不考虑考虑吗？”

“这条件确实很让人动心。”陆勿用笑着说道，“不过，为表诚意，千度公主不如亲自来风城做客，我们坦诚相对，如何？”

“为表诚心，陆将军亲自来阵前一叙，如何？鬼舞军团的将士仅仅五千之数，陆将军手里却握着十万大军，难道还怕我一个小女子将你杀了不成？”

“容陆某和兄弟们商议一番。”陆勿用笑着说道。

他转身看向身边的一名将军，问道：“消息发出去了吗？”

“将军，消息已经发出去了。天海城以及青帝城、狼胥关三方守将都已经放出鬼蝶报信，正率领大军从左、中、右三方赶来，与我们形成合拢之势。其他几支队伍也正赶来，此番势必要将孔雀王朝的鬼舞军团留在西风。”

陆勿用点了点头，说道：“让陆铁生准备妥当，闻号冲锋，记得要生擒嬴千度。”

“是。”那名将军躬身应道。

岚山李牧羊和木鼎一那一战，震惊了神州九国所有关注这一战的修行者和民众。

谁也没有想到，李牧羊竟然打败了成名数十年的木鼎一，更没想到传说中的史诗级神器弱水之灵已经被李牧羊收入囊中，陪着他共战强敌。

弱水之灵，是《宝器·神器谱》上排名前三的神器，是只听其名不见其形的神器，是消失了万年之久的神器。

弱水之灵现世的消息一出，群雄觊觎，万人争夺。九国皇室、各大神山剑派以及不属于任何势力的人族修行者都在追寻李牧羊和弱水之灵的下落。

这样的史诗级神器，各方势力都会不惜一切代价抢夺。

神州震动，天下强者争夺弱水之灵时，岚山之战的一些细节也流传出来，进入了老百姓的耳朵里。

“知道吗？那弱水之灵长得像一条狗，就跟我们家的旺财一样。”

“你们家旺财那是狼狗，能一样吗？据说那弱水之灵巴掌大小，模样还挺可爱。”

“我姑姥姥的二大爷家有三个小子，老二是飞羽军左营小队的，他亲眼见到弱水之灵，说它其实长得像一只兔子。”

……

不管外界如何谈论，陆林是知道弱水之灵的大概模样的。

当转身看到弱水之灵就那么吐着泡泡悠闲地在半空之中飞翔时，他不由得欣喜若狂，有一种将其占为己有的冲动。

“美人，我所欲也。弱水之灵，亦我所欲也。我陆林上辈子到底做了多少善事，不然上天为何对我如此厚待……”

陆林还沉浸在遇到弱水之灵的狂喜之中时，雪球的嫣红小嘴突然变大，一道龙形闪电从它的口中冲了出来，朝陆林所在的位置狂冲而去。

“砰——”

陆林一拳轰出。

但是他的拳头还没来得及砸出去，他的脖颈已经被人掐住，整个身体都被人从地上提了起来。

“救命！”陆林拼命地挣扎，“救命，救命，不要杀我……”

握住陆林脖颈的那只手稍一用力，陆林就没办法再发出任何声音，他双腿乱蹬，脸色紫红。

“哥哥……”李思念看着单手提着陆林的白衣男子，眼眶湿润，哭泣着喊道，“哥哥，你没有死！”

“思念……”李牧羊眼眶泛红，鼻子酸涩不已，有一种强烈的想要流泪的冲动。

数日不见，不承想中间会发生那么多的事情。

他成了陆氏之子，而他的妹妹……仍然是他的妹妹。

以前，别人嫌弃他是废物时，她用自己的方式来保护和安慰他；现在，别人害怕他是邪恶的龙族时，她用自己的眼泪告诉他，“你还是我的哥哥，你永远都是我的哥哥”。

李牧羊担心看到的陌生不曾出现，李牧羊害怕看到的惊恐也不曾发生。

“哥，你没事就好，你活着就好……”李思念的脸被眼泪爬满，她没有顾及自己的生死安危和尴尬境地，只为自己的哥哥还活着而高兴不已。

“我没事，你们也不会有事。”李牧羊沉声说道。

他盯着陆林，眼神如刀，沉声问道：“我的父母被关在哪里？”

“咯！咯！咯！”陆林感觉呼吸顺畅了一些，拼命地呼吸新鲜的空气，“我知道，我知道……不要杀我，我可以带你去……”

“告诉我位置。”李牧羊冷冷地说道。

“那里戒备森严，倘若你独自过去，定会惊动看守，然后整个风城的强者都会赶来。李牧羊，不要杀我。只要你不杀我，我可以放了你的父母和你的妹妹，对了，还有许达和他带来的那些人。我可以放了你们所有的人，还可以央求我父亲放你们离开风城……”

“位置。”李牧羊再一次问道，“告诉我位置。”

他不相信陆林，不相信风城的每一个人。

甚至这偌大的神州，又有几人值得他信任？

“李牧羊，我知道你受伤颇重。你应该清楚，以你一人之力是不可能逃离风城的，更不可能带着你的家人离开……只有我活着，你才有机会。”陆林这个时候倒是思维清晰，冷静非常，“让我好好活着，你和你的家人才有一线机会逃离风城……我若是死了，你和你的家人都要给我陪葬，你们都得死……”

第247章
四面楚歌

孔雀王朝，灼日殿。

孔雀王身穿一件绣有烈火孔雀的紫色长袍，端端正正地坐在那把仿若巨大荆棘树丛的龙椅上。

大殿之中，西风帝国的使者熊飞虎正一脸气愤地慷慨陈词：“千年以来，西风和孔雀王朝互为友邻，和睦共处，罕见刀兵。西风尊重孔雀王朝的传统，亦极其仰慕孔雀王朝的悠久历史和深厚文化。两国边境多有贸易，两国商民亦多有往来。

“西风视孔雀王朝为友，孔雀王朝却视我西风为敌寇。此番孔雀王朝的千度公主率领鬼舞军团擅自闯入我西风帝国领土，屠杀我西风数千将士，致使我西风帝国百战雄师麒麟军几乎全军覆灭，主帅宋朗亦被千度公主亲手所杀……如此恶行，人神共愤。孔雀王难道不给我西风帝国一个交代吗？”

“你有证据吗？”身形清瘦，看起来颇像士子的孔雀王问道。

“尽人皆知的事情，难道孔雀王还要抵赖吗？”熊飞虎感觉自己受到了羞辱，怒道。

“尽人皆知指的是哪些人？你把他们拉到本王的面前让本王看看。”

“孔雀王这是强人所难……”

“你看看，你大老远地跑来攻击本王的女儿，说本王的女儿杀了人，本王还没有生气呢，你有什么好生气的？不要激动，不要激动，大家有事说事……你刚才说什么事来着？”

“……”

“没事了？”孔雀王等了一会儿，没等到西风使者说正事，便打了一个呵欠，瘫坐着说道，“没事就散了吧。本王乏了，要去休息一会儿。”

“孔雀王要人证，那我就给你带人证。”熊飞虎高声说道，“我倒要看看，人证物证俱在，孔雀王还要狡辩到几时。”

熊飞虎对着高处拱了拱手，说道：“孔雀王可敢让我的人把人证带上来？”

“还真有人证啊？”孔雀王细长的眉毛微挑，脸上夹杂着诧异和不满，问道。

“怎么？孔雀王怕被人当面戳穿，怕被人当众说出真相？”

“既然有证人，那本王就姑且一见吧。”孔雀王说道。

熊飞虎转过身，对身边的心腹说道：“你亲自去将人带进来。”

“是，大人。”少年领命而去。

很快，少年哭丧着脸跑了进来，喊道：“大人，大人……”

“何事惊慌？”熊飞虎转过身，惊声问道。看到少年的脸色，他心里有了很不好的预感。

“大人，他们……”

“有话好好说。到底出了什么事儿？”

“我们的人证原本好好的，可是走着走着，突然就倒在地上一命呜呼了。”少年满脸憋屈地说道，“一定是孔雀王朝的人动了手脚，不然的话，他们不可能就那么……好端端的就那么死了。”

“血口喷人！我们孔雀王朝怎么可能行如此卑鄙之事？”

“熊大人，在陛下面前，说话可要注意分寸！你们的人死了，我们也很奇怪啊，说不定是你们太急着赶路累死的呢，是不是？”

“证据呢？你们诬蔑是我们孔雀王朝的人动了手脚，证据在哪里？”

……

“你们！”熊飞虎指着殿上那些孔雀王朝的大臣，脸色紫红，身体不停哆嗦，“你们……”

“熊大人，说话要讲究证据。”孔雀王换了一个方向“瘫”坐着，懒洋洋的声音从高处传了过来，“你们无端攻击本王的女儿嬴千度，又指责本王的臣子行为不端……这些都是在本王眼皮子底下发生的。可是，熊大人，你诬蔑本王的女儿越境杀人，证据又在哪里？”

“那死去的数千麒麟军将士就是证据。”

“户部官员何在？把今年孔雀王朝的死亡人数统计一番，然后去西风帝国找他们讨要一个说法。西风帝国诛杀我国无辜子民，人神共怒！”

“你们……”

“你看看，本王这么做你也不愿意吧？熊大人现在可能体会本王的委屈？”

“千度公主所作所为如同向我西风宣战，我西风君主让臣子来问孔雀王一句话，孔雀王朝是否和千度公主态度一致，要和我西风帝国进入战争状态？”

“真是头痛啊。”孔雀王有些烦恼地揉了揉脑袋，“熊大人，本王说了半天，你怎么就不明白呢？你说小女千度越你们西风国界，那本王想问问，她是从什么地方越过去的？难道你们西风边境的军人都是纸糊的不成？别人想进就进，想出就出？而且是数千人的军团，想要瞒过你们的眼睛更是不可能吧？”

“……”

“你们说她在西风境内差点歼灭了整个麒麟军。倘若真是这样，西风帝国无人乎？怎就任由小女这般肆意妄为却无能为力？”

“孔雀王的意思是，我西风帝国可以对千度公主使用任何手段，死伤不计？”

“当然。”孔雀王一脸认真地说道，“不过，小女稍有个磕着碰着的，本王可就要提兵去为她讨回公道了。熊大人，本王就这么一个女儿，视若己命。在她的事情上，本王有些蛮不讲理，你要多多担待啊。你也是有女儿的人嘛，对不对？”

“……”

北地风冷，就像有无数把钢刀在人的脸上、身上割来割去的。

陆勿用率领众将站在城墙上，一副正在和自己麾下的将军们商议到底要不要投降孔雀王朝的模样。

一阵劲风吹过，城墙上那些士兵身上的铁甲撞击在一起，咔嚓作响。黄沙漫天，每个人都变成了风尘仆仆的“土人”。

嬴千度打马立于城门之外，荒原之上。天寒地冻，乱雪纷飞，她身后是五千名震神州的孔雀王朝的皇家卫队鬼舞军团的将士。

劲风吹拂，数千名鬼舞军团将士身上的彩衣高高掀起，头上插着的彩羽左右飘荡，如一杆杆漂亮的旗帜。

嬴千度在等待着陆勿用的最终决定，至少表面上看起来是这样。

“将军，都说孔雀王朝的千度公主素有才名，难道她当真相信我等会投降于她不成？”城墙上，一名谋士低声提醒。

“她自然不相信我会投降于她，她也并不是真心前来招降。哪有这般大大咧咧地率领着孔雀王朝精锐部队前来招降的？”

“那么，她此番前来意欲何为？难道她不知道自己很快就要被四路大军围困，情势危急？”

“招降是假，吸引我等的注意力是真。”陆勿用嘴角带着一丝嘲讽的冷意，“我们在这位公主的身边没有见到李牧羊，如果我所料不错，他此时应当正在想方设法地进入我的城主府去救他的家人吧。”

“城主，既然知道他们会行此阴招，为何我们不早做防备，还要在此陪她虚耗时间？”

“他们在演戏，我们又何尝不是在演戏？这位公主率领鬼舞军团前来招降，为的就是将我和众将留在城墙上，好给李牧羊争取行动的时间。可是，我等立于城墙上，不也是为了将这位孔雀王朝的公主留下来？等到其他三路大军齐至，咱们就击鼓出击，好将他们一网打尽。倘若此番能生擒孔雀王朝的公主，全歼这些鬼舞军团将士，我们可是立下了泼天的功劳。陆某要提前恭喜各位，飞黄腾达，指日可待。”

“可是，将军，我等在此做引，城主府内又怎么办？”一名将军有些不放心地问道，“倘若那李牧羊当真闯了进去，把他的家人救了出去，那我们岂不是顾此失彼？李牧羊虽然不及孔雀王朝的公主身份尊贵，却是邪恶的龙族。这次让他逃了，以后我们再想要将其捕捉，怕是难如登天吧？而且，龙族心性狭隘，睚眦必报。放龙归天，以后我等怕是会被他残忍报复啊。”

“诸位放心。你们只管陪着陆某在此演好这场戏，把孔雀王朝的公主留下来就行了。”陆勿用笑容诡异地说道，“至于城主府内，自有高人坐镇捉龙。那李牧羊不来则罢，只要出现在我城主府，那高人就会生出感应。到时候，那条恶龙就算插翅也难飞。”

“将军的意思是，另有高人在府内主事？”

“论起智谋心计，这些小娃娃又怎么可能和宋家的那位老神仙相提并论？”

众人都大吃一惊。

“原来老神仙早就料到会有今日，所以提前让人埋伏在城主府内。”

“老神仙智慧如海，算无遗策，世间再也没有什么瞒得过他的事情。”

“有老神仙来主持局面，又有星空强者在城主府里坐镇，我等也就不用担无谓的心了。”

……

正在此时，远处号角声声，马蹄阵阵，大地颤抖。

以风城为中心，东线、西线以及北线各有一路大军围拢而来，意在将位于风城城门口的鬼舞军团将士围得水泄不通。

“将军，东路天海城、西路青帝城、北路狼胥关三路大军已经赶至，与我们形成四面夹击之势，鬼舞军团已在瓮中。”

“正是此时。”陆勿用脸上浮现一丝激动的笑意，大声喝道，“鸣鼓，让陆铁生率领旗下三万大军，立即出击！”

“是。”

小将立即应声，奔过去抢下鼓手手里的鼓槌，甩开膀子奋力敲击起来。

风城城门大开，陆勿用的嫡系将领陆铁生一马当先冲出城门，身后是操戈挥刀的三万风城铁骑。

“杀！”陆铁生大声吼道。

“杀！”三万人齐声响应。

“轰隆隆——”

万马奔腾，十万人挥刀操戈，从荒原的四面八方朝鬼舞军团所在的位置围拢而来。

大地被践踏，冰雪在呻吟。

处在四面埋伏中的鬼舞军团将士就像是汪洋大海中的一艘小船，又像是狂风暴雨中的一只海燕，仿佛随时会被大浪打入深海，被狂风折断翅膀。

嬴千度身侧，一个鬼舞战士讥笑着说道：“公主，如您所料，我们被包围了。”

嬴千度手持魔音笛轻轻地敲打着自己的大腿，冷冷地说道：“都说陆勿用奸诈狡猾，心机深沉。我这么大张旗鼓地来招降，他把我杀了的心思都有了吧，又怎么可能当真考虑我的建议？陆勿用在城墙上演了那么久的戏，不正是想要拖延时间，等其他几路大军过来将我们围拢，然后一网打尽吗？不过，只有这三路大军吗？他还是太小看我们的鬼舞军团了吧！”

“嗒——嗒——嗒——”

战马狂奔，马蹄节奏奇快地踩着地面。

每一次都像是敲进人的心里。

大军越来越近，已经可以看到陆铁生那张因为过于亢奋而显得有些狰狞的面孔。

“鬼舞军团，后路变前路，冲杀！”

“杀！”

得到嬴千度的命令后，刚才一直沉默无声的鬼舞军团将士立即行动。

他们嘴里“嗷嗷”乱叫，提着缰绳掉转马头，挥舞着手里的长刀朝那从正前方冲来的狼胥关守将冲杀而去。

他们无视右边的天海城军团，也无视左侧的青帝城军团，更无视身后的风城军团。

他们的目标只有一个：冲垮正前方的狼胥关军团。

“杀！”鬼舞军团将士高声大吼。

“将军，他们逃了。”

风城城墙上，一个将军指着鬼舞军团逃跑的身影狂笑不已，说道：“没想到名震神州的鬼舞军团也有临阵脱逃的一天，可笑啊，还真是可笑！今日之后，天下第一军团应当是我们风城军了吧？”

陆勿用表情凝重，说道：“他们想以强大的战力冲垮一路大军，以此获得逃生的机会。”

“真是愚蠢至极。只要与他们正面冲撞的狼胥关军团能坚持一会儿，他们就会被身后陆将军率领的大军追上，东侧的天海城、西侧的青帝城两路大军也会立即加入战斗。到时候，他们面对的仍然是一个四面楚歌的局面。”

“总觉得有些地方不对。”陆勿用沉声说道。

“将军，大局已定，您还在担心什么？”

“看得出来，鬼舞军团是有备而来的，从他们瞬间掉转马头冲击北路的情势来看，这是他们早已预见的战况。既然如此，他们为何还要过来？为何还要行此险招？难道仅仅是为了制造混乱，给李牧羊争取时间？孔雀王朝的娇贵公主，愿意以自己的生命安全为代价，去为一个男人做这样的事情？”陆勿用眼神深沉，双眼死死地盯着鬼舞军团将士纵马冲杀的身影，喃喃说道，“难道鬼舞军团当真强悍至此，狼胥关大军就连拖延时间的作用都发挥不出来？”

狼胥关守将林亭锋眼神森冷，脸色铁青。

他们受到风城城主陆勿用的召唤，前来围堵鬼舞军团，活捉千度公主。

如果此事能成，那就是天大的功劳，他们这数路大军都会得到朝廷的嘉奖。

可是，明明是四路大军啊，左面的你不管，右面的你也不管，后面的你更不管，你就这么直直地朝着我方冲击过来……

还讲不讲道理啊？

我们狼胥关大军难道看起来比较容易欺负，所以你们就逮着我们猛打？

事已至此，他们再想掉头已来不及。

现在他们所能做的，就是挥起手里的长刀，将那些身穿彩衣、脸戴鬼面的家伙斩落马下。

狭路相逢，勇者胜！

“兄弟们，那个白羽将军是孔雀王朝的公主，咱们建功立业的机会来了！”

林亭锋举着手里的长刀，对身后的狼胥关士兵们大声嘶吼。

说话之时，他特意用上了音波功，声震四野，不仅仅他身后的狼胥关兄弟们听得到，就连天海城、青帝城那边的将士们也都听得到。

鬼舞军团的白羽将军是孔雀王朝的公主，这个消息瞬间传遍了数支军团。那些士兵战意大涨，每个人都做着抓住孔雀公主、歼灭鬼舞军团的美梦。

“抓了孔雀公主！”

“歼灭鬼舞军团！”

“抓了孔雀公主！”

“歼灭鬼舞军团！”

……

“杀！”嬴千度怒喝道。

鬼舞军团数千将士愤怒地嘶吼。

那些愚蠢的家伙竟然敢打他们高贵的孔雀公主的主意，这对他们鬼舞军团来说简直是奇耻大辱。

“轰隆隆——”

两支强兵凶狠地撞击在一起。

身穿彩衣、头插彩羽、手里挥舞着斩马刀的鬼舞军团悍卒们就像一把尖刀，狠狠地朝着狼胥关军团插了进去。

“嚓——”

第一个狼胥关军团的士兵被斩落马下。

旗开得胜的鬼舞军团悍卒“嗷嗷”大叫，表达自己心中的激动和喜悦，然后挥舞着斩马刀斩向了另外一名士兵。

“拦住他们，拦住他们！”

“兄弟们，坚持住，咱们的援兵就在身后！”

“阵形不要乱，阵形不要乱！”

……

可是，面对鬼舞军团这种战斗方式，狼胥关军团还是难以招架。就像农夫收割小麦似的，彩羽所至之处，狼胥关军团的士兵成片成片地倒下。

鬼舞军团打得兴起，嘴里吼出整齐划一的号子：“杀！”

林亭锋的目标是那个头插白羽的孔雀王朝公主。作为一名身经百战的将军，他知道擒贼先擒王的道理。

如果擒拿了孔雀公主，就算死伤再多的士卒，犯下再大的错误，也是功大于过。

再说，孔雀王朝的这位任性公主将刀对准了他，那是把他当软柿子捏。对任何一名有血气的将军来说，这都是难以容忍的事情。

所以，林亭锋心里恨极了赢千度，恨极了这位孔雀公主。

“此乃泼天之功，我来取之。”林亭锋在心里想道。

鬼舞军团队形突变，赢千度的前阵变成了后阵。

她跟随在队伍后面往前冲，突然间高高地跃起，身体腾空，手里的魔音笛放在了嘴边。

“锵——”

金铁交击的声音传来。

那充满肃杀之气的声音狂飙而出，一个个音符变成了一把把尖刀利刃，朝前面的那些狼胥关士兵飞了过去。

《十面埋伏》！

这是神州神曲，最适用于大规模军团作战的神曲《十面埋伏》。

“啊——”

音符所过之处，一批批的士兵坠下马背，或者受伤，或者直接死亡。

这样的攻击效果是惊人的，因为你不知道敌人在何处，只听笛声响起，音符飘荡，一排又一排的兄弟便丧命了。

“快跑啊，魔鬼来了！”

“不要杀我，不要杀我……”

“救命啊，救命啊，我不想死！”

……

狼胥关军团士兵脑袋里那紧绷的一根弦被嬴千度的一曲《十面埋伏》彻底斩断，他们不管什么上级下级，不管什么违抗军令，更不管什么队形和士气了，面对这种看不见摸不着的敌人，所有人的斗志都瞬间瓦解。

逃命！

这是他们脑海里唯一残留的念头。

第一个人逃跑，被身后的执法队斩杀。

一群人逃跑，被身后的执法队斩杀。

成千上万人逃跑，把执法队斩杀了。

林亭锋被冲到一边，看着冲在前面的兄弟一批批地死在仿佛尖刀利刃的音符之下，万念俱灰，心痛不已。

“败了……败了……”

林亭锋眼眶血红，看着溃败逃跑的狼胥关军团哀伤不已。

鬼舞军团，不愧是天下第一军团。

千度公主，也不愧是神州强大帝国的公主。

看到自己的公主仿若天神，看到敌军溃不成军，鬼舞军团士气更旺。

他们挥舞着斩马刀，一刀又一刀地朝前面砍去。

五千人击溃了两万人，鬼舞军团再一次创造了奇迹。

只要是正面厮杀，鬼舞军团从无敌手。

“嗖——”

嬴千度飞到了林亭锋的前方，天空之上，银光闪烁。

林亭锋被一刀斩灭。

狼胥关军团转身逃跑，鬼舞军团挥刀狂追。

在鬼舞军团的身后，是会合而来的风城、天海城、青帝城三路联军。

风吼，雪狂。

厮杀惨烈。

第248章
有龙远来

活着，这两个字超越世间的一切准则。

陆林感觉到了李牧羊的犹豫。

他知道，自己所说的也正是李牧羊所担心的。

李牧羊被无数强者追杀，负伤而逃，现在伤还没有养好，就跑到他们风城来拯救家人，不就是想让自己的家人活着，活得好好的吗？

他死了，李牧羊的家人也全都要跟着死，就连李牧羊也不可能逃离那些人的合击，逃脱给他陪葬的命运。

李牧羊不是个蠢货的话，应当清楚怎么做。

“李牧羊，你是一个聪明人，之前就隐藏得很好，你知道应该做出什么样的选择……我不想死，你也不想看到你的家人死，对不对？放下我，我带你去找你的父母。还有护送他们过来的许达将军等人，我都可以交给你处理。

“我的父亲只有我这么一个儿子，为了保住我的性命，他一定愿意接受你的任何要求。你需要什么，只管向他开口。李牧羊，我们俩交易……

“李牧羊，今天的事情到此为止，以后死活再论……李牧羊……”

陆林越说越紧张，越紧张也就越想要说服李牧羊。

原本他以为自己晓之以理，动之以利，李牧羊就一定会答应他的交易。

可是，陆林发现李牧羊的脸色不见丝毫的松动，反而有了越来越浓的嘲讽意味。

还有他的眼神……他那双野兽一般的眼睛里杀意大盛，根本就看不到任何的妥协和顺从。他没有任何放人生路的意思。

“他要杀了我。”陆林在心里想着，身体紧绷，心脏“怦怦怦”地跳个不停。

“你在和我做交易？”李牧羊问道，样子冷酷又绝情，声音中还带着一丝嘲讽。

“是的。我想……这是双赢的局面。”陆林终于放下了他风城大少爷的骄傲，放下了“一切尽在我的掌控之中，你不答应就得死”的狂妄，也放下了作为一个人应有的风骨和自尊。

“李牧羊，在你眼里，我只是一个普通的人类，不，只是一只渺小的蝼蚁。我对你造成不了任何的危害。我们第一次见面，看到你看向我的眼神，我就知道，你根本就没有把我放在眼里……

“李牧羊，你的对手是我父亲，是我父亲身边那些高级将领和修行者。是他们商议之后决定背叛天都陆家，是他们为了自己的利益向宋家和皇室投降，是他们囚禁了你的家人……这些事和我没有任何关系，我什么事都没有做……

“你拿我去和陆勿用做交易，他一定会很痛苦、很纠结，但是最终不得不答应你提出来的所有条件。这不正是你想要的吗？李牧羊，你看，我真的一无是处，何必让我这种人的血脏了你的手呢？”

“我也和你做一个交易。”李牧羊声音冰冷，不带一丝一毫的人情味。

“什么交易？”陆林狂喜，他以为事情终于有了转机，李牧羊终于肯向现实妥协了。

“是想我掐断你的脖子，还是想我斩断你的两条腿？”

“李牧羊……”陆林大惊。他没想到李牧羊所说的“交易”是要让他做这种艰难的选择。也就是说，刚才他煽情了半天，李牧羊根本就没有听进去任何一句话。

“李牧羊，你不要……”

“如果你不选，那我就替你选了。”李牧羊说道。

“思念……思念小姐……”陆林哭了，号啕大哭。作为风城城主的儿子，陆氏的庞大分支的一员，他这辈子几时受过这样的威胁？

“思念小姐，救我！看在我这些日子对你盛情款待的分上，看在我没有杀你的分上，替我说句话吧，思念小姐……”陆林痛哭流涕，不断向李思念哀求着。

“你以为你这样大声喊叫，就可以把别人叫唤过来？”李牧羊冷笑不已，

“我已经在这房间里布下了隔音屏障，别人是听不到你的喊叫声的！”

李思念已经迅速系好了腰间的布带，她眼神凶狠、带着无限仇恨地盯着陆林，说道：“陆林，这些日子以来，我确实感激过你，因为你没有像那些我所知道的坏人一样直接把我杀了，没有把我的父母全部杀了！因为我清楚，活着就有希望，就有可能……有可能一家人团聚，还能开开心心地生活在一起。这也是我这些日子能够坚持下来的动力。

“在赶到风城前，我以为风城是我们的避风港。可是，后来局势突变，陆家倒台了，陆爷爷死了，我哥哥被你们说成了一条恶龙，然后被你们追杀不休……我知道，你们留着我们是为了把我哥哥引诱过来，你们在这里布下天罗地网，想把我哥哥杀了，然后把我们也都杀了……

“在你想要侮辱我时，我求过你无数次，让你杀了我。你却心存幻想，以为我会向残酷的现实妥协，屈服于你的淫威……陆林，我现在对你，对你们一家人只有仇恨。

“倘若不是你们父子背后捅刀，事情怎么会发展到如此地步？倘若不是你们……你们做出这样的事情，陆家怎么会倒台？陆爷爷怎么会死？还有公孙姨和天语，他们怎么会下落不明、生死未卜？”

李思念抽泣不止，泪如雨下。

她在天都城待的时间较久，与陆家人的感情深厚。特别是公孙瑜，对她极其照顾，视她如亲生女儿一般。陆天语刚开始也想捉弄她，可那终究只是小孩心性。他在被她救过一次后，对她可以说是言听计从。

一想到那个小胖子以前每日提着新鲜瓜果跑过来送给自己，现在却在逃亡路上被人追杀，李思念就心如刀割。

好好的两家人，怎么就变成了这般支离破碎的模样？

李思念的心中充满了仇恨，她恨一切夺走她安静祥和生活的人。

“倘若不是我哥哥及时赶到，我已经被你……被你侮辱了。那样的话，我生不如死！陆林，你竟然还有脸让我替你说话？还有脸说对我盛情款待？”

“思念小姐，李思念，救我一命吧，我以后做牛做马报答……”陆林悲号。

“是掐断你的脖子，还是斩断你的双腿，考虑好了吗？”

“李牧羊……”

“那就是选择掐断脖子了。”李牧羊掐着陆林脖子的手开始用力。

“腿，我选腿……”趁着还能开口说话，陆林急忙喊道。

脖子断了，那就是死了。

双腿断了，虽然是生不如死，可终究还是活着……

李牧羊想了想，说道：“我觉得你选得不好。”

说话之时，他将陆林抛向了高空，陆林降落在地时，腿已经没了，命也已经没了。

“哥哥……”李思念呆滞在原地，看着李牧羊。

李牧羊对着她咧嘴轻笑，说道：“看到他想对你做那种事情的时候，我就已经想好了这么做。”

“哥哥……”李思念泪如雨下，扑过去一把搂住李牧羊，“哥哥……”

“为了救回父亲、母亲，我确实犹豫过，可我最终还是决定这么做。因为，要是坏人不受惩罚的话，好人……好人就活得实在很不像话。”

“嗯嗯……”李思念拼命地点头，不停地流眼泪。

“不要哭，不要哭……”李牧羊感觉到自己胸前的衣襟被泪水浸湿了，“你知道，从小到大，我最怕你哭了。”

“我不哭，我不哭。”李思念的脸埋在李牧羊的怀里，脑袋用力地摇晃着，“我们去救父亲、母亲。他们不知道被关在什么地方了，没有和我关在一起。”

“不要忧心。”李牧羊轻轻地拍着李思念的肩膀，沉声说道，“只要他们还活着，我就一定会救回他们……”

“除非我死了。”这句话李牧羊憋在心里，没有办法说出来。

他的身体状况，让人很难乐观得起来。

石室之中，有一具小型的石棺。

石棺上，摆放着一台用不知名矿石打造的形似酒樽的仪器。

仪器表面有各种符文以及山、龟、鸟、兽之类的图形。仪器上面附着八只巨大的狮子，每一只狮子嘴里都衔着一颗银色的光珠。

对着狮嘴，有八只蟾蜍蹲在地上，个个昂头张嘴，准备接住银珠。

“当——”

一声脆响传来，东南侧那只狮子嘴里的银珠经过激烈晃动后掉落下来了。

“嗖——”

地面上蹲守着的那只蟾蜍跃起，张开大嘴一口将那银珠吞进了肚子里。

“咕咚——”

金黄色的蟾蜍打了一个饱嗝，心满意足地再次蹲守在原地。

“有龙远来，不亦乐乎。”一个原本在闭目养神的长须老人睁开了眼睛，盯着那掉落银珠的地方捻须微笑。

“装腔作势。”一个冰冷的声音从石室的阴暗处传了过来。

那里是光线照耀不到的地方，一个人全身被黑袍包裹着，整个身体都笼罩在黑暗之中，身影模模糊糊的，就像是一个来自地底世界的幽灵。

“谁不知道那条小龙已至风城，还需要你用几只癞蛤蟆在那儿玩接小球的哄人把戏？”

“见不得人的家伙，有什么资格对本仙的候风地动仪指手画脚？”长须老人冷笑着说道，“你们要是能留住那条恶龙，又何须将我从天萝山请至此？既然你说早知道那条小龙已至，那么为何还留守在此？龙来了，龙又在哪里？”

“本王做事，何须向他人解释？本王愿留就留，想走就走，谁又能奈我何？”冰冷的声音越发刺耳难听。

“那你走啊，和本仙在一起做什么？这里是本仙歇息的洞府，是本仙的道场所在，你强留为何？”

“两位国师，两位国师……”一个身穿锦袍的男人一脸笑意地走了进来，说道，“老远就听到两位的争执声了。两位一位是鬼域之君王，一位是天萝山地仙，都是神州赫赫有名的大人物，怎么能因为一条小龙就伤了和气呢？”

黑影旁边，一个身穿黑衣，黑发披散，双眸紧闭，坐在地面上打坐的阴冷少年睁开眼睛，朝锦袍男人点头示意，唤道：“姑父。”

“见心，好久不见，最近还好吧？”锦袍男人微笑着对黑衣少年打招呼。

“好。”黑衣少年应了一声，再次闭上了眼睛。在他盘起的双腿上，横着一把黝黑细长的诡异长剑。

“还不是那个人不人、鬼不鬼的东西先出口伤人。”

“宫舟一，你当本王不敢取你的性命吗？”

“世间自然没有你鬼王不敢杀的人，但是，能不能杀得了，那就是另外一回事儿了。”

“你敢轻视本王？”

“是你太过狂妄。”

“本王倒是要试试你的境界是不是真到了地仙。”

“本仙也想知道鬼域之王是否名副其实。”

阴暗之处，黑风激荡。

石棺之上，八只金黄色的蟾蜍也“呱呱”乱叫，眼冒红光。

“两位国师少安毋躁，少安毋躁。我们齐聚至此，是为了那条恶龙。现在恶龙已至，两位国师却因为几句口舌之争打了起来，到时候让恶龙逃跑，没人敢找两位国师的麻烦，伯来的罪过可就大了。”锦袍男人对着两人连连拱手，笑着说道，“两位给伯来一点儿薄面，如何？”

锦袍男人这么一说后，黑风消散，金黄色的蟾蜍再一次恢复了安静，不再“呱呱呱”地叫个不停。

燕伯来对着黑影深深鞠躬，说道：“谢谢鬼王大人。”

接着，他又对着长须老人深深鞠躬，说道：“谢谢地仙大人。”

宫舟一的脸色这才好看了一些，他看着燕伯来说道：“燕城主，既然此事由你做主指挥，我等听令行事就是。候风地动仪有窥探天下机密之大能，由小见大，由细微处见大龙。那条小龙不来则罢，只要来了，就难以逃避我这候风地动仪的监测！银珠从东南角掉落，显示那条恶龙从东南处而来，那里的龙气打破了空间的平衡。由此可以证明，恶龙已经与人交手并且动了杀念。不然的话，龙气不漏，真气不泄，候风地动仪狮嘴里的感应光珠是不会掉落的。”

“候风地动仪是神州至宝，由它监测出来的信息自然是真实的。”燕伯来笑着说道，“那条恶龙的妹妹李思念正是被关押在此方位，想必他先去救自己的妹妹了。”

“他的父母在我们身后的石壁之后，我们又刻意设置了屏障，让他感应不到他们的存在。”宫舟一看着燕伯来，说道，“那恶龙寻找不到父母的行迹，或者说误以为自己的父母已经死亡，会不会逃跑？”

“不会的。”燕伯来笑着说道，“地仙大人忘记了，那李牧羊来自我江南城。我与此子有旧，对此子品性极其了解。此子坚毅、狠辣，不达目的誓不罢休。我们之所以将此子的父母藏在隐蔽之处，增加此子寻找的困难，就是为了增加这场大戏的真实性。倘若我们将此子的父母藏在一个一眼就能看穿的地方，怕是他心里才会真正有所犹豫而不敢上前吧？他们在城外制造事端，不就是为了引开陆勿用等人的注意力？殊不知，陆勿用不在，我们还有鬼王和地仙两位老神仙在……”

“我不是神仙。”黑暗之中，鬼王的声音再一次响起，说的话一如既往地尖酸刻薄，“那些假装自己是神啊仙啊的，全都是骗子。世间哪有神仙？我就是一个鬼，一个专门取人性命的恶鬼。”

“是，是。鬼王大人息怒。”燕伯来对着黑影再一次鞠躬，说道，“鬼王大人是鬼域之王，也是伯来极其仰慕的星空强者。”

“休要婆婆妈妈。那条小龙什么时候过来？本王早早将其斩杀，免得误了今日修行。”

“应当快要来了吧。”燕伯来说道。

他知道，陆勿用的那个白痴儿子陆林对李思念极有情意，日日前去关押之地看望。

倘若李牧羊当真先去救自己的妹妹，那么首先要做的就是将陆林抓获。一旦抓住陆林，不论是杀是剐，还是从他的嘴里问出父母的下落，对李牧羊来说都是一件再简单不过的事情。

而此子一旦闯入此地，怕是插翅难飞。

天地为棋盘，众生为棋子。

每个人都是别人的棋子。

当然，燕伯来希望自己是一个例外。

“轰——”

一阵狂风席卷而来，巨大的石门被撞得破碎一地。

狂风之中，一道白影直直地杀向那坐在石棺上的天萝地仙宫舟一。

与此同时，那黑暗处突然间黑龙卷动，无数道剑光横斩而出，将整个石室都笼罩住了。

“锵——”

地上的黑衣少年不知何时已经飞跃到了空中，手里的鬼皿剑迅速出鞘，以势不可当的姿态斩向那道白影。

宫舟一仰脸看天，嘴角浮现一丝冷笑，说道：“愚蠢小虫，自不量力。”

说话之时，他手腕一抬，那地面上的八只金黄色蟾蜍便横冲而起，四前四后，将那道白影围得严严实实。

天罗地网，八面埋伏。

那道白影被围住。

“嚓——”

无数道剑气劈向那道白影，黑衣少年崔见心那一剑更是直接劈在了白影的身上。

从黑暗处飞射出来的剑气消失，黑衣少年崔见心重新坐回地面，八只金黄色的蟾蜍也同样回到原来的位置，张开嘴巴准备接下那狮子嘴里随时都有可能掉落下来的银珠。

只有燕伯来没有动。

他坐在原地，看着地面上被砍得不成样子的白影，说道：“李牧羊，既然来了，就出来吧。你的父母就在这石壁后面。”

门口寒光耀眼，冷风呼啸。

没有人应答。

“怎么？害怕了？你将自己的一股龙气注入傀儡的身体里，把傀儡丢进来，不就是为了吸引大家的注意力吗？现在所有人都在等候着你，你却避而不见，是为何故？难道你不想救自己的父母了吗？”

石室外面仍然是一片寂静，只有寒风在呼啸。

“没想到那李牧羊竟然是一个无胆鼠辈，杀这种人岂不是脏了自己的剑？”黑暗之中，那冰冷的声音再一次响起。

在黑影旁边，黑衣少年崔见心手握鬼皿剑，眼神犀利地盯着石室的门口。因为厚实的石门被击得粉碎，光线从门口照射进来。崔见心在鬼域生活多年，习惯了那里终日不见光的生活，反而对光线有些排斥。

“当——”

狮子嘴里的一颗光珠银光大作，地面上的一只金黄色蟾蜍一跃而起，一口将那银珠吞进了肚子里。

“当——当——当——”

其他几颗光珠同样银光大作，地面上的金黄色蟾蜍一只只地跃起，此起彼落，将光珠吞进肚子里。

很快，狮子嘴里的八颗光珠便全部掉落，被金黄色蟾蜍吞进肚里。

“轰隆隆——”

那犹如酒樽的仪器开始转动起来，一道道银色光华朝外面飞射而去。

天萝地仙宫舟一看着面前的候风地动仪，冷笑出声：“八星坠地，王者降临。没想到啊没想到，来的竟然是一个龙族王者。”

第249章
声东击西

“咔嚓——咔嚓——咔嚓——”

这是鞋子踩进积雪里的声音。

清脆、干净，带着有来无回的决绝。

所有人的视线都聚集在石室的门口，所有人都在等待着那条恶龙的到来。

他的父亲、母亲都在石壁的后面，他没有更好的选择。

当然，没有人去细心地思考：既然他是一条邪恶得无恶不作的恶龙，为何还不惜牺牲生命来营救自己的父母？

毕竟，在龙族的眼里，那只是两个渺小的人类啊。

这和邪恶龙族的形象设定完全不符合。

他们嘴里这么抹黑着龙族的名声，杜撰着有关恶龙的各种各样的故事，此时却又以恶龙的父母做诱饵，布下天罗地网，想要屠杀恶龙。

孰正孰邪，谁知道呢！

“咔嚓——咔嚓——”

那声音越来越近，洞口的光线被遮掩，地面投下了一道漆黑的影子。

而后，有一道白色的身影出现在了洞口。

那是一个姑娘，一个身穿长裙、模样俏丽的姑娘。

所有人都一脸诧异地看着这个姑娘，她怎么来了？

要知道，这里是城主府后山石洞，是被设置了禁制的秘密之所。

过来的不应该是那条黑龙李牧羊吗？为何是一个……千娇百媚的姑娘？

“李思念……”燕伯来眼神冷厉地盯着洞口的那个女孩子，声音冰冷地说道，“李牧羊呢？”

“你们是在找我哥哥吗？”李思念巧笑嫣然，嘴角带着三分嘲讽和七分仇恨。

“李牧羊不敢来见我们，所以就让你来了？”燕伯来厉声喝道，“你来又有什么用处？难道你一个人就能救出你的父母吗？”

“谁说我是一个人来的？”李思念笑着说道。

“李牧羊在哪里？”黑衣少年崔见心冷冷地喝道。他讨厌和人沟通，讨厌多余的废话，讨厌一切，除了手里的长剑。

“哐——”

巨大的声响传来，整座山都在颤抖。

“哐——”

又是一声巨响传来，石洞颤抖得更加厉害，山上有巨石翻滚下来。

“哐——”

石壁破裂，就连石室里面也乱石纷飞。

众人皆是修行高手，各色真气光罩瞬间开启，将那些四处飞溅而来的石头弹飞。

“李牧羊在石山后面。”燕伯来脸色铁青。

“他想要将整座石山撞倒，想要将我们所有人都掩埋。”

“小子可恶，若是落在我鬼王之手，本王定让其求生不得，求死不能！”

……

燕伯来眼神冷厉，飞跃而起，朝洞口的李思念扑了过去。

不管李牧羊有什么企图，不管他会使出什么阴招，只要把他的妹妹李思念捉在手里，他们就能立于不败之地。

这个李牧羊也够粗心大意，竟然敢让自己刚刚救出来的妹妹一人出现在石室门口……

燕伯来的动作极快，身影犹如闪电惊雷。

咫尺之地，瞬间即至。

他张开铁爪，就像一只凶猛的雄鹰，想要擒拿住李思念这只因为受惊而站在那里不知所措的小白兔。

老鹰搏兔，兔子的反应不正是如此吗？

“砰——”

燕伯来倒飞了出去。

在李思念的面前，出现了一个少年的身影。

李牧羊站在李思念的前面，眼神凶恶地盯着这石室内的所有人。

“砰——”

燕伯来踉跄落地，连续后退好几步才停了下来。

“噗——”

只觉得咽喉一甜，燕伯来情不自禁地吐出了一口鲜血。

“太大意了。”燕伯来在心里想道，“终日打雁，却没想到今日被雁给啄瞎了眼睛。明明石山之后大力撞击的声音还在不停地响起，为何李牧羊却出现在了眼前呢？”

燕伯来出手只是为了将李思念抓住作为人质，却没想到李牧羊一直隐藏在旁边，就是为了打他一个措手不及。

既然如此，那不停撞击石山的又是什么人？

撞击石山的不是什么人，只是一只狼而已。

宋孤独施展大日光术之时，红狼王和雪球感知到了那强大的真气流动，本能地朝远处躲避而去。而李牧羊受到大日光术的直接攻击，整个人昏了过去，和雪球的意念沟通也断了。

后来李牧羊被胖子公输垣拖进了穿云雀里，那一狼一“狗”就更没办法找到李牧羊了。

一直等到李牧羊恢复意识，重新和雪球建立了联系，一狼一“狗”这两个小伙伴才重新找到了李牧羊。

李牧羊此番独闯风城，担心打草惊蛇，被人发现真气流动的痕迹，于是他让雪球将自己吞进肚子里，一直等到找到李思念，雪球才把他吐了出来。

这也是李牧羊初至城主府时，天萝地仙宫舟一的候风地动仪没有监测到李牧羊踪迹的原因。

雪球的一切行动只是水元素的波动，候风地动仪再神奇，也没办法将雪球这样的史诗级神器监测出来。

现在，红月之子红狼王正被李牧羊使唤着用脑袋去撞击石山。

“哐——哐——哐——”

红狼王一次又一次地撞着，惨烈而又尽职。

燕伯来擦拭了一把嘴角的鲜血，沉声喝道：“李牧羊！没想到江南城的那个小子也懂得使用声东击西的计谋了。”

李牧羊眼神恶毒地盯着燕伯来，冷冷地说道：“燕城主，好久不见。”

“外面撞山的人不是你？你还有同党？”

“谁没有几个生死与共的兄弟？”李牧羊说道，“只要那个人的人品没有问题。”

“好一个‘谁没有几个生死与共的兄弟’！年轻人就是热血，就是激情澎湃，让人心生羡慕。”燕伯来大笑，“不过，今日我倒要看看，到底有没有人愿意和你做生死与共的兄弟。”

“噗——”

雪球很及时地吐了一个泡泡，作为对这句话的回应。

“噗——噗——噗——”

雪球的表现既呆萌，又抢眼。

因为它长成这样，所以不少人对它的身份产生了怀疑。

哪有长得这么可爱的神州神器啊？这么萌的一只“小狗”能有什么战斗力？

雪球及时出现，就像是在回应江南城城主燕伯来“今日我倒要看看，到底有没有人愿意和你做生死与共的兄弟”这句话。

燕伯来觉得雪球一点儿也不可爱。

“你就是李牧羊？”黑衣少年崔见心问道。他的眼睛死死地盯着李牧羊，说话的语气不带一丝一毫情感。在他眼里，李牧羊就是恶龙，是注定要被人族屠杀的恶龙。

“你是谁？”李牧羊问道。

“崔见心。”

“崔家的人？”李牧羊的声音变得更冷了一些，“不过无所谓，我也不是第一次杀掉崔家人了。”

“崔照人被你所杀，那是他技不如人，活该如此。”崔见心冷冷地说道，“崔照人的死只会给崔家带来耻辱，带来难以抹去的污迹。只有把你杀了，崔家才能将这耻辱洗刷，将污迹抹去。”

“还真是……狼心狗肺。”李牧羊语带嘲讽，一脸寒意，“你们都说我是邪恶的龙族，现在看看，到底谁更邪恶？你对自己死去的兄弟居然说出‘活该如此’的话，如果龙族当真配得上‘邪恶’二字的话，那么你们，尤其是你，崔见心，你要比龙族邪恶十万倍。”

“鬼域之人，早就以身侍鬼，还在乎什么人心？”崔见心冷冷地说道。

“锵——”

他抽出手里的鬼皿剑，剑身细长，弯曲如蛇，剑刃四周黑气弥漫。

只观其形，便感觉有一股子阴森邪恶的气息扑面而来，让人身体紧绷，全身汗毛竖起，有一种脊背生寒的感觉。

李思念的感觉最为强烈，她看到那把剑时，手脚冰冷，就像是全身的血液都要凝固了一般。

李牧羊上前一步，将李思念挡在身后。

而后，他正视着崔见心手里的那把长剑。

“鬼域三大名剑之一的鬼皿剑？据说有邪恶力量附体。看来，你在鬼域里杀了不少人吧？”

崔见心举起自己的长剑，冷笑道：“不杀万鬼，何以炼制出这把鬼皿剑？”

说话之时，崔见心的身影已经变成了一道幻影。

当发现崔见心的动作时，李牧羊眼前的空间已经在颤动，一道凛冽的剑气直接从他头顶劈来。

“嗖——”

李牧羊不仅不退，反而疾速朝石室内部冲了进去。

他单手已经握成拳。

“轰隆隆——”

一道惊雷朝着天空之上飞蹿而去。

惊龙拳！

惊龙拳的拳气和鬼皿剑的剑气在空中碰撞，一白一黑两道犹有实体的气在空中缠斗不休，刺啦作响。

“砰——”

两道真气崩裂开来，迸放出耀眼的白光。

李牧羊一拳轰出的同时，已经蹿进了石室之中，将行云布雨诀施展到了极致。

崔见心冷喝一声，再次提着那黑气缭绕的鬼皿剑追了过去。

李牧羊被崔见心追逐，燕伯来看到机会来临，再次施展身法朝李思念奔了过去。

他想再次出手将李思念俘虏，以此来要挟李牧羊缴械投降。

可是，他才奔跑到一半，那个该死的只知道卖萌的雪球竟然张开小嘴用力那么一吸，李思念就被它吸进了肚子里。

燕伯来愤恨至极，双手握拳，拳头上燃烧着紫色的火焰。

烈焰拳！

这是燕家的家传绝学，是从崔家的三生焚化诀衍化而来的。据说崔、燕两家的先祖就关系密切，一起修行，一起破境。最终崔家先祖创立了三生焚化诀，而燕家先祖的资质稍差一些，受到三生焚化诀的启发创造了烈焰拳。

烈焰拳与三生焚化诀一脉相承，功法体系与三生焚化诀相仿，却又有着自己独创的东西，只是不及三生焚化诀那般凶猛。

也正是因为功法源自崔家，所以燕家一直以来都是崔家的附庸。一直到现在，两家仍然保持着家族联姻的关系。

燕伯来的双拳猛地轰出，只见紫火翻滚，两个熊熊燃烧着的火球以焚烧一切的姿态朝雪球飞了过去。

雪球不躲不避，张开嘴巴一口就将那两个火球吞进了肚子里。

“咕咚——”

雪球喉咙间传来响亮的吞咽声音。

可能是这两个火球来势太急又太过猛烈，雪球被呛得眼睛翻白，小脸上露出一副极其痛苦的模样。

但很快，雪球就一副什么事情都没有发生过的模样，再次对着燕伯来吐泡泡。

“噗——”

燕伯来恨得牙痒痒，却又对这个家伙无可奈何。

水能克火，他们家传的烈焰拳在这只由水元素组成的“小狗”面前完全没有任何的施展空间。

不管他轰出去多少由真元转化而成的烈火，最终烈火都会被这只“小狗”嘴巴一张给吞噬掉。

燕伯来觉得自己被克制得死死的。

除非他的修为境界比雪球高，或者他施展出来的烈火变成至纯至真的天火，才能给雪球带来难以忽略的伤害。

可是，没有达到烈焰拳九阶十八层，又怎么可能直接将真元转变成可以焚化一切的天火？

修行破境是靠百分之九十九的汗水加百分之一的天赋。

神州之人只记得这句话，却不知道这句话后面还有一句是：那百分之一的天赋比百分之九十九的汗水更加重要。

“无耻小儿！”黑暗之中，鬼域之王的话尖酸刻薄至极，“一味地躲避算什么英雄好汉？倘若你当真是龙族的话，岂不是给你那些威名赫赫的先祖丢脸？有本事就好好和我这徒儿打上一场，我倒要看看，是龙族的半神之体厉害，还是我鬼域的苦海磨砺更胜一筹！”

李牧羊只是奔跑，并不理会鬼王激将的话。

他知道自己的优势在哪里，也清楚自己的意图是什么。

现在，他所能做的就是尽可能地拖延时间。

就算真要和崔家的崔见心打上一场，那也得在没有外人在场的时候。

李牧羊早就猜测到敌人会在风城布下天罗地网来捉拿自己，却也没有想到，他们竟然会请来天萝地仙宫舟一和鬼域之王师徒俩。

他早就听闻崔家有一天才少年被星空学院所拒，一怒之下进入鬼域，却没想到，那个少年竟然成了鬼王的弟子。

李牧羊这边只有他一个人和一只狼、一只“狗”，至少明面上是如此。

而敌人那边却有江南城城主燕伯来、天萝地仙宫舟一以及鬼王师徒。

李牧羊觉得自己不占优势。

他决定，打得赢就打，打不赢就绕着打。

只要找到适合自己的战斗方式，谁能保证他就一定不能得到最终的胜利?

天萝地仙宫舟一也被李牧羊的这种打法激怒了，他衣袖一挥，嘴里念念有词，蹲在地面上的八只金黄色蟾蜍顿时飞跃而起，两两一队，朝李牧羊所在的位置围拢而去。

更要命的是，原本它们只有巴掌大小，可是，它们在空中飞翔时，身体就跟吹了气似的，一下子变大了好几十倍。每一只金黄色蟾蜍都变成了狮子狗大小。

黑衣少年崔见心在后面挥剑劈斩，再加上八只金黄色蟾蜍四面八方地拦截围堵，李牧羊在石室之内活动的空间一下子变得极其狭窄。

“咔嚓——咔嚓——咔嚓——”

崔见心手里的鬼皿剑锋利异常，每一剑都对这石室造成了巨大的破坏，坚硬无比的石头就像是一块块巨大的豆腐，被他一剑又一剑斩得稀烂。

“轰隆隆——”

石室之内再一次发生剧烈的震动。

一道道金色的符文飘散而出，在空中闪耀一番后消失不见。

燕伯来脸色大变，喊道：“我们中计了。此子故意引诱我们在石室内战斗，为的就是让我们自己打破对石室设置的禁制！”

禁制消失，李牧羊就可以将被困在那石壁之后的父母解救出去。

这就是李牧羊不停地在石室之中转着圈圈，和他们缠斗不休的原因。

他需要的是时间。

他需要的是打破禁制。

果然，石山的地底，一只巨大的穿山甲正守候在石壁之外，一动也不动，仿佛已经死了一般。

不过，仔细观察之下，就会发现这穿山甲是用木头打制的。它有木头身子、木头脑袋、木头爪子、木头做的尖嘴。或许是打造它的人时间太赶或者偷工减料，它的眼睛只有一只，原本应该安装鼻子的位置也只有一个漆黑的小洞，看起来真是要多丑陋有多丑陋。

当那石山晃动，金色的光芒四处飞射时，穿山甲之中响起一个胖子得意的笑声。

“禁制已破，现在该是你大显神威的时候了。”胖子大声地吼着，“金刚甲，战斗吧！”

他在穿山甲的肚子里一阵摸索，嘴里念念有词，一串串符文从他的嘴巴里狂喷而出。

穿山甲在他的操纵下“轰隆隆”地活动起来，张开大嘴，一口咬在面前的石壁上。

第250章 鲁般战车

荒野风寒，杀声震天。

当鬼舞军团的数千精卒骑着战马，以手中长刀破开狼胥关军团的战阵，孔雀王朝的公主嬴千度亲自动手将狼胥关军团将军林亭锋斩杀时，鬼舞军团的战意达到了巅峰。

嬴千度一马当先，挥剑斩杀那些逃跑的狼胥关士卒。

数千身穿彩衣、头插彩羽的鬼舞军团士兵紧随其后，以公主殿下为箭头，凶狠而疾速地向前冲锋。

冲锋！

冲锋！

再冲锋！

在鬼舞军团的世界里，没有畏惧，没有退缩，没有仁慈，更没有宽恕。

刚才这些狼胥关士兵如同一群红着眼睛的野兽朝他们扑来，想要抢走他们的公主，想要将他们屠杀。

现在，他们也不会对那些溃散的狼胥关士兵手下留情。

再说，狼胥关军团的溃散路线和他们的撤退路线是一致的。

他们只有将挡在他们前面，已经吓跑了魂、骇破了胆的狼胥关士兵砍杀，才有足够的空间朝更遥远的北方撤离。

不然的话，这些散落在荒野之上，除了逃跑就只会尖着嗓子喊叫的家伙对他们来说会是一个巨大的麻烦。

在鬼舞军团的身后，还有天海城的两万大军，青帝城的三万大军，以及风城大将陆铁生率领的三万铁军。

总共八万的联军在鬼舞军团身后衔尾追杀而来，为的就是歼灭鬼舞军团以及俘虏身份尊贵的孔雀公主嬴千度。

数千鬼舞军团将士从那逃兵大潮之中穿越出去，直直地奔向西风北域边境。

从这里再向北去，就是西风帝国和黑炎王朝的边界线。

只要鬼舞军团能逃进黑炎王朝的领土，西风帝国的追兵就算人数再多、战力再强，也不敢越雷池一步。

不然的话，就会掀起西风帝国和黑炎王朝的国战。

当然，前提是黑炎王朝的守国将军同意鬼舞军团的数千士兵进入国境。

天海城城主唐朗、青帝城城主白宿，以及风城大将陆铁生，三人策马狂奔，终于在三路大军的最前线会合。

“陆将军，此次虽然是你们风城做东道主，但是抢起功劳来，我们天海城可不会手软。”

天海城城主唐朗是一个身体健壮的络腮胡大汉，他一手挥舞着马鞭，一手提着一把月形长刀。

那是他的成名武器弯月刀。

“唐城主尽管厮杀，无须客气。”陆铁生眼神森冷，眼睛一眨不眨地盯着那群身穿彩衣、面戴鬼面的家伙，咬牙说道，“我们风城兄弟就是喜欢和其他路的兄弟一起大块吃肉、大碗喝酒、大把地捞功劳。唐城主这次不封个猛虎将军，我陆铁生去给你请命。”

“好兄弟！”唐朗哈哈大笑。

“我们青帝城的兄弟远道而来，可不能便宜都让你们给占了，让我们青帝城的兄弟吃土喝风。”青帝城城主白宿面相阴柔，说话细声细气的，却自有一股子不容小觑的气度。

“白城主何须言此？歼灭鬼舞军团，俘虏孔雀公主，这是多大的功劳？就算把这功劳平分，也足够三城的兄弟吃饱喝足。白城主想要功勋，多消灭几个敌人便是。”

“如此便好。”白宿冷冷地说道。他这样一个模样俊俏的男人，却喜欢挥舞巨大的母子连心锤。一大一小两把铁锤在他手里就像是两只小鸡似的，提起来不费吹灰之力。

“杀！”唐朗扯着嗓子吼道。

“杀！”陆铁生也冷冷地喝道。

他知道，不管别人会不会尽力，他必须使出百分之两百的力气。

因为在设计伏击之前，他的堂叔陆勿用就拉着他下达了死命令：不惜一切代价歼灭鬼舞军团，俘虏孔雀公主。

陆氏危机能否得解，就在此战之胜负。

陆行空活着，陆氏有危机。

陆行空死了，陆氏仍然有危机。

作为陆氏族人，他理当拼命。

“两位城主，鬼舞军团连日奔波，马力已竭。我们只要一鼓作气，便可以将他们拦截下来。”陆铁生的眼睛盯着前方奔跑的那些战马的腿，嘴里喊道，“只要挡下他们逃跑的势头，三路大军联手，我方必胜。”

唐朗大声说道：“陆将军所言甚是。我老唐就先去探探他们的底。”

说话之时，唐朗已经腾空而起。

他在高空之中疾飞，手里的弯月刀狠狠地朝着在地面上狂奔的鬼舞军团砍了下去。

“轰——”

一道长达数里的红色光环朝着地面降落，刀气未至，雪屑纷飞，枯枝断裂，地面上的鬼舞军团被砍得人仰马翻，朝两边滚去。

“咔嚓——”

地面上，出现了一道巨大的裂痕。

裂痕四周，还有红色的火焰在不停燃烧。

有焦土的味道传来，还有身体烧焦的味道传来。

这一刀，让那些簇拥在一起的鬼舞军团将士避无可避，被他劈了个正着。于是，数十名鬼舞军团悍卒便死在天海城城主唐朗的这一刀之下。

“避！”一名时刻守护在嬴千度身侧的鬼舞军团将军喝道。

“轰隆隆——”

那些得到指令，原本密密麻麻排列在一起的鬼舞军团将士立即打马朝两边狂奔，一列队伍变成了两个长长的列队，在变阵的过程之中，鬼舞军团将士仍然保持着疾风闪电般的前行速度。

唐朗看到自己一刀斩杀数十名鬼舞军团将士，心里豪气大涨，对着天海城将士们喊道：“儿郎们，歼灭鬼舞军团，活捉孔雀公主，就在此时，可不能让身边的那些家伙抢先！”

“嗷——嗷——嗷——”

目睹城主神勇，又听到在高空中的城主鼓动的话语，天海城的两万将士热血沸腾。

他们忘记了狼胥关军团的惨状，也忘记了自己心中的害怕和想要逃跑的欲望，一个个挥舞着长刀，打马提速，“嗷嗷”叫着朝前狂奔。

陆铁生看到唐朗已经冲在最前方，便对身侧与自己并肩而行的青帝城城主白宿喊道：“白城主，陆某先行一步！”

说完，陆铁生脚尖在马背上一点，人如一只苍鹰般朝着前面狂奔的鬼舞军团的上空掠去。

他挥起手里的长刀，也学着唐朗刚才所做的那般朝鬼舞军团人群密集的地方斩了一刀。

人群之中，一个身穿彩衣、脸戴鬼面的巨人突然间踏马飞起，手里的长刀猛地朝着上空挥了过去。

天空上，一团白色的火焰燃烧着朝地面而来。

那是陆家的天王刀法。

地面上，一只白色的孔雀也冲天而起。

“轰——”

天王刀气和白色孔雀在半空之中碰撞，白色孔雀被斩成两截，在它的身体发生爆炸的同时，那天王刀气也荡然无存。

鬼舞军团的巨人嘶吼一声，猛地朝着那挥刀斩来的陆铁生冲了过去。

嬴千度不管不顾，就像完全不在意自己身后将士的死活似的。

她所要做的唯一一件事情就是向前狂奔，狂奔，带着鬼舞军团的数千将士朝西风边境狂冲而去。

她甚至已经看到了西风帝国的边境线，看到了黑炎王朝的瞭望塔。

她看到了胜利的希望。

“冲！”

嬴千度的声音清脆，夹杂着外放的内力，如长空雀鸣，整个鬼舞军团都能清晰听见。

“冲！”数千鬼舞军团将士齐声响应。

“嗒——嗒——嗒——”

马踏荒原，乱雪飞溅。

整片大地因为他们的到来而颤抖。

“冲！”嬴千度再一次喊道。

陆铁生一刀将鬼舞军团的巨人格挡开，对下边的风城将士嘶声吼道：“杀了他们！斩敌一人，赏金百枚。斩敌十骑，官升一级。”

风城将士拼命地抽打着战马，疯狂地挥舞着手里的长刀。

一方跑得轰轰烈烈，一方追得不死不休。

“轰——”

嬴千度一马当先，第一个冲进了黑炎王朝的国境线内。

“轰——”

她身后是密密麻麻的鬼舞军团悍卒。

陆铁生看到鬼舞军团进入了黑炎王朝境内，看到孔雀公主就要从自己的眼前消失，急得面红耳赤，双眼充血。

他一挥长刀，指着黑炎王朝境内嘶吼：“越境追杀，不死不休！”

“越境追杀，不死不休！”

在陆铁生的号令下，那些风城士兵号叫着，挥舞着长刀朝黑炎王朝境内冲了过去。

“锵——”

一个清脆的响声传来。

风城大军之内，一个士兵看到自己的胸口中了箭。

他瞳孔放大，一头栽落马下。

没有人听到那一声脆响，也没有人注意到那个突然间掉落马下的同袍兄弟。

就算有人发现，恐怕也无能为力，只能被后面的大军裹挟着向前冲锋。

“嗖——”

风城大军的头顶之上，有嘹亮的破空声传来。

正在冲锋的风城军士兵抬起头，就看到无数条黑线朝自己笼罩而来。

“哗啦啦——”

一大片风城军士兵被铁箭扫中，铁箭巨大的冲劲儿带着他们向后狂退，刺中更多风城军士兵的身体。

不知道什么时候开始，那越入黑炎王朝境内的鬼舞军团已经分列两边，在宽阔的中心，一台台犹如微型城堡一样的古怪玩意儿正对着风城大军发射出密集的长枪利箭。

“鲁般战车！”有人惊呼，“那是鲁般战车！”

这是一场没有悬念的战斗。

风城军攻势最猛的前锋队伍，一个回合便被清空大半。

那些士兵骑在战马上，脸上犹带着疯狂的战意，突然就胸口一痛，或者身体某一个部位突然间剧烈地疼痛，然后身体前扑，一头栽倒在地上，被后方狂奔而来的战马踩踏……

对风城军来说，这是一场灾难。

漆黑如墨的“微型城堡”，犹如一座座坟墓，里面不间断地发射出难以计数的长枪利箭。

那些风城军士兵还没有冲至近前，就已经被那些长枪利箭射穿了身体。

“嗖——嗖——嗖——”

漫天之上，皆是黑点。

“嚓——嚓——嚓——”

一杆长枪刺中一个人的身体，以强大的冲力把那个人从马鞍之上拉扯下来，带着他继续朝后面退，刺中第二个人、第三个人的胸口……

“快撤！”

“快跑啊！”

……

陆铁生人在高空，眼睁睁地看着自己嫡系部队的三万士兵被一个个射杀，连和敌人正面厮杀的机会都没有。

他面目狰狞，扯着嗓子一声又一声地喊叫着：“快回来，撤回来！那是鲁般战车，那是鲁般战车……”

可是，他的嘶吼和喊叫根本无济于事。

在他前期的鼓动和指挥下，那些风城士兵就像吃了兴奋剂一般，拍着战马，挥着长刀，朝黑炎王朝的国境线冲击而去。

三万大军发动起来，如洪水倾泻，势不可当，难以回头。

就算身在战阵之中的一些士兵听到将军陆铁生的喊叫，也不可能做出任何的有效反应。

这是埋伏，是那个孔雀王朝的公主嬴千度很早以前就设好的伏击。

她故意率领五千鬼舞军团的悍卒到风城城门口耀武扬威，表面上是来招降陆勿用，但在风城众人眼里，她是给城里的李牧羊拯救家人吸引敌人注意力和争取时间。

陆勿用也将计就计。

你想招降我，我便假意答应考虑。你想给李牧羊制造混乱、争取时间，我便配合你演这出大戏。

等到其他三路大军齐至，形成四路夹击之势，他们就准备俘虏孔雀公主，歼灭鬼舞军团。

倘若风城军当真将鬼舞军团全歼，又有孔雀王朝的公主为人质，到时候，风城陆氏一族危机顿解。风城军甚至还可凭此去和宋家以及新皇谈判，获得比之前更大的利益。

嬴千度在演戏，陆勿用也在演戏。

但谁也没有想到的是，那个公主的野心远远不只如此。

她要的不只是帮李牧羊吸引风城众将的眼球，为他的救援争取宝贵的时间，她要的是风城的大军，以及青帝城、天海城、狼胥关三路人马的性命……

这不是个人之战，而是国之战。

倘若她能为自己的孔雀王朝歼灭这四路大军，这将是多大的战功，将是多大的荣耀？

现任孔雀王只有嬴千度这一个女儿，她在这一战中又表现出了如此厉害的心机和手段，有此功勋垫底，再有孔雀王那个爱女如命的老家伙力挺，她继承王位也不过是时间问题了吧。

陆勿用是什么人？他是风城城主，是陆氏叛将，是连陆行空都被其蒙骗的枭雄。

此次，他却一头栽进了这个公主为他挖好的陷阱和火坑里。

可是，让陆铁生想不明白的是，为何黑炎王朝会有鲁般战车？

更重要的是，为何黑炎王朝会同意鬼舞军团在自己的国境内剿灭西风帝国将士？

现在不是思考这些问题的时候。

陆铁生挥刀狂斩，将那个鬼面巨人劈至数十丈外，然后对着友军大声喝道：“唐城主，白城主，请两位城主率领大军与我部一起冲杀过去。只要攻到鲁般战车附近，三路联军就可以将其劈成木屑。俘虏孔雀公主，歼灭鬼舞军团，建功立业，就在此时！”

唐朗一刀劈飞一拨射向自己的利箭，看着天空中密密麻麻的黑点，大声喊道：“陆将军，战车攻势凶猛，我军损失惨重，急需退后休整。假以时日，我定来为风城兄弟报仇！”

“唐城主，你……”

“陆将军，你也看到了。不是老唐不愿意帮你，就算此时我天海城的兄弟与你风城兄弟会合一处，也只有死路一条，不如让我天海城的兄弟留得一条性命，他日马踏黑炎王朝，歼灭鬼舞军团，不让风城兄弟白白牺牲。”

说完，唐朗也不管陆铁生此时的表情和反应，大声喝道：“天海城众将听令，立即撤回西风国境，立即撤回西风国境！”

他们刚才跟着风城部队一起冲进了黑炎王朝的国境，无论现在黑炎王朝用什么手段将他们剿灭，那都是他们理亏在前。显然，这也是那个阴险狡诈的孔雀公主提前就考虑到的一点。

只有回到西风国境，他们才占理。

“白城主……”

陆铁生眼睁睁地看着自己的风城兄弟还在不停地向前冲锋，然后被那漆黑如墨的小小“城堡”里射出来的利箭一拨拨地射落马下，一个个地失去性命，实在是悲痛不已，心急如焚。

这个时候，他的心里有了一种绝望的感觉。

数万大军冲锋，局势不是他一人之力就可以扭转的。他将最后的希望放在了青帝城城主白宿的身上。只要白宿愿意从侧面攻击，冲垮鬼舞军团的屏障以及那些犹如死神般不停喷射利器，带走风城兄弟性命的鲁般战车，他们也不是没有获得胜利的机会。

“白城主……胜负皆在君一人之手，请白城主救我风城兄弟一命。”

白宿眼神微凛，俊俏的脸上浮现出一丝杀意。

他看着落在他身边的天海城城主唐朗，说道：“唐城主，你如何决断？”

“保全性命要紧。”唐朗沉声说道，“我唐朗不怕死，但是我手下这数万儿郎皆有父母需要供养，不可白白牺牲性命。”

“既然如此……”白宿手里的母子连心锤突然朝着唐朗砸了过去。

“砰——”

毫无防备的唐朗被活活砸死，他身下的战马受惊，带着他的尸体朝远处狂奔。

白宿扫视全场，怒喝道：“天海城城主唐朗临阵逃脱，当斩。青帝城将士听令，诛杀天海城叛徒。”

说完，白宿一马当先，朝那些想要逃回西风国境的天海城士兵杀了过去。

陆铁生惊得目瞪口呆，指着白宿吼道："白宿，你……你意欲何为？屠杀自家兄弟，你意欲何为？"

"嗖——"

鬼舞军团的巨人再次冲杀而来，一刀斩向陆铁生。

陆铁生挥刀去挡，但是为周围局势分心，战力大减，被那鬼舞军团的巨人一刀劈退，身体直直地砸进了荒野之中。

"咔嚓——"

雪水四溅。

地面上出现了一个巨大的坑洞。

围剿还在继续。

风城的士兵们终于反应了过来，他们不再向前冲，而是朝着左右两侧逃命。

可是，早就立在左右两侧的鬼舞军团哪里会给他们活命的机会？

他们才刚刚逃离鲁般战车的射击范围，就被鬼舞军团的那些悍卒挥刀夺走了生命。

天海城城主唐朗被偷袭而死，天海城军团群龙无首，军心涣散。青帝城城主白宿又在他们脑袋上扣了一顶"临阵逃脱"的帽子，让他们发挥不出丝毫的战力，只想着逃命，只想着逃离这死亡炼狱。

可是，白宿率领的数万大军不会给他们活着返回西风帝国的机会。

风在嘶吼，雪在纷飞，箭雨在呼啸，再加上伤者的悲号和战者的怒吼，组成了一幅连死神看到都忍不住闭上眼睛的残酷画卷。

……

不知道什么时候，悲号停止了，怒吼消失了，就连那不停发射出利箭的鲁般战车也一片沉寂。

"锵——"

一辆鲁般战车里，不知道什么原因飞出一支利箭。

那是一支孤零零的羽箭，没有伙伴，没有目标，独自朝着高空飞去。

一将功成万骨枯！

此役，孔雀王朝的公主嬴千度歼灭天海城两万大军，歼灭风城三万大军。

稚嫩的孔雀发出第一声鸣叫，就让整个神州震惊。

第251章

局势有变

为了阻挡李牧羊救人，天萝地仙宫舟一对石山布了一重又一重禁咒，普通人难以破咒而入将人救走。

李牧羊知道这重重禁咒的存在，所以他进入石室之后就四处游走，又故意招惹那黑衣少年崔见心持剑前来砍杀。

倘若是李牧羊自己破咒的话，怕是天萝地仙宫舟一第一时间就会出手阻止。这会极大地提升李牧羊救人的难度。

可是，要是由他们自己人来破咒，想必宫舟一就算发现也不会出手阻止……

崔见心剑意惊人，数剑之后，那石山之中的禁咒就被破了。

于是，潜伏多时的胖子公输垣立即操纵着他怀中的半成品穿山甲钻破石壁开始救人，只是还没有成功而已。

燕伯来终究是聪明人，他发现漫天符文在天空中闪现，继而消失得无影无踪时，便察觉了李牧羊的企图。

李牧羊希望打破这禁咒，希望能完好无损地将父母从那石壁之后救出来。

现在禁咒破了，后方若是有人接应，就能轻易地把李牧羊的父母带走……

李牧羊还是想得太简单了，就算禁咒破了，他想轻易带走他的父母也是不可能的，除非敌人都死了。

可燕伯来没有死，宫舟一没有死，鬼王师徒更没有死。

既然他们还活着，而且活得好好的，那就不会让李牧羊轻易把人带走。

燕伯来眼神阴森地盯着李牧羊，沉声说道："看来你还有同伴。"

"与你何干？"

"李牧羊，不得不说，你很聪明，比你刚离开江南时要聪明太多太多。我承认，你进步很大，但是，也仅此而已。难道你不清楚吗？你父母的死活，我们并不关心。我们在意的是，你到底是死了还是活着。现在你就站在我们的面前，你以为自己还有逃命的机会？我要是你，就不会出现在风城，就不会心存幻想前来救人。”

“不试试怎么知道呢？”李牧羊面无表情地说道，同时侧耳凝听，想知道公输垣那边的进度如何了。

可是，地底并没有太大的动静，他也听不到什么信号。

“公输垣要是得手，一定会给我明确信号的。”李牧羊在心里想道，“既然现在地底还没有很大动静，那就证明公输垣还没能将我的家人救出去，还需要时间。”

公输垣需要时间，李牧羊就要给他争取时间。

禁咒已破，李牧羊心中的一块大石落地。

李牧羊环顾四周，燕伯来挡在左侧，宫舟一挡在右侧，那黑影行踪不定，犹如孤魂野鬼一般四处游荡，随时会给人致命一击。

黑衣少年崔见心挡在石洞门口，得知李牧羊利用高明的身法引诱自己出手，借用自己的力量打破禁咒之后，他的表情变得杀气腾腾，瞳孔呈现纯粹的墨黑色，就像是鬼域的天色。

李牧羊被包围了。

雪球将李思念一口吞下去之后，觉得这个姑娘还不错，不仅人长得漂亮，还能填饱肚子，就在外面愉快地吐着泡泡。

李牧羊必须找到一个突破口。

“各位同胞，此子不是人类，而是强大而邪恶的龙族！我们应当勠力同心，并肩屠龙。”

燕伯来知道李牧羊的强大，连宋孤独老神仙亲自出手也没能将李牧羊拦截下来，他自然不会狂妄自大到以为自己可以独立擒拿他，所以号召大家一起动手。

毕竟，强者都是比较骄傲的。他们不会轻易出手，更不会和其他强者一起出手。

要是两个人一起出手成功屠龙，这功劳算是谁的？

特别是他面前的鬼王厉揽江和天萝地仙宫舟一两人，从一开始就互相看不顺眼，一个视自己为恶鬼，一个尊自己为地仙，鬼和仙怎么能和睦相处呢？

“本王自然不会客气。”厉揽江声音刺耳地说道。

“本仙正为屠龙而来。”宫舟一沉声说道。

崔见心一言不发，身影在原地消失，在空中幻化出数道向前冲击的身影。

等到人们的视线被空中的幻象所吸引时，崔见心已经出现在了李牧羊的身后，一剑斩向李牧羊。

人无声，剑亦无声。

只见人影在空中飘荡，剑影向前狂斩。

红光漫天，整个石室都被红光笼罩了。

鬼皿剑！

“嚓——”

一剑幻化成九剑，九道红色的剑光将李牧羊的身体完全笼罩。

与此同时，宫舟一衣袖一甩，八只金黄色的蟾蜍便飞跃而起，“呱呱”叫着从四面八方扑向了李牧羊。

鬼王所在的那团黑影在原地消失，不见其人，只见一道红色的剑光凭空出现，直直斩向李牧羊。

燕伯来更是不会错过此番将李牧羊围困斩杀的机会，他双手握拳，两团紫红色的火焰熊熊燃烧起来。

“轰——”

燕伯来双拳齐出，两个巨大的火球朝着李牧羊砸了过去。

“刺啦啦——”

烈焰燃烧，带着一股强烈的毁灭之气。

“嗷——”

一个响彻风城的嘶吼声传来。

风城城墙。

所有人都一脸焦急地等待着。

天海城城主唐朗、青帝城城主白宿、狼胥关守将林亭锋以及风城大将陆铁生各率领数万铁骑，组成强大无比的联军，朝那只有区区数千人的鬼舞军团冲杀而去。

鬼舞军团虽然享有天下第一强军的荣耀，可是在以寡敌众，以疲劳之军应对十万精力充沛、士气正旺的铁军的情况下，也只有被歼灭的份了。

所有人心里都认为，孔雀公主被俘、鬼舞军团覆灭是板上钉钉的事情。

有些人心里甚至还妒忌陆铁生，因为他是城主陆勿用的侄子，这等天大的好事就落在了他的头上。倘若是他们这些人率兵出击，那获取声望、升官晋爵不是易如反掌的事情?

可是，直到此时前线仍然没有战果传来，亦没有飞骑赶回报喜。

“难道出了什么变故？”

所有人心里都生出这样的念头，但很快，他们就都摇头，将其抛到脑海之外。

十万铁骑对阵五千鬼舞军团将士，这场仗要是还打不赢，那十万铁骑怕是也无颜回来见西风父老了……

陆勿用同样站在城墙上等待着，只是和其他将领相比，他的表情更加淡定从容，好像一切皆在他掌控之中。

其他将领看到他如此轻松惬意的模样，也终于将提着的心放了下来。城主算准的事情，保准不会出什么问题。

正在这时，远处轰隆声起，乱雪飞溅。

“将军，有人来了。”

“听声音，足有万骑之多。”

“不知道是哪一路大军先赶回来，定然是陆将军凯旋。”

……

陆勿用侧耳倾听，脸色突然变得阴冷起来。

“局势有变。”陆勿用沉声说道，“马蹄纷乱，犹如身后有强军追赶……我军败了。”

“什么？”众将一脸惊诧的模样。

“将军，这怎么可能？我方足有十万之数，鬼舞军团再强大，也不可能是我西风数军联盟的对手。”

“就是，说不定前方逃跑的是鬼舞军团呢！”

“鬼舞军团不过万，亦可征战天下。是不是狼胥关军团溃败之后逃回来的散骑？”

……

在城墙上众将激烈讨论的时候，风城之外，荒野之上，万马奔腾，从狂风暴雪之中冲了出来，就像是巨大的平原之上拉起了一条黑色的边界线。

“轰隆”的声音由远及近，城墙上众将也终于从那些骑士身上穿着的盔甲和打出来的旗帜辨别出了来者的身份。

这些都是青帝城的将士，他们在青帝城城主白宿的率领下正朝着风城所在的方向狂冲而来。

白宿衣衫破烂，长发飞散，身上伤痕累累，惨不忍睹，一副战场大败的可怜模样。

他一马当先，不停地拍打着胯下的战马，率领残余的万名青帝城将士朝着风城而来。

他一路狂奔，直至风城城墙下。

他抬头朝城墙上张望，嘶声喊道：“陆将军，救我。”

陆勿用脸色铁青，站在城墙上向下张望，沉声问道：“白城主，发生了什么事情？”

“鬼舞军团诱敌深入，十万黑炎王朝的魔鹰军守株待兔，突然对我们发起了攻击……”白宿眼眶泛红，双手握拳，用力地捶打着胯下的马背，怒吼道，“我军……我军伤亡惨重。”

“陆将军何在？陆铁生将军可回来了？”城墙上，有人急急问道。

“陆将军……陆将军战死，三万风城军无一生还。我率领青帝城兄弟守护左翼，与敌军拼死厮杀，总算带着这些兄弟逃了回来。其他兄弟……怕是也凶多吉少了……”

思及刚才那场战争的残酷，向来以英勇狠辣闻名于世的青帝城城主白宿也眼眶泛红，泪如雨下。

“天海城城主唐朗何在？”

“天海城城主唐朗战死，天海城数万悍卒全部埋骨北境。”

“狼胥关军团何在？”

“狼胥关军团被鬼舞军团正面冲垮，林亭锋战死，散骑游勇被鬼舞军团屠杀殆尽……”

“青帝城……”

“各位眼前所见，是侥幸逃命回来的仅存的将士。”

……

陆勿用问不出话来了。

短短几个问题，得到的答案让现场每一个人都震撼不已。

天海城城主唐朗战死，天海城军队全军覆灭。

陆铁生将军战死，风城三万劲卒覆灭。

狼胥关军团第一个回合就被冲垮，连主将也被鬼舞军团所杀。

还有青帝城大军……能活着的人都已经会集在这风城城墙脚下了。

“鬼舞军团当真如此强大？”

“黑炎王朝……一向是两不相帮，为何此次却突然向西风出此狠手？而且，为何他们恰好有十万大军布置在边境之地……”

……

陆勿用的心中有无数个谜团。

“陆将军，”白宿仰面看天，悲声唤道，“有句话本不当讲。白某死不足惜，可是手下这上万儿郎，皆是有父母需要供养、有子女需要照顾的家中壮丁，他们不能轻易就这么死了，他们得好好活着。陆将军，你我同为西风将领，同守帝国边境，本当同舟共济，守望相助……请陆将军开一扇小门，放我这些兄弟进去，给他们留一线生机。不然的话，等到鬼舞军团与黑炎王朝的联军追赶到此，等待他们的就只有死亡……陆将军，给他们一条活路吧。”

“陆将军，给我们一条活路吧。”那些逃命回来的青帝城士兵齐声哀求。

“陆城主，我上有老，下有小……”

“我知道陆城主有一个儿子，我也有一个三岁的孩子……”

……

陆勿用脸色铁青，沉默不语。

“将军，青帝城军团可是我们的兄弟部队啊！”

“倘若我们不放他们进城，他们就只有死路一条。”

“将军，为何犹豫？”

……

陆勿用沉吟良久，对着城墙下的白宿说道：“白城主，陆某知你艰难，可陆某也有自己的难处……此时城内正遭遇大劫，陆某实在不宜在此时打开城门放贵部进入。不如这样，陆某让人将粮食和柴火放下去，供白城主和麾下儿郎食用和取暖。青帝城大军在城墙下养精蓄锐，等到精神饱满，再返回青帝城如何？遭此大难，我想这些兄弟也很想回去见见家人。如何？”

白宿表情狰狞，目眦欲裂，怒喝道：“陆勿用，早知你狼心狗肺，没想到你竟然狠辣至此！你是风城之主，我是青帝城之主。我和你虽然各有城池，但是同属西风帝国。敌军将至，兄弟们生死一线的情况下，你竟然闭门不开，让我等在城墙下等死？陆勿用，你就不怕自己死后下地狱吗？”

“白城主，陆某也有不得已的苦衷。”

“陆勿用，你我皆是军人，军人当有军人的傲骨和尊严。既然风城不愿意让我青帝城兄弟进入，那我青帝城兄弟便不进风城。”

白宿看向身后的那些残兵败将，大声吼道：“兄弟们，你们都听到了，这就是我们的西风战友，这就是我们的帝国同胞……从今日始，我青帝城与西风断绝一切关系，是敌非友，不是你死，就是我亡。”

“杀！”

上万青帝城士兵虽然战败，但是受此羞辱，戾气大增，一个个恨不得冲上去将陆勿用砍上几刀。

“将军，万万不可如此行事。”陆勿用身边的谋士急忙劝阻，“倘若此事传开，怕是对将军英名有损。”

“英名？”陆勿用冷笑连连，“我陆勿用现在还有什么好名声吗？”

“可是将军……你要做一个孤家寡人吗？”

“孤家寡人？”陆勿用小声地念叨着这四个字，“我怕的是城池有失啊。倘若这风城被人设计拿了去，神州浩瀚，还有我等的容身之地吗？”

“可是将军……”

“我意已决，无须多言。”

李牧羊的身影消失了，石室之中，出现了一条全身布满鳞片的黑色巨龙。

因为石室狭窄，所以那巨龙显得格外巨大，就好像整个石室都被那巨龙填满了一般。

巨龙的尾巴一扫，就将崔见心砍过来的数道剑光甩得支离破碎。

巨龙的嘴巴一张，就将燕伯来轰过来的两团烈焰真火吞噬。

八只金黄色的大蟾蜍扑到了它的身上，张开大嘴朝它的身体咬了过去。

“咔嚓——”

巨龙的鳞片坚硬如铁，蟾蜍嘴里的细长牙齿颗颗断裂。

黑龙的身体还在变大，还在不停地生长。

它感觉到了束缚，感觉到了自己的身体难以舒展。

它情绪暴躁，瞳孔血红。

突然，它猛地抬头朝着头顶遮蔽天光的厚重石壁冲撞过去。

石山震动，巨大的石头“轰隆轰隆”地四处滚落。

山体的中心被撞击出一个大洞，那条黑色的巨龙从石壁之中冲了出来，朝着天空冲去。

风城之内，民众仰脸看天，眼睛大睁，一脸震惊地看着头顶之上遮天蔽日的黑龙。

“那是……什么怪物？好可怕！”

“龙，那黑色的怪物是一条巨龙……世间竟然真的有龙！”

……

那些高立在城墙之上的士兵能更清楚地看到黑龙庞大的身躯，更近距离地感受到那黑龙带来的巨大压迫。

“龙，天空上有一条龙！”

“将军，是否放箭？”

“将军……”

……

陆勿用脸色阴沉，盯着天空之中的黑龙，狠声说道：“埋伏的人何在？为何放恶龙出来？”

话音未落，陆勿用就见到数道身影从被黑龙撞开的洞口飞了出来。

身穿紫袍的是江南城城主燕伯来。

身穿黑衣的是崔家深入鬼域，十年不归的崔见心。

身着白袍的是天萝地仙宫舟一。

此外，还有一团黑色的幻影，看不真切里面人的真实模样，只能看到那黑影在不停地闪烁，如烟如雾，难辨其形。

“诛杀此恶龙！”燕伯来大声喝道。

“嗷——”

黑色的巨龙对着风城城墙，喷出了可以燃烧一切的龙焱。

龙焱之威，可毁天灭地！

第252章

踏破风城

黑龙横亘天际，见首不见尾，见尾难见首。

它庞大的身躯在天空之上舒展开来，张牙舞爪，翻滚腾飞，看起来比偌大的风城还要庞大。

它张开巨嘴，对着风城的城墙喷出了满腔的怒火。

长长的火龙喷射而出。

“轰——”

城墙上，数百士兵化为灰烬，就连那坚硬的青石墙体也被龙焱烧得滚烫，伸手一触便化成一股股红色的烟灰四处飞散。

龙焱所至之处，万物灰飞烟灭。

一切皆如云烟，消失于无形。

城墙之上，那些士兵先是呆滞，被这巨龙的庞大和威猛所震撼。

等到他们看到数百披甲操戈、武装到牙齿的兄弟被它一下就解决掉了时，危机刺激了他们的大脑，他们终于反应过来。

“救命啊——救命啊——”

“快逃，快逃，我们不是这条恶龙的对手！”

“不要杀我，不要杀我……”

……

人类对未知事物有着天生的畏惧。

在人类的认知里，恶龙就是注定要被屠杀的。

无数次，他们曾幻想过那个波澜壮阔的龙时代。人族和龙族和平共处，龙族高居神位，是整个世界的主宰。

然而，传说中，不知道从什么时候开始，龙族养成了各种各样的恶劣习惯，骄奢淫逸，喜食人心，动辄杀人屠城……

他们觉得自己没有赶上好时候。

倘若自己回到那样的年代，或许也可以成就屠龙英雄的美名，被那些吟游诗人传唱数万年吧？

可是，数万年了，人族没有真正见过龙族，没有和龙族战斗的经验。

当一条来自远古的巨龙遮天蔽日、腾云驾雾、口吐龙焱时，他们呆若木鸡。

“这就是那传说中的……龙族？”

“这就是那些屠龙英雄屠杀的恶龙？”

“它们……当真是人力可以抵挡的吗？”

……

那些终其一生难以进入修行境的士兵在面对巨龙以及它口中喷射的龙焱时，所能做的就只有两件事情——哀号和逃命。

原本整齐的队列被打乱了，无数人朝城墙的楼梯奔跑过去。

石阶之上堆满了人，人堆得越多，路就越是难以通行，于是有人跳跃着冲到了别人的头顶……

有人翻滚。

有人被推搡倒地。

还有人心急之下从高高的城墙上跳了下去……

在面对巨龙的威胁时，每一个人都想方设法用自己力所能及的方式去活命。可是，更多的人选错了方式。

“嗷——”

黑龙瞳孔血红，再一次从九天之上俯冲而下，再一次张开巨口，对着那些拼命逃亡的人喷射出龙焱。

“轰——”

又有一大群风城士兵化作烟尘。

又有一大片风城城墙被烧毁。

冷风一吹，那些被龙焱喷射到的燃烧起来的城墙立即就一块块地裂开、瓦解，化作一片片带着火星的红色烟尘四处飞散。

“杀了它！”

陆勿用飞跃到天空之中，手里握着一杆通体漆黑的长枪。

断肠枪！

他和陆行空一脉一样，学的都是天王枪法，修的都是天王心诀。只是，武之一道，因人而异。他没能学到天王枪的霸道之气，却另辟蹊径走了阴柔诡刁的路子。

所以，当年陆行空看他施展时颇有微词，说他正路不走走了邪路。

不过，事已至此，再改径更是艰难。

于是，陆行空遍寻宝库，为他选了这杆断肠枪作为兵器。

陆勿用极其喜爱这断肠枪，感觉这就是为自己量身打造的。

断肠枪通体漆黑，细长的枪杆极有韧性，不知道是用什么材料打造而成的，自由发挥的空间极大。枪尖又如一把蛇形匕首，能轻易地将任何物体捅出一个巨大的窟窿。

看到自己赖以生存和保命的城池及兄弟在龙焱大面积的喷射之下灰飞烟灭，陆勿用心焦如焚。

风城没了，兄弟没了，他忙碌这一场又有何意义？

“燕城主，请务必帮忙屠杀此龙，成就不世之功。”陆勿用对着远处的江南城城主燕伯来说道。

陆勿用投靠的是皇室，是宋家，是“正义”的那一方，但是根在崔家。当初陆氏危急时，便是崔家人代表韩王秘密前来和陆勿用接洽。

虽然崔家和宋家皆是此次政争的胜利者，是合作者，但是崔家就是崔家，宋家毕竟是宋家。

风城危险，崔家自然不能坐视不理，于是便将燕伯来从江南城抽调出来。燕伯来赶到风城布下天罗地网，为的就是将李牧羊和他的帮手一网打尽。

崔洗尘知道李牧羊不易对付，于是又将前往鬼域十年不返的崔见心以及他的师父鬼王一起叫过来，又邀来密友天萝地仙宫舟一辅助，力保燕伯来此行万无一失。

此番陆氏倒台，陆行空一党尽数被铲除，留下了大量极好的位置。

燕伯来镇守江南城多年，倘若此番再在风城建功，那么，他就可以在天都城拿下更重要的位置。

那个时候，崔家的实力也将进一步提升。

所以，此番风城之行，燕伯来只许胜，不许败。

陆勿用明白这个道理，燕伯来同样明白这个道理。

李牧羊突然化龙，燕伯来也震惊不已。

那个他初次见到时看起来有些清秀、有些害羞的少年，竟然是如此可怕的怪物……这种反差实在是太大了。

燕伯来一直在外围尝试着攻击黑龙，他的烈焰拳不停地朝着黑龙巨大的身体轰过去，却被黑龙不停地翻腾而躲避开了。

再说，黑龙的鳞片坚若磐石，水火难侵。他的烈焰拳就算是击在黑龙的身体上，也只能给它带来有限的伤害。

燕伯来同样心焦不已，唤道："恶龙行凶，生灵涂炭。宫大人，鬼王大人，还请两位宗师为苍生计，携手合作，共诛此恶龙。"

宫舟一站在石棺一角，另外一角放着他的候风地动仪。

石棺悬浮在半空之中，就像是完全没有任何重量似的。

听到燕伯来的呼叫，宫舟一大声响应："伯来放心，宫某正为屠龙而为。既然此龙现在已经现出真身，滥杀无辜，那就必死无疑。"

宫舟一说完，嘴里念念有词，衣袖一挥，那候风地动仪上的八只狮子仿佛活过来了一般，嘶吼出声，争先恐后地朝着天空之中的黑龙冲了过去。

"呼——"

扑出的过程中，狮子的身躯不停地变大，变大，最后变成了一人多高。

"嗷——"

八只狮子四散分开，有的去咬龙头，有的去撕龙身，还有的去扯龙尾。

八狮搏龙！

“噗——”

雪球看到那些全身金黄色的狮子觉得很是好玩，嘴里吐着泡泡，挥舞着两只小爪子朝一只狮子扑了过去。

那些狮子异常敏锐，从雪球的身上感觉到了危险的气息。

它们不愿意让雪球靠近自己，可是雪球这个家伙却觉得“你们是在逗我玩吧”……

于是，它挥舞着两只小爪子一路狂追。

狮子跑得快，它便飞得快。

狮子跑得慢，它便飞得慢。

狮子被这雪球激出了体内的百兽之王的凶悍之气，猛地转身，对着雪球嘶吼，并张开长满尖牙的血盆大口朝雪球扑了过去。

“呼——”

雪球张开嘴巴一吸，一只狮子便被它吞进了肚子里。

“噗——”

雪球觉得这些狮子实在是好玩极了，于是，它挥舞着小爪子朝另外一只狮子飞了过去。

城门之外，青帝城城主白宿看到天空中的巨龙，短暂沉默之后，猛地举起手里的母子连心锤，对着身后的青帝城将士嘶吼：“兄弟们，随我夺此城池，洗刷耻辱！”

说话之时，他将手里的母子连心锤甩了出去。

母子连心锤在空中不停地变大，变大，双锤之上燃烧着熊熊的紫色火焰。

“哐——”

两个锤子同时砸在了风城的城门上。

那里原本就被龙焱所袭，现在又遭此猛砸，厚重的城门立即发出“咔嚓”的响声。

城门四周的石墙开始破裂，裂痕越来越大，并且有朝着整个城墙蔓延的趋势。

“哐当——”

挺立千百年不倒的风城城墙倒塌了。

风城破!

“杀！”

白宿一马当先，冲进了风城。

他身后是他带来的万名青帝城士兵，以及紧追而来的孔雀王朝的数千鬼舞军团将士，还有那黑盔黑甲的黑炎王朝的十万援军。

随着青帝城军团、孔雀王朝鬼舞军团、黑炎王朝十万魔鹰大军从城门以及被龙焱喷射出来的巨大洞口拥入风城，一场更惨烈的战争便开始了。

惊慌失措的风城将士四处寻找逃生路口，却发现整个风城都被穿其他军装的军团挤满。

他们还没来得及做出任何反应，就有第一个风城士兵丢掉了性命，然后是第二个、第三个……

有人转身逃跑，有人持刀厮杀，更多的人在那冲锋和逃跑的两股乱流之中被踩踏而亡。

“风城破了，鬼舞军团杀回来了，快逃命啊！”

“兄弟们，左右不过一死，咱们和他们拼了！”

……

双方从午时战到黑夜，就连那漆黑的天幕都被炽烈的火光照亮。

这是地面之上的战斗。

这是人与人之间的厮杀。

天空之中，还有另外一场更激烈的战斗在进行。

在雪球这个呆萌家伙的助攻下，那八只威风凛凛的金黄大狮子一个个“出师未捷身先死”，全部成了雪球肚子里的食物，甚至都没能给李牧羊化作的黑龙带来一点点伤害。

候风地动仪下面蹲着的八只金黄色蟾蜍跑去啃黑龙的鳞片，结果把牙齿都磕碎了。

宫舟一看到自己的法器连续失利，心里既羞又怒。

羞的是，他当作宝贝四处炫耀的候风地动仪在这条黑龙和这只“小狗”——弱水之灵的面前是如此不堪一击。

怒的是，李牧羊和那只“小狗”如此不给面子，让他无地自容。

候风地动仪是神州赫赫有名的神器，有观测天象、窥探万物的神通，能感受到最细微的真气流动。只要有任何异常征兆出现，它都能及时做出反应，将信息反馈给自己的主人。然后，那些金黄色的蟾蜍就会在主人的驱使下去检验或者与人搏杀。

以前用候风地动仪与敌人交手时，宫舟一极少失手。他一人率领着八只蟾蜍、八只狮子，看起来威风凛凛，让人极为忌惮。

而今天他的对手一个是龙族之王，一个是弱水之灵，两者皆是名震万古的半神级人物，或者说神物，区区一个候风地动仪就有些无能为力了。

宫舟一目睹那只“小狗”将最后一只金黄色狮子吞掉，禁不住身体哆嗦，长须乱抖。

他嘴里念念有词，双手将那候风地动仪抱在怀里，然后脚一踢，脚下踩着的那具石棺便朝雪球所在的方向冲了过去。

“轰隆隆——”

石棺越来越大，很快就变得像一座巨大的石头房子。

雪球不喜欢石棺的气息，挥舞着小爪子转身就跑。

然而，那石棺就像是长了眼睛似的，身披神秘的暗光紧追不放，一副不将雪球关进去誓不罢休的模样。

与此同时，宫舟一伸手轻轻地拂动候风地动仪上的柱子，候风地动仪立即就“呼呼呼”地急速转动起来。

一个个金色的符文从那候风地动仪上飘荡出来，汇集成金色的长河朝着天空之中的黑龙围拢过去。

候风灭世咒！

符文组成的金色长河越来越宽广，也越来越长，就像是横躺在天幕上的一道金虹，带着肃杀之气去围困李牧羊。

“轰——”

黑龙巨大的脑袋从九天之上冲了下来，对着那金色的长河喷了一口龙焱。

“砰——”

金河溃散，金色的符文四处飞溅，就像是一个个形状诡异的暗器。

黑衣少年崔见心手持鬼皿剑，一剑又一剑地斩向黑龙巨大的身躯。

鬼王厉揽江最是凶狠，也最是神秘。

他知道龙族躯体坚实，倘若不伤其要害，很难将其真正杀死。

而且，龙族力大无穷，能不停不歇地战斗多日。那样的话，就算他们这些人全部力竭而死，黑龙也不过是受了些小伤。

鬼王厉揽江攻击的部位是黑龙的脑袋。

他的身体隐藏在那团如烟如雾的黑影之中，行踪飘忽不定，他每一次出剑，都能给黑龙带来极大的困扰。

燕伯来一直在统观全局。

他看到风城破，十万大军拥入风城，就知道大势已去。

风城丢了。

他们已经失掉一城。

他现在能做的就是用尽一切办法斩杀李牧羊，以屠龙之大功，将己方的损失降到最低，让自己的声誉不至于坠落到地上摔得粉碎。

“必须杀掉李牧羊。”燕伯来心里这么想着的时候，再一次朝着那条巨大的黑龙冲了过去。

天空之中，黑云翻滚。

一个身穿看不清楚本来颜色道袍的邋遢老道出现在云层之中，看着地面上的战争沉沉地叹了一口气。

天色如墨，那个老道也是浑身漆黑。

可是，他立于那云层之中时，就仿若墨汁里的一块墨石，让人一眼就能寻找出来。

黑夜的黑都难以掩盖他的光芒。

“如此妄造杀孽，难道那些人就不怕入地狱吗？”

老道一脸痛惜的表情。

他的视线又转向了天空之中的黑龙以及和黑龙惨烈厮杀的几道身影，身体朝着核心的战斗区域飞了过去。

“住手！”老道喝道。

他喝令时用了道门绝技波音功，虽然音量不大，他的声音却清晰地传到了方圆数百里每一个人或者每一只动物的耳朵里。

声若洪钟，震得人耳朵嗡嗡作响。

战斗停歇。

地面上，正在进行搏杀的几支军团终于停了下来。

将士们仰起脸，朝着天空之中看了过去。

天空之中，正在和黑龙厮杀的几道身影也火速弹开。

因为他们从那声音里感觉到了磅礴的真气，感觉到了危险。

这一声“住手”威严大气，让人难以生出抗拒之心。

鬼王厉揽江虽然很不乐意这个时候有人跳出来搅局，而且还用这样的命令语气和自己说话，但也不得不停手。

就连李牧羊化作的黑龙也停止了翻滚和拼搏，巨大的脑袋俯视下方，眼眶之中的红色变淡，瞳孔之中闪过一丝疑惑。

“同胞相残，还有比这更令人痛心的事情吗？”老道扫视全场，目光冷厉，话语振聋发聩。

“你是何人？”燕伯来盯着那老道问道，心里迅速地猜测老道的身份。

道门中人，有如此高深的修为，又不修边幅，穿着一身破衣烂衫……此人的身份在他嘴边呼之欲出。

“贫道紫阳。”老道一脸淡然地说道。

“紫阳真人！”燕伯来惊呼。

他拱了拱手，躬身说道：“没想到是道门七真人之一的紫阳真人。晚辈燕伯来见过真人。”

“燕伯来……”紫阳真人稍一沉吟，说道，“可是那江南城之主？”

“正是。”燕伯来沉声说道。

一丝冷笑浮现在紫阳真人的脸上，紫阳真人说道：“那咱们以前可没少打交道。”

燕伯来心中骇然，面上却不动声色，化被动为主动，问道：“不知紫阳真人仙踪为何至此？”

“贫道行游之中，见到此地煞气冲天，特来一看。”紫阳真人看着风城之中的惨况，心中悲痛不已，怒喝道，“没想到尔等在此地造下这等杀孽，实在是可恶可恨。”

“紫阳，你算什么东西，也敢管本王行事？本王想怎么样就怎么样，你能奈我何？”

鬼王厉揽江性格暴戾，心性凶残，在鬼域为王久了，所以很不喜欢紫阳真人与自己说话的态度。

“就是。我宫舟一想要做的事，与你紫阳何干？是非不分，道门真人就是如此昏庸不堪？”

宫舟一也不喜欢别人居高临下地和自己说话。

“紫阳真人，请听晚辈言说。”燕伯来连忙解释，指着远处的黑龙说道，“神州惊现恶龙，为免恶龙行凶、生灵涂炭，我等才齐聚此地，争取屠杀恶龙。真人怎能说我等妄造杀孽呢？”

紫阳真人的视线转移到了那条巨大的黑龙身上，他注视良久，轻轻叹息，说道：“你能听懂我说话吗？”

“……”

黑龙不答，只是双眼警惕地盯着紫阳真人的面孔。

“你就是我那牧羊孩儿？”紫阳真人再一次问道。

“……”

黑龙眼睛血红。

很快，那眼中的红色消散不见。

漆黑的瞳孔之中，两颗热泪滚落而出。

第253章
万般不甘

世人视我如恶魔，你却待我如子侄。

一句“你就是我那牧羊孩儿”，瞬间戳中了李牧羊的泪点，让他热泪盈眶，感动不已。

自从他是龙族的秘密曝光，对他而言举世皆敌，所有人都想要将他诛杀，或为利益，或为完成屠龙壮举，千古留名。

他一路逃亡，一路厮杀。

时至今日，他家破人亡，危在旦夕。

更可恨的是，那“星空之眼”宋孤独在他的身体里打入了八根幽冥钉，他每日都要承受那让人求生不能，求死不得的幽冥之气。

李牧羊的心里充满了仇恨，充满了报复欲望。

他化作黑龙，对着那些风城士兵喷射出龙焱，就有一种和他们同归于尽的歇斯底里。

他对人族失望透顶。

倘若不是嬴千度和公输垣一直陪伴在他的身边，让他保持着最后的神志，他怕是早就化身恶魔，永远沉沦在黑暗世界了。

李牧羊刚刚见到紫阳真人时，是警惕的，也是防备的。

因为他知道人族对自己的仇恨，也清楚那些境界高深的修行者对屠龙有着怎样的执念。

别人皆是如此，紫阳真人就能例外吗？

他没想到的是，紫阳真人并不在意他此时此刻的身份，并不在乎他此时此刻的样子。

在紫阳真人的眼里，李牧羊只是一个孩子，是那个生长在江南小城里，每日遭遇天雷之火以及真龙之气碰撞冲击，随时都有可能一命呜呼的黑炭少年……

以前，他将李牧羊视作晚辈，视作子侄。

现在，他依然如此。

李牧羊的心里很感动，在那一瞬间，他有一种被全世界理解并且愿意原谅全世界的感觉。

紫阳真人，他还是那个邋遢又霸道的老道士，还是那个一次又一次地逼迫自己喝下那漆黑苦涩的药汤，一次又一次地将自己从死神那里抢回来的恩人和长辈。

李牧羊哭了。

或者说，那条黑龙哭了。

大颗大颗的眼泪顺着黝黑的龙脸下滑，掉落在空中，变成一颗又一颗晶莹的雪珠。

此情此景，和黑龙刚才腾云驾雾、口吐龙焱的威武霸道形象完全不符。

李牧羊的心里觉得很温暖，也正是因为这温暖，他才哭得那么伤心。

所有人都看得目瞪口呆。

“你们看，那条龙哭了……龙也会哭吗？”

“难道它也觉得心里委屈吗？”

“它杀了那么多人……”

……

嬴千度摘下脸上的鬼面，那张倾国倾城的脸在一群鬼面中间是如此耀眼夺目。此时的嬴千度，就如同万鬼之中的菩萨神像，美丽安详，浑身散发出圣光。

她仰起脸，看向那流着大颗大颗眼泪的黑龙，眼神黯然，表情酸楚。

她能体会李牧羊的心情，也能理解李牧羊此时的心绪。

她知道，他哭的是自己的委屈、自己的命运，以及再也回不去的悲哀。

他是一条龙啊。

他怎么能还像以前一样快快乐乐地和人类生活在一起呢？

陆契机表情漠然，眼里却有着感同身受的苍凉。

不管是她还是李牧羊，都是与这个世界格格不入的。

他们属于别的族群，是半神之体。

上天给予他们强大的神通和悠长的寿命的同时，也给予他们责任和孤独。

大多数时候，他们都是孤身一人。

时间久了，他们不禁对一切都感到厌烦，感到绝望。

李牧羊，他也难以逃脱这样的命运。

紫阳真人看着李牧羊真情流露的模样，良久良久，才再一次叹息，说道：“好孩子，在我心里，你一直都是一个好孩子。在你还很小的时候，有一次你拉着我的手，悄悄问我能不能带你走，你说走得越远越好。我问你为什么要走，你不想和家人在一起生活吗？你说想，可是你知道自己快要死了，你怕自己死了，你的父母和妹妹会伤心……你希望我把你带走，然后告诉他们你在外面生活得很好。就算你真的死了，你也让我告诉你的父母和妹妹，你在外面生活得很好。”

黑龙的眼泪流得更快更急，白色的泪珠里掺杂着血丝。

“好孩子，回来吧，回来做李牧羊，变回你自己的模样。”紫阳真人对着天空之中的黑龙招手，柔声唤道。

“嗖——”

天空之中，那一眼望不到尽头的巨龙开始缩小，越来越小，越来越小，很快变成了一条小龙，瞬间又恢复成了李牧羊的本来模样。

李牧羊朝紫阳真人飞了过去，跪倒在他的面前，哭喊着叫道：“爷爷……”

自从上次江南城一别，李牧羊已经很长时间没有见到这个邋遢却对他极好的老道士了。

那个时候，李牧羊以为紫阳真人只是骗人钱财的江湖郎中，和自己在户部巷见到的那些江湖郎中一样。

等到他真正进入了修行一道，真正了解这样一个世界后，他才明白自己当初的怀疑和想法是多么可笑。

这个老道士是道门七真人之一，是整个神州都赫赫有名的大人物。

数年不见，李牧羊没想到自己再见紫阳真人却是在这样的场合，以这样的模样。

紫阳真人轻轻抚摸着李牧羊的脑袋，安慰道："好孩子，好孩子，回来就好，回来就好……"

"嚓——"

一把黑色的利剑刺穿了李牧羊的胸口。

细长的剑刃从李牧羊的胸口露了出来，剑刃之上鲜血流淌。大团大团的雾气在剑刃四周环绕起伏，疯狂地吞噬着李牧羊体内的龙血。

李牧羊瞪大眼睛，一脸难以置信地看着插在自己胸口的长剑。

那是一把弯曲仿若一条蛇的黑色长剑。

李牧羊仰起脸看着紫阳真人，眼睛再一次变得血红。

他万般不甘地悲声唤道："爷爷……"

"爷爷……"李牧羊嘶吼。

为什么会这样?

为什么要这么对待我?

李牧羊的双瞳里血雾翻滚沸腾，就像李牧羊此时此刻的心情。

他心里的那一点点温暖消失，手臂上再一次浮现漆黑如墨的鳞片。

"牧羊——"紫阳真人一把握住了李牧羊的手臂，手背上浮现一团又一团的青色光芒。

在青色光芒的逼迫下，那些才在李牧羊手臂上出现的鳞片迅速地退散消失。

鳞片再起，又再一次地消失。

一个渴望化龙。

一个不愿意让李牧羊化龙。

两人陷入了僵持和真气碰撞之中。

"牧羊，不要冲动。"紫阳真人出声喝止。

"爷爷，为什么要这么对我？"李牧羊万分悲痛，嘶声道，"为什么要这么对我？"

他原本以为是亲人，却没想到是歹人。

紫阳真人利用李牧羊对他的信任和依赖，让李牧羊恢复人身，然后让人在李牧羊背后袭击……

李牧羊胸口的长剑就是最大的讽刺、最好的证明。

“牧羊，这并非我本意。”紫阳真人沉声说道。

他死死地抓住李牧羊的手臂，不让李牧羊暴怒化龙，以免这风城再一次陷入火海，将士厮杀不休。

紫阳真人眼神冷厉地盯着那一击成功后转移他处的鬼王厉揽江，怒喝道：“厉揽江，我已经劝解他停止厮杀，恢复人形，你为何还要行此卑鄙手段？”

“卑鄙手段？”鬼王厉揽江森冷的声音从远处的黑影之中传了出来，“紫阳真人，你是不是老糊涂了？他是什么？他是一条龙啊，一条恶龙！你刚才亲眼见到他是如何杀人毁城的。如此恶龙，人人得而屠之，就连我这个孤魂野鬼都知道为人类为生灵贡献自己的力量，神州名门正派的道门怎么反而拖人后腿了？怎么？难道你们道门和那条恶龙是一伙的？不然的话，你紫阳真人又有什么理由如此愤怒呢？”

“厉揽江，你这种宵小之辈、无耻之徒，岂会知道化干戈为玉帛的意义？”

“化干戈为玉帛？”厉揽江狂笑，犹如老鸹夜啼，“紫阳真人，我尊称你一声真人——你刚才说什么？化干戈为玉帛？你说要让人族和龙族化干戈为玉帛？我刚才说你老糊涂了，看来一点儿也没有说错。只要是稍有智慧的人，都不会说出这等幼稚之语——就连三岁幼童都要比你聪明。龙族凶狠，不将其屠灭，人族如何生存？”

“恶龙？你倒是说说，他做过何等恶事？”紫阳真人死死地按住李牧羊的身体，不让他化龙。

李牧羊只要不能化龙，就没办法发挥出龙族的实力和神通。以他现在虚弱的身体状况，根本就不是鬼王、宫舟一等人的对手。

当然，不化龙，他也没办法继续厮杀，继续毁灭城池。

“你看到了吗？”鬼王厉揽江指着风城街巷里死去的人，说道，“这些人都是死在他的龙焱之下，此战也因他而起，难道这还不够恶吗？这都不算恶的话，那我鬼王可是神州第一大善人了吧？”

“厉揽江！”

“怎么？你要杀了我不成？”鬼王厉揽江有恃无恐地说道。

“紫阳真人，请听晚辈一言。此子龙族的身份已经曝光，神州正义之士人人见而屠之。还请真人能够明辨是非，助我们一臂之力，将此子屠灭。到时，有井水处，皆会称赞真人义举。”燕伯来拱手说道。

他不愿意和道门为敌，更不愿意和道门的一个真人为敌，所以，他主动给紫阳真人一个台阶下，想要将紫阳真人拉拢为“自己人”。

“紫阳真人，你这般替此子说话，难道是要自污不成？”

“哈哈哈——”紫阳真人大笑，清瘦的面孔也变得阴狠狰狞，“人言可畏，言语杀人。我终于明白牧羊为何会如此仇视你们了。倘若他是恶龙的话，你们这些人比他要可恶一万倍，该死一万倍。”

“老道士，别敬酒不吃吃罚酒！”

“我就不信了，道门真人敢对我们这些屠龙义士动手！若是今日之事传了出去，怕是道门会被世人所弃！”

“真是愚蠢至极！事到如今，你以为凭一己之力还能保下他的性命吗？他只有死路一条。神州修行者无数，每个人都想要取他的性命！”

……

紫阳真人眼神冷厉，一只手握住李牧羊的手臂，不让他化作龙形；另外一只手抽了出来，握成拳头。

“轰隆隆——”

天空之中，雷霆轰鸣。

“咔嚓——”

闪电如龙，将那厚得见不到一丝光亮的黑幕撕开一道巨大的口子。

紫阳真人的拳头四周紫火燃烧，那紫火越烧越旺，火势越来越大，就像是要把天空也烧出一个大窟窿似的。

“砰——”

紫阳真人一拳轰了出去。

紫火漫天，天地失色。

整个世间都被紫色的光芒所笼罩，就像所有人都被带到了一个诡异而魔幻的世界。

可是，所有人都知道，这里仍然是风城，仍然是西风的边境。

破烂的城池还在，将士的尸骸也还在。

紫火焚天。

破气术！

破拳！

“呼哧——呼哧——”

这是剧烈的喘息声，夹杂着每一次呼吸牵扯到伤口的痛苦呻吟。

陆勿用看着胸前正在不停向外溢血的伤口，不由得在心里狠狠地骂了一声。

他在正面攻击那条恶龙的时候，被恶龙的爪子抓了一把。倘若不是鬼王神出鬼没地出手，那条恶龙自顾不暇，他怕是已经死在了恶龙的爪子之下。

“该死的孽畜！”陆勿用在心里再一次骂道。自从看到李牧羊展现龙形，他已经不知道是第几次吐出这五个字了。

李牧羊是一条恶龙的消息传至风城时，他觉得自己已经做好了充足的准备。

他本身实力强大，手下将士如云，个个悍如猛虎。

可是，这如云的猛虎碰到李牧羊那条黑龙，却被杀得如猫如狗，溃不成军，惨不忍睹。

现在，他身边只有几个铁杆心腹。

毕竟，他们一家老小的性命都握在他的手里，他们就算想逃，也是有心无力。

其他人怕是都已经逃跑了，至于跑到什么地方，他就不知道了。

他背靠着城墙，对不远处的一个心腹喊道：“陆远，可见着陆林？”

“城主，不曾见过。”陆远抹了一把脸上的血迹，答道。

他带领城主卫队一次又一次地冲击鬼舞军团，想要打开一道口子带城主离开风城。可是，那鬼舞军团实在是一块硬石头，无论他们如何努力，直到他身边的兄弟都快要死光了，还是没办法将鬼舞军团逼退一步。

陆勿用的心不由得往下一沉。

他陆勿用就这么一个儿子，他的妻妾并没有给他生下其他子嗣。严格意义上来讲，他的一切都将由陆林这个儿子来继承。

之前他将所有的时间和精力都放到了城外的战争上，想麻痹孔雀公主嬴千度，完成四路大军的合围，将鬼舞军团歼灭。

等到计策失败，他失魂落魄地想要寻找儿子陆林的下落时，他却已经失去了儿子的踪迹。

他在城墙上的时候，还听人说儿子在城主府后院。那里面都是家眷，又有众多护卫，他理所当然地以为儿子不会有什么危险。

他知道儿子对李家那个姑娘有意思，不过，那个姑娘只是一个叛贼的女儿，儿子喜欢，那就尽管喜欢好了，只要不影响大局就好。

他也没有见过那个姑娘。

此时陆林下落不明，他也只能安慰自己，大概是危险来临，陆林带着那个姑娘提前一步跑进了暗道。

城主府内的暗道只有极少数几个人知道，恰好陆林是其中之一。

陆勿用只能这般安慰自己。

陆勿用也不再问陆林的下落，说道：“制造机会，从城主府地下暗道逃离此地，前往大宁。”

“是，城主。”陆远沉声答应。

“咔嚓——咔嚓——”

正在这时，一阵清脆的脚步声传了过来。

“锵——”

陆远和他身边的兄弟们都抽出了手里的长剑。

陆勿用摆了摆手，说道：“不用了，我们投降。”

他看着一步步向他们躲藏的地方走来的紫衫少女，说道：“我们投降。”

“沙——沙——沙——”

这是扫雪的声音，也是清扫战场的声音。

这样的声音在风城人的耳朵边响了整个晚上，直至天明，那“沙沙沙”的声音仍然没有停歇。

想要将那覆盖满城的深雪清扫干净，大概是一件极其困难的事情吧？

想要将那惨不忍睹的战场清扫干净，怕是比扫雪还要难上百倍千倍吧？

伏击失败，大战停歇。

陆勿用投降，风城易主。

在这简单的两行字中间，隐藏着无数死去的士卒。

一将功成万骨枯。

李牧羊早就苏醒过来，静静地听着窗外的沙沙声。

他喜欢这种感觉，因为这让他想起当初在江南小城的生活。

那个时候也是这般情景。

白雪皑皑的寒冷冬天，他躺在自己温暖的小窝里，听着窗外母亲罗琦握着扫帚清扫院子里积雪发出的“沙沙沙”的声音，刚刚熬好的米粥的香味从楼下传来。父亲李岩在院子里锻炼臂力，李思念在隔壁的房间里唱着不成曲调的歌，让人有一种岁月静好、人生无憾的感觉。

李牧羊想念江南，想念江南的生活。

如果有可能，他非常希望回到那个时候，回归那种生活状态。

可惜，世事不能从头来过。

“哐——”

房门被人从外面推开，一阵冷风狂卷而入。

“哐——”

房门被关上，那阵冷风也被斩成两截。

紫阳真人走到内室，站在床头看着双眼紧闭的李牧羊，说道：“万事皆有因缘，一念生，一念灭。命格如此，强求不来。我知道你怀念江南，怀念以前在江南的生活。可是，那些如昨夜星辰、凋零之花，过去了就再也不会回来了。”

李牧羊睁开眼睛，一脸平静地看着紫阳真人，问道：“您怎么知道我在思念江南？”

“因为你的脸上有暖意。”紫阳真人说道，“只有真正觉得幸福的人，脸上才会露出这样的表情。以我对你心性的了解，在你心里，江南小城的生活才是真正的幸福生活吧？”

“是的。”李牧羊轻声说道，“我想念江南的生活，可惜再也回不去了。”

“那个时候的你遭人轻视欺辱，危在旦夕，随时都有可能被一场高烧夺走性命。但是，大多数时候，你的生活也称得上平安喜乐。后来你名动天下，可声名越盛，烦恼越多，那人世间无所不在的爱恨情仇也与你越缠越紧，撕扯不开。你觉得自己越来越累，越来越苦。直至最后，龙族的身份曝光，你发现举世皆敌，不知道以后应当何去何从……”

李牧羊从床上爬了起来，一脸诚挚地看着紫阳真人，急切地问道：“爷爷，可能救我？”

“我救不了你，能救你的，只有你自己。”紫阳真人说道。

李牧羊脸上的期冀消失，化作浓浓的失望。

他眼神空洞地说道：“是啊，举世皆敌，谁能救我？”

“牧羊，你不要放弃。一切终究还是有办法解决的。既然有此因，上天必定会给你一个果。”

“只不过那个果是我被世人所屠而已，和数万年前一样。这不就是龙族的命运吗？”

紫阳真人轻轻摇头，说道：“初见你时，我便试着推算你的命数。但是我发现你的命数奇特至极，我每次推算所能看到的只是一片烟云。那烟云不是空洞的，不是纷乱没有章法的，而是初始，是无极，是开天辟地以前的混沌。虽然我没有办法推算出你的命格，但是我知道你不是早夭之人。只要人活着，还有什么跨不过去的坎呢？”

“无亲无友，终日被人追杀算计，一生处在逃亡路上，就算寿命再长，又有何意义？”

"牧羊，这就是你的命数。上天给你的，你要欣然接受。上天要拿走的，你也勉强不得。顺应天意，也是顺应心意。心意顺了，人也就活得轻松愉悦了。"

李牧羊苦笑不已，说道："上天给我一场大病，我欣然接受了。但是我没想到的是，上天还给了我另外一个身份，一个我怎么也难以接受的身份。"

"你可知道，有多少人渴望得到你的这重身份？"紫阳真人一脸凝重地说道，"那些在风城设局想要杀你的人，那些尾随你不放的人，天萝地仙宫舟一，鬼王厉揽江，还有那风城城主陆勿用，江南城城主燕伯来……就算是远在天都的'星空之眼'宋孤独，他们哪一个不想拥有你的能力？哪一个不想和你一样长生不死？"

"他们只是想要我的能力，并没有想要我的这重身份。"李牧羊说道。

紫阳真人的脸上浮现一丝嘲讽。

"你又怎么知道他们不想要你的这重身份呢？"紫阳真人反问。

"……"

李牧羊一脸愕然地看着紫阳真人，他没想到紫阳真人竟然当着自己的面说出这样的话。

难道那些人也希望和他一样，变成一条龙，一条人人皆想屠的龙？

紫阳真人轻轻叹息，说道："你应当已经了解，数万年之前的那场屠龙之战，人族是理亏的那一方。人族为什么要屠龙？就是因为龙族太过强大，让人族感觉自己的性命受到了威胁。龙族高高在上俯视众生的时候，人族觉得心情不畅，寝食难安。所以，九国联合，方才有了那一场屠龙之战。

"人族之所以屠龙，是因为人族不如龙族。人族的身体不如龙族强悍，人族的天赋也不如龙族卓越。倘若能拥有龙族的能力，怕是很多人都会动心。

"直到现在依然如此。他们要追杀你，不是因为你是一条恶龙，也不是因为你可能会针对人类，导致生灵涂炭，而是因为你威胁到了他们的主宰地位。牧羊，你应当早就看清楚了这一切，不是吗？"

李牧羊沉默。

他怎么会不明白这个道理？

数万年前，“他”就明白了这个道理。

那个时候，龙族何曾做过什么恶事？

那个时候，龙族又何曾屠过人族，吃过人心？

龙族不仅没有残害人族，反而扛起了抵御深渊恶魔的重责——

可是，最后龙族的命运是什么？

在龙族战至力竭之时，人族强者齐齐出动，对着原本应当是人族战友的龙族举起了屠刀。

那一役，龙族死伤殆尽，遭遇灭族。

他明白这个道理，那些举起屠刀的人族强者也明白。

可是，人族万万，众口铄金。

所有人都说他是一条恶龙。

所有人都说他喜食人心。

他百口莫辩，况且他根本就没有百口，能够对外辩解的只有这一张嘴巴。

而且，无论他说什么，人族百姓也是不会相信的。他们怎么可能会认真倾听一条龙在说些什么呢？

“我明白又如何？”李牧羊反问。

“你明白，那就应当知道，你并没有做错什么，你也无须愧疚什么。相反，是他们做错了，是他们应当向你忏悔。所以，你要好好地活着，比任何人都要活得更好。”

“星空之下，所有人皆知我是龙族。神州之境，每一个修行者都想要将我屠杀。我如何过得好？”

“如果做不好人，那就好好地做一条龙。”紫阳真人看着李牧羊眉头的那一抹阴霾，说道。

“好好地做一条龙？”

“是啊，好好地做一条龙。”紫阳真人说道，“真正的龙族应当做什么，你就好好去做什么。用你自己的行动告诉世人，龙族并不像他们抹黑的那般。”

李牧羊嘴角浮现一丝嘲讽的笑意，说道：“这样有用吗？”

“只要坚持下去，一定会有用的。”紫阳真人无比坚定地说道，“而且，并不是所有人都认为你是一条恶龙。至少，你身边有一群很好的朋友。他们清楚你的身份，但是仍然义无反顾地和你站在一起。我相信，雾霾会散开，真相会大白。”

李牧羊沉默不语。

紫阳真人看着李牧羊，问道：“昨晚我来给你治疗剑伤的时候，看到你痛苦得在地上翻滚不停，哀号了半宿，我用尽手段也没办法缓解。他们对你做了什么？”

“我的身体里有八根幽冥钉。”李牧羊说道，“宋孤独往我的身体里打入了八根幽冥钉。”

紫阳真人的脸色难看至极：“宋孤独欺人太甚。”

“在他眼里，我哪里算得上是一个人呢？”

紫阳真人沉吟良久，说道：“这幽冥钉是抽取地下的幽冥之气，用秘法凝结而成，打入身体的，就算是强悍的龙族也难以与其抗衡。不通此道者，根本就没办法将其取出。不过，我倒是知道一个秘方。据说昆仑墟有神宫，神宫内有开明兽，取兽胆食之，可解此幽冥之气。”

第254章
料事如神

李牧羊一脸苦涩，说道："昆仑神宫本就是虚妄之言，据说有缘者方可见之。我屡次前往昆仑墟，从来不曾见过这昆仑神宫。连昆仑神宫都见不着，又如何能找到那开明兽并且取其兽胆食之呢？"

"'海内昆仑之虚，在西北，帝之下都。昆仑之虚，方圆八百里，高万仞。上有木禾，长五寻，大五围。面有九井，以玉为槛。面有九门，门有开明兽守之，百神之所在。在八隅之岩，赤水之际，非仁羿莫能上冈之岩。'这是上古神书《山海经·海内西经》上对开明兽的详细介绍。

"我们道门的祖师也与开明兽打过交道，他收藏的《山海经图赞·海内西经·开明》上也有对开明兽的记载：'开明天兽，禀兹金精；虎身人面，表此桀形；瞪眎昆山，威慑百灵。'那本书现今仍然藏在龙湖山的三千道藏馆里。有机会的话，你跟我一同返回龙湖山，我将此书取来给你一阅。

"那么多书都对昆仑神宫和开明兽有记载，证明它们是确实存在的，只是需要耗费心神去寻找而已。牧羊机缘了得，定然会找到开明兽解除体内幽冥毒。"

李牧羊躬身行礼，说道："谢谢爷爷。不管机会几何，我都要再去一趟昆仑墟，寻一回那昆仑神宫。就算不为自己，我也要为家父重走一遭。"

"你的父亲也中了幽冥钉？"紫阳真人大惊。

"倘若不是父亲舍身相救，此时我的身体里便已经有了九根幽冥钉。"李牧羊沉声说道，"九九归一，牧羊此时怕是已经被幽冥之气冻裂经脉，爆体而亡了。"

"悲哉，壮哉！"紫阳真人一脸崇敬，说道，"可怜天下父母心。"

李牧羊轻轻叹息。

是啊，可怜天下父母心。

倘若不是父母，谁愿意为一个人做出那么大的牺牲呢？

在那条黑龙的记忆里，也有关于昆仑神宫的介绍，黑龙也知道开明兽可以化解这幽冥毒。

可是，那条黑龙去那里几次都不曾见过神宫，所见皆是茫茫雪山。哪里有神宫的影子？哪里又有开明兽的踪迹？

不过，既然紫阳真人也这么讲，而且道门祖师的藏书也表明神宫和开明兽确实存在，那就证明传言不虚。

不管自己是不是那有缘之人，李牧羊都要再去闯上一闯，就算把昆仑墟翻个遍，也要把那昆仑神宫找出来。

紫阳真人正色看着李牧羊，说道："牧羊，能否答应我一件事情？"

"爷爷，您说。但有所请，牧羊在所不辞。"

"在生命无虞的时候，不要轻易杀人。"紫阳真人一脸凝重，看着李牧羊的眼睛说道。

"爷爷……"

"我怕你一旦动了杀念，就再也回不来了。"紫阳真人不无忧虑地说道。

李牧羊稍微沉吟，沉声说道："爷爷，我答应您。"

"嗯。"紫阳真人拍拍李牧羊的肩膀，说道，"好孩子，真是一个好孩子。你身上的剑伤及其他的伤都被我用道门的千金方术治疗过，理当无事。如果躺着无聊，你也可以出去走走。老道就不多留了，再待下去，怕是有人要不乐意了。"

说完，紫阳真人转身朝门外走去。

紫阳真人才刚刚出门，房间门再一次被人撞开。

一身白衫的李思念冲了进来，一头扑倒在李牧羊的怀里，语带哭腔地喊道："哥哥……"

李牧羊轻轻地拍打着李思念的肩膀，抚慰道："不哭，不许哭。我没事，一点事也没有。刚才爷爷的话你也听到了……"

"师父那是故意安慰我。"李思念从李牧羊的怀里爬了起来，抹了一把眼泪说道，“昨晚哥哥痛了一晚上，我在门口哭了一晚上。我央求师父把你的病治好，但是师父告诉我，这种病他也无能为力。哥哥，你不会有事吧？那个什么幽冥钉到底是什么鬼东西？就连师父也治不好吗？”

“没事的。爷爷已经告诉我治疗之法，只是根治需要一些时间。等过些日子，我就去寻找药引，将这体内的几根钉子拔出来。父亲和母亲他们都没事吧？”

“父亲没事，母亲也没事。他们只是身体虚弱，师父说休养几天就好了。他们被师父喂了丹药，现在还昏睡不醒。师父说，他们如果现在醒来，又免不了一场焦心忙乱，不如多睡几日好好养养身体。”

李牧羊点头，明白紫阳真人的体贴周到。

自己的儿子变成了一条恶龙，任何人碰到这样的事情，怕是都难以接受。

父母醒来，定然是要来问个究竟的，到时候他如何回答是好？

“没事就好。你也没伤着吧？”

“没事。”李思念拼命地摇头，“雪球把我一口吞了，之后又把我吐出来了。我就像昏昏沉沉地睡了一觉，什么不适的感觉都没有。”

李牧羊伸出手，为李思念拭掉脸颊上的眼泪，轻声说道：“你没事，我没事，父亲母亲都没事。一家人平平安安的，是值得高兴的事情。你哭什么？”

“我就是……就是高兴才哭的。我原本以为自己再也见不到你了呢。”

“你们在哪儿，我就在哪儿。怎么会见不到我呢？”

“真的吗？那你以后不许再和我们分开了，好不好？”

李牧羊表情微僵，然后点了点头，笑着说道：“好啊。”

“我知道你是骗我的。”李思念再一次泪如雨下。

李牧羊看着李思念悲伤地哭泣，千言万语，难以诉说。

“咚——咚——咚——”

门外有人在轻轻地叩门。

李思念终于停止了哭泣，用衣角擦拭眼角的泪水，说道：“我去开门。”

李思念跑去打开房门，一身彩衣的嬴千度站在门口。

“千度姐姐。”李思念主动向嬴千度打招呼。

“思念妹妹怎么哭了？”嬴千度伸手握住李思念的手，佯装生气地说道，“是不是你哥哥欺负你了？要不要我替你报仇？”

李思念点了点头，说道：“好。我们罚他多喝几碗参汤。”

“没问题，我替你执行家法。”嬴千度笑着答应。

李思念看了病床上的哥哥一眼，对嬴千度说道：“千度姐姐，你有事要找哥哥说吧？那你们先忙，我晚些时候再来看望哥哥。”

李思念眼神复杂地看看哥哥李牧羊，又看看笑脸盈盈的嬴千度，转身朝外面走去。

嬴千度朝内室走去，对犹在发呆的李牧羊说道：“思念真是一个可爱的女孩子。”

“谢谢。”李牧羊看着嬴千度的眼睛，说道，“外面的情况怎么样了？”

“陆勿用投降，风城易主。”嬴千度轻描淡写地说道，好像这只是一件微不足道的小事。

李牧羊精神一振，说道：“没想到你真的做到了。”

李牧羊要来风城救回家人，嬴千度也要跟他一起来。

李牧羊自然是不同意的，却没想到嬴千度相当执拗。当然，她并不是没头没脑地要跟李牧羊一起去送死。她将自己的计划和盘托出，倘若此计能够成功，她不仅可以帮助李牧羊平安地救回父母，还可以为孔雀王朝拿下风城。

李牧羊听了那个计划之后惊得目瞪口呆，心想：难怪当初那么强大的龙族都毁在人族的手上，人族实在是智慧如海。

那个计划实在太庞大，也实在太复杂，而且还将置嬴千度和她麾下的数千名鬼舞军团将士于刀口之下，执行的时候稍有不慎，必定满盘皆输，所以李牧羊仍然心有担忧，不敢答应嬴千度为自己去冒险。

可是，嬴千度再三保证，自己一定会安然无事，李牧羊这才答应执行这个计划。

于是，李牧羊、陆契机、公输垣、陆勿用、鬼王师徒、天萝地仙宫舟一、雪球、红狼王，以及天海城城主、青帝城城主、狼胥关军团首领，甚至包括陆铁生等，这所有人和动物皆成了她计谋中的一部分，成了她棋盘上的一枚棋子。

在嬴千度一点点的拨弄下，所有的棋子都走上了她提前设计好的道路。

于是，一场精彩刺激的大戏便在嬴千度的推算下进行着。

李牧羊遭围攻，公输垣刨石壁，红狼王撼动石山，雪球吞噬李思念。

狼胥关大军被冲垮，风城大军被扫射，天海城大军被诛灭。

当然，她没算到的是，在那关键时刻，紫阳真人会突然出现，给予他们巨大的助力。

最终的结果和嬴千度预料的一般无二：陆勿用投降，风城易主。

当初嬴千度告诉李牧羊，陆勿用的结局是缴械投降时，李牧羊根本不相信。李牧羊认为：陆勿用背叛了天都陆家，如果再丢弃风城，那么神州再大，也没有他的容身之处。而且他落入自己的手里只有死路一条，因此他定然会率领残部拼死反击。

事实证明，李牧羊是错的。嬴千度料事如神，将整个局面都掌控在自己的手中。

穷人的孩子早当家，帝王家的孩子早当国。嬴千度小小年纪，便已经有了运筹帷幄、决胜千里的上位者之智。

此次行动，李牧羊可以说是处于绝对的劣势。就算加上嬴千度带来的那五千鬼舞军团将士，他也没办法和手握大军、主场作战并且拥有三方支援的陆勿用相提并论。

可是，在嬴千度的周密谋划和精准操作之下，他竟然能翻盘成功。

公输垣救出了李牧羊的父母，李牧羊从众多高手的围攻中成功突围。

陆勿用缴械投降，风城落在了孔雀王朝的碗中。

皆大欢喜。

李牧羊看着嬴千度，说道："虽然我相信你能成功，但是我没想到你能做到这一步。"

"一步输，步步输。"嬴千度一脸温和淡然的笑意，"一步赢，也就步步赢。我们走对了第一步，接下来的一切不过是在按照我们提前写好的剧本有序上演而已。”

嬴千度直视着李牧羊的眼睛，说道：“再说，每个人都那么努力，每个人都很想帮你。大家不想看到你受苦，不想看到你的家人受到伤害。不过，我没想到紫阳真人会突然云游至此出手援助，没有他的话，我们就算能拿下风城、救出亲人，也仍然可能付出惨重的代价。连上天都站在我们这边，我们哪有不成功的道理？”

“只是……”李牧羊回应着嬴千度的眼神，轻声说道，“当时真是太危险了。”

是的，太危险了。

战场无情，刀剑不长眼睛。

嬴千度贵为孔雀王朝的公主，亲自率兵犯境已经是一件极其危险的事情。

倘若她率领的鬼舞军团落入西风帝国大军的包围圈中，或者在两军厮杀的时候，她不小心被敌军砍了一刀、射了一箭，那个时候，她的如花美貌和高贵身份能为她挡下一刀一箭吗？

普通的士卒会死，骄傲的公主同样会死。

最危险的是，当四路大军会集而来即将合围成功的时候，按照之前的计划，嬴千度所能做的最有利选择就是率领鬼舞军团朝北面冲击。无论从北面赶来支援的是哪一路大军，嬴千度所能做的就是率领鬼舞军团将他们冲垮，在最短的时间内将他们冲垮……

动作慢一点，时间久一点，嬴千度和鬼舞军团就会陷入被四路大军围困的险境。到那个时候，鬼舞军团战力再强，也逃不过被歼灭的命运。

可以说，为了完成这个计划，嬴千度完全将自己的生死置之度外。

如果说仅仅是为了同学之谊，怕是连她自己都不信吧？

“现在不是好好的吗？”嬴千度笑着说道，“大家都没有受伤，你就不要担心了。”

李牧羊点了点头，说道：“我们现在是在哪里？”

“风城，”嬴千度说道，“自然是在风城。”

李牧羊脸色阴沉，说道：“风城是西风帝国的边疆重镇，也是西风帝国向外用兵的枢纽和门户，可以说是西风帝国的边境第一城。风城对西风帝国的重要性不言而喻。风城军更是有护卫国土之职。

“陆勿用投降，风城沦陷，西风皇室收到消息必定勃然大怒，到时候必然会派大军前来争夺风城。鬼舞军团虽然能征善战，每一人都可以以一当百，但是终究在人数上处于劣势。到时候我们被重重大军围困，风城便成了孤城。我们想要出去，怕是极其困难了。”

“我明白你的担忧。”嬴千度轻声安慰道，“不过，我们可不只有五千鬼舞军团将士。”

“孔雀王朝另外派遣了大军前来支援？”李牧羊问道。

孔雀王朝和西风帝国相距甚远，就算孔雀王担心自己宝贝女儿的安危，及时将士兵派遣过来，那些士兵怕是一时半会儿也没办法赶到此地。

“我找黑炎王朝借了十万魔鹰大军。”嬴千度一脸笑意地说道，“现在，这风城的守城之士有十几万，比陆勿用镇守的时候还要兵多将广。我们正在抓紧时间修缮风城，等到将风城的城墙和城门修好，这十几万将士凭借城池的天堑，足可抵御数倍于己方的敌军。”

“西风帝国刚刚经历了一场政变，新的皇帝才刚刚上任，正在忙着梳理自己手里分到的那一点点可怜的权力。宋家掌控大权，但是有些事情做起来终究是名不正言不顺，又有崔家那只老狐狸在旁边不断地做些小动作和他们作对……他们自顾不暇，哪有时间精力调集大军前来与我争抢风城？”嬴千度的眼中闪过一道寒光，声音坚定，语气不容置疑，“这风城，是我鬼舞军团将士大战了几个来回用鲜血抢来的，入了我孔雀王朝之手，便是我孔雀王朝的城池。我绝对不会再让它被人抢回去。”

李牧羊看着嬴千度的眼睛，笑着说道：“做错事的人，是应该付出相应的代价。”

“对了，我给你介绍一个朋友。”嬴千度笑着说道。

“谁？”

嬴千度伸手握住李牧羊的手，说道：“你跟我一起出去就知道了。”

李牧羊坐在床上不肯动弹。

他不敢出去。

为了对付众多人族修行者的合击，他不得已化作黑龙，借用黑龙的力量与他们战斗。

当时为了保命，也为了给公输垣的救援争取时间，为嬴千度的鬼舞军团引开更多的兵力，那条黑龙盘旋在天空之中，整个风城的将士和普通民众都见到了黑龙的真身。

而且，黑龙一次又一次地口吐龙焱，让风城将士大片大片地丢掉性命，一些无辜的风城百姓也葬身火海……

所有人都知道他是那条黑龙。

在这种情况下，他怎么能当作什么事情都没有发生过，就这么大大咧咧地跑出去和人打照面？难道和他们说“你们好啊，你们吃饭了吗”这些话吗？

嬴千度转身，瞬间便明白了李牧羊此时此刻的心情。

她更加用力地握住李牧羊的手，咬着薄唇说道：“难道你要躲藏一辈子吗？你终究要走出去的啊。”

“他们看到我，会害怕。”

“你不用在意他们的态度。”嬴千度无比强硬地说道，“你只需要清楚自己想要什么就足够了。他们会有什么样的反应，那是他们的事情。见得多了，他们自然就会自我调节。但是你不一样，如果你今天不敢走出去，明天也不敢走出去，那么你这一辈子都没办法再走出去了。”

“……”

“跟我走。”嬴千度用力地将李牧羊从床铺上扯了下来，说道，“谁敢骂你，我就骂谁。谁敢杀你，我就杀谁。”

“千万不要。”李牧羊急忙说道。

他是人族公敌，他可不希望嬴千度和自己一样变成人族公敌。他已经毁了，他不希望嬴千度跟自己一样毁了。

她是真真正正的人族，是孔雀王朝骄傲的公主。她还有众多的子民和远大的前程，她不应该走上和自己一样凶险又艰难的道路。

倘若她因为一条“恶龙”而杀人，以后如何让孔雀王朝的子民们爱戴她、尊重她？

“一切都交给我来处理。无论别人对我说什么、做什么，都交给我自己来处理。你答应我，我就跟你出去。你不答应，我就在这屋子里不出去。”

嬴千度想了想，点头说道：“好，我答应你。”

李牧羊咧嘴微笑，被嬴千度拉着走出了他居住的院子。

“嘎吱——”

院子门口，负责守护小院的数十名鬼舞军团护卫发现公主出来，忙要行礼。

可是，当看到公主的身后紧跟着李牧羊——那条黑龙的时候，他们又一个个脸色惨白，害怕得不行，身体踉跄着后退，就像是见到了恶鬼一般。

鬼舞军团虽然享誉天下、名震神州，可终究是由仅有血肉之躯的人族组成的军团。

当亲眼见到面前这个少年化作的黑龙腾云驾雾，口吐龙焱，连风城坚不可摧的城墙也被他一口烈焰烧成炭灰的时候，他们和寻常人一样，心里震骇不已，不敢靠近。

“这是那条黑龙！”

“喜食人心肝的恶龙！”

“龙族强大无比，人族根本就不可能与其抗衡！”

……

李牧羊看到他们惶恐不安、慌张后退的模样，神情黯然，心脏就像被一根根细针狠狠地扎着，一次又一次。

连神州第一强军鬼舞军团的悍卒都惧怕他到如此地步，那些普通的人族又怎么可能和他和平相处呢？

嬴千度不用转身，也能感受到李牧羊此时的情绪。

她没有松开李牧羊的手，只是眼神严厉地盯着那些进退两难，不知道是上前行礼还是继续后退的护卫。

那些护卫和公主对视了片刻，一个个低下了头，就像是一群做错了事情的孩子。

嬴千度面容冷峻，沉声喝道：“抬起头来！”

“嗖——”

所有的鬼舞军团护卫都抬起了脑袋。虽然依旧不敢和公主对视，不敢和李牧羊对视，但是他们仍然努力地抬起头，朝他们尊贵的公主看了过去。

这是他们身为军人的素养。

“他叫李牧羊，”嬴千度说道，“是我的朋友，很好很好的朋友。所以，你们可以叫他李公子，或者牧羊公子。”

“是！”鬼舞军团的护卫们齐声喝道。

“叫一遍给我听。”

“牧羊……公子……”

断断续续的声音响起。

“再叫一遍。”

“牧羊公子……”

声音顺畅了一些，可是仍然微弱。

“再叫一遍。”

“牧羊公子……”

“再叫一遍。”

“牧羊公子。”

“再叫一遍。”

……

第255章
不要认命

“牧羊公子。”

“牧羊公子。”

“牧羊公子。”

……

一声又一声“牧羊公子”，在嬴千度的逼迫下，那些鬼舞军团护卫连续喊叫了十几声。

嬴千度嫣然而笑，看着面前的这些鬼舞军团护卫，轻松愉悦地说道：“你们看，现在是不是自然流畅多了？心里也没有觉得很害怕了是不是？”

鬼舞军团护卫们你看看我，我看看你，再次抬头看向李牧羊时，发现自己确实没有之前那般害怕了。

他是那条黑龙，但也是公主所说的“牧羊公子”。

他们连续喊叫了十几遍他的名字，他也没有把他们怎么样。

他并没有他们刚才想象的那般凶恶嘛。

“见过公主。”鬼舞军团护卫们一起对着嬴千度行礼。

“见过牧羊公子。”他们又齐声对着李牧羊躬身行礼。

嬴千度转身看向李牧羊，李牧羊脸上的愁云一扫而光，他看着那些鬼舞军团护卫，一脸感激地说道：“谢谢。”

李牧羊现在最迫切需要的就是承认，以及接纳。

在内心深处，他是将自己当作人族来看待的。

可是，他的身体里也着实有一条巨龙存在。

当所有人都对他抱以恐惧、仇恨的心态时，他的心情是极其惆怅和悲伤的。

人族修行者对他的态度，是在拼命地将他的身心推向龙族。

这个时候，倘若有人族能给予他认可，用实际行动告诉他“你不是龙族，你和我们一样是人族”，他的压力便会顿减，心情也会舒畅许多。

“传我的命令，”嬴千度沉声说道，“李牧羊是我最好的朋友，所有遇到李牧羊之人都可以称他为‘牧羊公子’。”

“是。”一名鬼舞军团护卫答应一声，快步朝外面跑去。

嬴千度握紧李牧羊的手，说道：“走，我带你出去走走。”

“好。”李牧羊任由嬴千度牵住自己的手，朝城主府外面走去，朝风城的街道走去，朝人群密集的地方走去。

这一次，李牧羊轻松坦然多了。

“见过公主，见过牧羊公子。”

“拜见千度公主，拜见牧羊公子。”

“见过牧羊公子。”

或许是因为提前得到了嬴千度的命令，所有见到嬴千度和李牧羊的鬼舞军团士卒皆主动向他们俩打招呼，虽然他们看向李牧羊的眼神仍然诡异，看向李牧羊的表情依然有恐惧，但是他们能做到这一步也颇为难得了。

不过，那些头戴黑盔、身披黑甲的魔鹰军将士对李牧羊的态度就有些敬而远之了。

他们一脸惊恐地看着李牧羊，不明白为何孔雀王朝的公主殿下会和一条黑龙走得这么近，难道她不怕黑龙一口把她吞掉吗？

还有，这条黑龙……就这般人模人样地在人族世界走来走去？人族不应该做些什么吗？

那些风城的百姓表现得就更加让人难以招架了。

他们刚刚失去了城池，失去了亲人，失去了自己的家，每个人都面容悲戚，眼神空洞。

更多的人在放声大哭，压抑了一个晚上的悲伤和委屈终于爆发。

他们看到了李牧羊，认出了这个曾化作巨大黑龙的年轻人。

“他就是那条黑龙！”人群中，有人大声喊道。

“他就是那条黑龙，我亲眼见到那条黑龙越变越小，最后变成了他的样子！”

“杀了他，我的儿子就是死在他喷出的龙焱之下！”

“你还我的儿子，你还我的儿子！”

……

讨伐的声音此起彼伏，声声若风刀雨箭。

李牧羊站在人潮中间，第一次体会到了万箭穿心的感觉。

不过，这个时候他并没感觉到疼痛。

八根幽冥钉入体的人，还怕世间其他的痛苦吗？

一个抱着死去的儿子痛哭哀号的老嬷嬷突然从地上爬了起来，挪动小脚，速度奇快地用自己的脑袋狠狠地朝李牧羊的身体撞了过去。

一名鬼舞军团护卫及时发现，用自己的身体挡住了李牧羊。

“砰——”

老嬷嬷来不及反应，脑袋就撞在了护卫坚硬的铠甲上，顿时撞得头晕眼花，站立不稳。

“你这条恶龙！你杀了我的儿子，你把我这把老骨头也一起烧了吧！”

李牧羊的视线转移到城墙下老嬷嬷那死去的儿子身上，他穿着风城军的制服，身体被烈火烧得焦黑。

李牧羊张嘴欲言，想要解释些什么。

可是，话到嘴边，他什么也说不出来。

老嬷嬷的指责是没有错的，确实是他杀了她的儿子。

可是，她的儿子是风城军的士兵，他想要拯救自己的家人，想要保全自己的性命，就不得不对那些城墙上的士兵动手。

重来一次，他仍然会做出那样的选择。

“放了她吧。”李牧羊对那名抓着老嬷嬷的鬼舞军团护卫说道。

鬼舞军团护卫看了李牧羊一眼，顺从地松手放开了老嬷嬷。

“我要杀了你！”老嬷嬷冲了过来，对着李牧羊又捶又打。当发现这种程度的打击根本没办法伤害到李牧羊时，她张嘴猛地朝着李牧羊的手臂咬了过去。

她的表情是那么狰狞，她对李牧羊是那般仇恨。

很快，鲜血便浸湿了李牧羊的衣袖，从老嬷嬷的嘴角流淌出来。

李牧羊一脸平静地看着她，沉声说道："我能理解你的心情。当我的父母双亲和妹妹被囚禁起来，随时都有可能死亡的时候，我的心情就像你现在这样。我恨风城，恨风城军里的所有人。

"如果再让我选择一次，我还是会这么做。我没做错什么。或许，他们也没有做错什么。但是，这就是我们的命数。有人说过，命数这东西是改不了的。

"但是，不要认命，你们可以想办法除掉我。我也不会认命，因为我会面对……所有想要来杀我的人。"

李牧羊看着老嬷嬷苍老绝望的眼睛，沉声说道："大家都活得不容易啊。"

老嬷嬷一边用尽全身力气咬着李牧羊的手臂，一边用浑浊发黄的眼睛盯着李牧羊的表情。

看着看着，她的身体就向下滑落，一屁股坐倒在地上。

"我的儿子……你们还我的儿子，你们还我的儿子！你们让我的儿子活过来！"老嬷嬷痛哭，声嘶力竭。

她也是一个可怜人。

她也活得不容易。

"走吧。"嬴千度拉着李牧羊的手，轻声说道，"如果你不愿意，我们可以回去。"

之前是嬴千度想要把李牧羊拖出来，因为她担心李牧羊会把自己封闭起来，让自己和人族隔离。那样的话，他和人族的距离就会越来越远，最后他真的会变成一条孤立于世、与人族为敌的巨龙。

现在，经历了这样的事件之后，她又想要把李牧羊带回去。

她怕人族的态度会刺激到李牧羊，她不知道后面等待他们的会是什么。

是成千上万个失去了亲人的老嬷嬷？

"不。"李牧羊看着那坐在地上哭泣的老嬷嬷，坚定地说道，"朝前走。"

对现在的李牧羊来说，只有一条路：朝前走。

无论是此时此刻在风城，还是以后的人生，他所能做的唯一一件事情就是朝前走。

不能逃避，更不能后退。

不管前面多么艰难，也不管前面多么危险。

朝前走！

将所有的坎坷都踩在脚下的时候，就再也不会有什么困难。

嬴千度看着李牧羊的眼睛，良久，她轻轻点头，说道：“好，我们朝前走。”

人潮熙攘，更多的人向着这边聚集。

可是，当嬴千度拖着李牧羊的手朝前走过去的时候，那人群便朝两边分散开来。

“他就是那条黑龙，那条毁了我们城池的黑龙！”

“我爹就是死在他的龙焱之下！”

“他是一条恶龙！”

……

“他是一条恶龙。”

所有人都说，他是一条恶龙。

所有看向他的眼神，都在说他是一条恶龙。

所有指着他背影的手，都在说他是一条恶龙。

“呸！”

一口唾液朝李牧羊的脸上飞来。

李牧羊不闪不避，任由唾液落在自己的脸上。

他转身看着那个眼睛血红，一脸固执，凶狠地盯着自己的小男孩儿，问道：“你有什么家人死在我的手上？”

“我爹！你杀了我爹！”小男孩儿恶狠狠地说道，说着说着，眼眶就红了。

李牧羊朝小男孩儿走了过去，一个中年女人拼命地扑了过来，将自己瘦弱的身体挡在小男孩儿的前面，犹如母鸡护崽似的厉声喝道：“你想干什么？不要伤害我的儿子！”

李牧羊看到这个女人，想起了罗琦。很多次，罗琦就是用这样的姿态保护他，将外面的风风雨雨挡在他身后。

李牧羊轻轻拍拍小男孩儿的肩膀，说道：“不要哭，但是要记住这仇恨。好好努力，长大以后来找我报仇。”

“……”

小男孩儿眼睛睁大，一脸愕然。

“牧羊……”嬴千度唤道。

“我没事。朝前走。”李牧羊摇头，伸手握紧嬴千度的手，主动拉着她朝城池的东边走去。

那是红日升起的地方，虽然今天并没有太阳。他的身心早已冰凉，也只有这只手能给他带来一丝丝的暖意。

“呸！”

又有一口唾沫朝李牧羊的身上喷来。

李牧羊转身，看到了一个中年男人仇恨的眼神。

“你这条恶龙，你杀了我的兄弟！”

“你的兄弟叫什么名字？”李牧羊问道。

“张大军。你杀了我的兄弟，我要杀了你，我一定要杀了你！你这条恶龙，丧尽天良的畜生。你不得好死！”

“张大军？我不认识。”李牧羊轻轻地摇头。

他的身影突然在原地消失。

等到他再次出现的时候，他已经将那个中年男人提在了半空中。

“你冤枉我。”李牧羊看着被自己提在半空的中年男人说道，“我最讨厌别人冤枉我了。”

中年男人满脸恐惧，拼命地挣扎，拼命地蹬着双腿，张开嘴巴想要说话，却什么话也说不出来。

“李牧羊，不要！”嬴千度知道李牧羊要做什么，急忙出声喝止。

“牧羊！”另外一个急切的声音从远处传来。

所有人都充满畏惧地看着李牧羊，身体后缩，眼神躲闪，连呼吸也变得小心翼翼起来。

“那条黑龙要杀人了！”

有人这么说道。

“那条黑龙又要杀人了！”

更多的人这么说道。

“牧羊，你……”嬴千度想要说些什么，但是看到李牧羊那冰冷而疯狂的眼神时，到了嘴边的话便又咽了回去。

“李牧羊，你答应过我的事情，你忘记了吗？”紫阳真人冲了过来，看着那中年男人，气急败坏地说道，“你答应过我不再杀人，不轻易向人族出手。你在做什么？你知不知道自己在做什么？”

“知道。”李牧羊看着紫阳真人，嘴角浮现一丝嘲讽的笑意，说道，“您说过，倘若没办法好好地做一个人，那就好好地做一条龙。”

“李牧羊，你……”

“我想过，作为龙族，就应该做这样的事情才对啊。”李牧羊一副笑容灿烂的模样，“世界以痛吻我，让我报之以歌，我做不到，龙族做不到。”

第256章
黑炎皇子

什么是龙？

“龙能大能小，能升能隐。大则兴云吐雾，小则隐介藏形。升则飞腾于宇宙之间，隐则潜伏于波涛之内。”

生鳞幻爪，肉身无敌。

腾云驾雾，口吐龙焱。

这才是龙族。

龙族是天生半神，是世间强者，怎么可以因怕死而卑躬屈膝，因畏独而噤若寒蝉？

“李牧羊！”紫阳真人一副恨铁不成钢的模样，指着李牧羊说道，“你如此行事，谁能帮你？难道你当真要让自己孤独一生，成为世间唯一的一条巨龙吗？”

李牧羊明白嬴千度和紫阳真人的担忧。

诛杀人族，当众诛杀人族，这是大忌。

这样只会让人族更加痛恨龙族，仇视龙族，让人族和龙族之间本就难以化解的矛盾和仇恨更加激烈、深刻。

李牧羊看着紫阳真人，说道：“因为我是龙族，我的体内有一条龙，所以我就要在人族面前低人一等，打不还手骂不还口？别人往我的脸上吐唾沫，我也只能唾面自干，微笑着对人说没关系？人族都做不到的事情，为什么要我这样一个……一个被你们视为龙族的家伙来做呢？

“很小的时候，母亲就教育我，做人要懂分寸，有尊严。因为只有活得有尊严、有体面，才是一个活生生的人，而不是一个奴才或者被人歧视的对象。作为龙族，不同样应当如此吗？如果活得没有尊严，活得一点儿也不体面，不管是做人还是做龙，都是一个失败者。您说是不是？”

“可是你知不知道……”

“我知道。”李牧羊看着紫阳真人的眼睛，说道，“爷爷，您的担忧我都知道。我心里比谁都清楚，我不能把自己当成一条龙，当成一个异类，那样我才能真正和人族融合。如果连我自己都觉得我是一个异类，我和他们不是一路人，那样的话，我越是用力，也就越会将他们推至更远的位置。”

“当别人辱骂我的时候，我就狠狠地骂回去。当别人打我的时候，我就打回去。这是适用于龙族的相处模式。”李牧羊看着中年男人，说道，“倘若我不给他点教训，就会有更多的人来往我脸上吐口水。等到人多了之后，我就更不能把他们怎么样了。知道我不能把他们怎么样后，他们就会开始举起屠刀来对付我。倘若那个时候我还不还手，我就会被他们撕成碎片。我想与人为善，他们却会觉得我的命比他们的贱。”

“所以，”李牧羊冷冷地看了看中年男人，“他必须受到教训。”

“嗖——”

李牧羊松开手，那个男人无力地瘫倒在地。

紫阳真人一脸呆滞地看着李牧羊，良久之后才沉沉叹息着说道：“但愿你都想明白了。”

说完，他转身朝来时的方向走了过去，脚步奇快，身影如烟。

李牧羊看向嬴千度，说道：“你是不是觉得我说得很有道理？”

嬴千度用力地点头，说道：“非常有道理，不能更好了。”

“我保证再不会有人往我脸上吐口水。”李牧羊小声说道。

嬴千度嘴角浮现一丝笑意，说道：“我想也是。不过，要是再有人往你脸上吐口水，我帮你擦。别急着抓人。”

“好。”李牧羊点头答应。

正如李牧羊所预料的那般，他这么做之后，所有人看到他都畏惧着后退，连看向他的眼神都躲躲闪闪的，生怕和他的眼神碰个正着。

如果没办法让人爱自己，那就努力让人无视自己。

如果两者都做不到，那就让人怕自己吧。

对现在的李牧羊来说，这是最安全的做法。

在嬴千度的带领下，两人沿着石阶，登上那残破不堪，有些地方已经化为灰烬的风城城墙。

城墙上，一个身披黑甲、头戴鹰盔的年轻将军正在指挥魔鹰大军抬巨石修城墙。

“用力，把那个口子给我堵上！留那么大的缝隙，你想让敌人直接用箭射中你的脑袋？

“你们几个在干什么？加把劲儿啊，中午还想不想吃肉了？

“你们今天要是能把这一段城墙给我修好，每人奖励一瓶风城酿！那酒烈着呢，我闻着都头晕……”

年轻将军无意间转身，看到站在自己身后的李牧羊和嬴千度，嘴角一咧，快步朝两人走了过来。

他对着嬴千度躬身行礼，笑着说道：“皇姐，天寒地冻的，你快回屋里歇着。这里有我盯着，那些家伙休想偷懒。”

嬴千度伸手帮他将肩膀上的灰尘掸掉，说道：“你都不怕冷，我有什么好怕的？”

“说得也是。皇姐有琉璃镜护身，这点儿风雪算得了什么？”年轻将军咧嘴大笑，脸颊露出两个酒窝，笑容极其好看。

“油嘴滑舌。”嬴千度轻声呵斥。

“嘿嘿，我这是跟某人学的。”

年轻将军说话的时候，视线转移到了李牧羊的身上。

他的眼神就像是一把刀子似的，从上到下，又从下到上，一遍又一遍地打量着李牧羊。

最后，他的视线停留在李牧羊的脸上。

年轻将军无奈地说道：“当初在星空学院的时候，我还想着，等到你发现我和皇姐的真实身份的时候，你会不会大吃一惊，瞪大眼睛看着皇姐说，‘千度，没想到你竟然是孔雀王朝的公主’，然后又满脸震惊地看着我说，‘没想到你竟然是黑炎王朝的皇子'？你一个没家世没背景的布衣，交往的竟然都是我和皇姐这种身份的好朋友。

“可没想到的是，再次相逢的时候，大吃一惊的竟然是我和皇姐，当然，也有可能只有我一个人。我怎么也没有想到，和我在星空学院同吃同住、一起去图书馆的李牧羊竟然是一条龙。你说说，这整个神州，还有谁比你更罕见、更珍稀、更与众不同？”

“……”

嬴千度嗔怪地拍了年轻将军一记，说道：“沧海，你胡说什么呢！”

“皇姐，我又没有说错什么。”林沧海苦笑着说道。

看到嬴千度表情不悦，林沧海也不敢再违逆这个从小就对自己极其严厉的皇姐。

他伸出手，用力将李牧羊搂在怀里，轻声说道：“我们又在一起了，真好。”

“我们又在一起了，真好”，是林沧海发自内心的一句话。

以前在星空学院读书的时候，李牧羊就时常和嬴千度、林沧海两人在一起。三人形影不离，一起吃饭，一起上课，一起去图书馆寻找典籍。甚至在课间闲暇之时，他们还时常一起游玩赏景，看遍断山的各处奇观妙景。

后来三人一起进入弱水之境，又在弱水之境塌陷的时候分离。

此番相聚，他内心深处自然是喜悦无比。

李牧羊被林沧海紧紧地搂在怀里，虽然林沧海身上的黑甲太坚硬太冰冷，仿佛表面凝了一层寒冰，但是李牧羊能真真切切地感受到他的温暖心意。

李牧羊伸出手，也将林沧海紧紧地抱住，说道：“是啊，我们又在一起了，真好。”

林沧海用力地在李牧羊的后背上拍了几记，看了一眼嬴千度，说道：“我不敢抱得太久，不然皇姐会生气。”

嬴千度只是抿着嘴浅笑，并没有因为林沧海这句调侃的话而生气。

李牧羊看着林沧海，说道：“你说得没错，我确实大吃一惊。我没想到千度是孔雀王朝的公主，你是黑炎王朝的皇子。我以前猜想过你们应当身份不凡，却没想到，你们会尊贵到如此程度。”

林沧海激动不已，说道：“我一直在期待着你知道我们身份的时刻，没想到却是在这样的情景下。不过这样也好，我们终究是见面了……”

林沧海再次认真地打量了李牧羊一番，咧开嘴巴笑了起来，说道：“而且都活得好好的。”

“是啊。”李牧羊点头，说道，“幻境一别之后，没想到会生出如此多的事端，更没想到……”

更没想到自己变成了一条龙。

李牧羊还没办法接受自己的这个新身份，所以他不能轻易地说出那几个字。

“我不管你是人族还是龙族，我就认你是李牧羊，”林沧海一脸认真地说道，“是我在星空学院认识的好兄弟，李牧羊。”

“谢谢。”李牧羊感激地说道，“倘若此番不是你和千度出手帮忙，我可能已经……”

“不要说这种见外的话。”林沧海打断了李牧羊的话，说道，“刚才不是说过了吗？我们是朋友，是兄弟。你的事情就是我的事情。别人欺负你，就是欺负我，我定不会饶了他们。”

“林皇子还真是威风呢。”嬴千度撇嘴说道。

林沧海瞬间就被打回了原形，一脸无奈地说道：“皇姐，你就让我在李牧羊面前逞一回威风不行吗？平时我可都没这样的机会。”

“行行，你们说你们的，我就站在墙头看看风景。”嬴千度笑着说道。她很高兴看到林沧海没有因为李牧羊新的身份而对李牧羊产生隔阂，没有因为李牧羊是一条龙而对李牧羊有偏见。

以前大家的关系极其亲密，倘若因为此事林沧海对李牧羊生出距离感，怕是对李牧羊的打击更大。

她知道，李牧羊是一个极重感情的人，无论是父母之情，还是朋友之情。

不然的话，他就不会在明知道风城已经布下天罗地网的情况下，还舍身冒险，不惜以死相搏，也要救回自己的家人。

越是在这个时候，他越是需要别人对他的认同。因此，他也会对之前他寄托了感情的朋友、家人的态度看得特别重。

李牧羊看着林沧海，说道："你怎么也从学院出来了？不读书修行了吗？"

"你这个时候才想起这个？"林沧海扫了嬴千度一眼，说道，"她什么都没和你讲？"

李牧羊摇了摇头，说道："没有。"

嬴千度是在他命悬一线时将他从追杀他的修行者手里救下来的，接着便一路跋涉将他带到了白马平原的隐蔽之处，然后便是治疗他的伤，目睹那八根幽冥钉带给他的痛苦……

好不容易等到他清醒过来，嬴千度又开始想方设法地来风城拯救他的家人。

两人相见也有段时间了，但是，他真正处于清醒状态的时候极少，就算他清醒了，他们两个也要商量其他的事情，哪里有闲情去谈论星空学院？

李牧羊不曾问过嬴千度为什么会从星空学院出来，不曾问过她为什么恰好出现在白马平原，也不曾问过她为什么孔雀王朝的国师嬴无欲会亲自出手……

他不曾问，嬴千度也不曾说。

"不许说。"正在佯装看风景的嬴千度听到两人的谈话，转过身来狠狠地瞪了林沧海一眼，威胁道。

林沧海小心翼翼地对李牧羊说道："你也知道，我打小就害怕皇姐。她不许我说，我是不敢说的。你要是想知道些什么，不如直接去问她。"

"……"

李牧羊无语。

虽然很多事情都变了，他的世界几乎崩塌了，但有些东西是不曾改变的。

譬如他、嬴千度、林沧海三人之间的情谊，再譬如林沧海对嬴千度的敬畏。

以前在星空学院的时候，林沧海就像是一只跟屁虫似的一直守在嬴千度的身侧，刚开始大家还以为林沧海想要追求嬴千度呢。后来接触得多了，大家才发现两人不似情侣，更像是姐弟。

嬴千度转身看向李牧羊，解释道："当时幻境崩塌，我们被强行送出幻境，而你却被弱水之灵一口吞下……我们都以为你死了，但是又不相信你就那么死了。所以我和沧海一起守在水月洞天后面，想着或许你会从水月洞天里面走出来，正如我们之前从那里进去一般。没想到很快水月洞天就关闭了，进入幻境的通道被彻底堵死了，外面的人再也难以进入幻境。那个时候，我和沧海的心情都有些低落。”

“皇姐，你哪里是心情低落啊？是生不如死。你也不想想，那段时间你总共吃过几顿餐食！你每日茶饭不思，可把我给吓坏了。”

嬴千度扫了林沧海一眼，说道：“让你说话了吗？”

“我就是做一点点小小的补充。”林沧海一脸讨好地说道。

“不过，我总觉得你没死。我有一种预感，我们一定会有再见之日。我传令至孔雀王朝，让人四处搜寻你的下落。过了一段时日，西风那边传来消息，说你在西风帝国出现。于是，我便离开学院寻你去了。”

李牧羊被困在风麟洲难以出来，嬴千度和林沧海出来之后日日期盼。嬴千度得到李牧羊在西风帝国出现的消息时，立即就离开星空学院前去寻找李牧羊了。

然而嬴千度的寻“羊”之路才走到一半，天都那边就传来各种各样的消息，昭示着李牧羊的处境越来越不利。

嬴千度发现，自己就算赶到了天都也没办法救回李牧羊。

只有回到孔雀王朝，回到那个自己有强大倚仗的地方，她才有可能将李牧羊救回来。

正当她央求父皇派遣使团去将李牧羊接到孔雀王朝的时候，西风帝国传来的信息越来越频繁，李牧羊的处境也越来越危险。

而且，根据父皇的智囊团的分析，怕是西风的战神世家陆家都难以支撑。嬴千度担心李牧羊的安危，考虑到跟随使团出使的话太过拖延，索性就率领鬼舞军团朝西风帝国不管不顾地冲了过去。

当然，在那之前，她先央求了自己的国师爷爷嬴无欲前去救援。

倘若不是嬴无欲及时出现，将那些紧追不放的修行者一举斩杀，李牧羊怕是仍然难逃被杀的命运。

中途变故太多，而且碍于女儿家的一些心事，嬴千度也不能坦荡荡地将这些说出来。

林沧海看着李牧羊，笑着说道：“你生死未卜，皇姐也离开学院，我一个人留在学院还有什么意义？于是我便向羊师辞行，说我去把你和皇姐找回来。羊师还再三叮嘱，倘若有你的消息，定要及时通报于他。”

林沧海一脸苦笑，说道：“现在我倒是和你会合了，但是你的消息还要不要通报于他啊？”

李牧羊沉默不答。

羊师关心自己，那是因为自己是他的学生。

但是现在呢？

自己身怀龙魄的秘密天下皆知，若自己再将行踪暴露于羊师，那不是让羊师为难吗？

要知道，羊师的身份可是星空学院屠龙系的导师，他一生的研究就是用来屠龙的。

自己报信于他，告诉他自己的下落，到时候他是来屠还是不来屠呢？

嬴千度明白李牧羊的心思，看着林沧海说道：“现在不是说这些的时候。我们现在最重要的就是解除风城的危机。所有人都知道风城的重要性，西风帝国失此强城，定然不会善罢甘休，我们也不能有丝毫的松懈。”

“皇姐，你放心吧。”林沧海笑容微寒，冷冷地说道，“西风帝国冤枉忠良，伤我朋友，我定然不会和他们善罢甘休。他们不来则罢，倘若敢再来挑衅，我亲自率十万魔鹰军去取他们的性命。”

第257章
是否效忠

林沧海知道李牧羊的遭遇后，心里一直憋着一口恶气呢。

他的朋友被人欺负，他最敬爱的皇姐也差点被杀了，西风帝国欠他林沧海一个交代。

现在他们占据了风城，那些人不来还好，若胆敢来讨要城池，他和麾下的十万魔鹰军定会让那些人有来无回。

“知道你想替牧羊报仇，但是也要讲究策略。”嬴千度柔声劝慰，“这里毕竟是西风的地界，周围有数城与风城紧密相连，守望相助。西风军不来则罢，一来定是数路大军四面围拢的架势。我们虽然能凭城池死守，但是粮草的补给以及兵器的损耗如何解决？伤员又如何处理？再说，现在风城损毁严重，就算修复也需要一段时间。倘若西风联军突然到来，我们又当如何退敌？”

林沧海想了想，有些赖皮地看着嬴千度说道：“我只需要上阵杀敌就好，至于运筹帷幄的事情，不是有皇姐吗？有皇姐在，我们定然不会吃亏的。李牧羊，你说是不是？”

李牧羊点头，笑着说道：“是的。”

正在这时，又有一大群人朝着风城城墙赶了过来，为首之人正是李牧羊的好朋友，胖子公输垣。

公输垣看到李牧羊之后，惊叹道：“李牧羊，没想到你还能变那么大，比我的百足蜈蚣还要威风许多，看了真是让人羡慕！”

“垣儿！”一个身穿灰袍的清瘦老者满脸惶恐，出声喝道。显然，他觉得公输垣这般大胆直白地和一条龙说话，实在是太不妥当了。

公输垣有些畏惧地看了老者一眼，对李牧羊说道：“这是家父公输舸。”

李牧羊赶紧躬身行礼，说道：“感谢公输伯父援助之恩。倘若不是公输一族及时出手，牧羊怕是小命难保。”

嬴千度和林沧海也同时对公输舸行礼，都称其为“伯父”。

“公主客气了，请代公输一族向孔雀王陛下问好。”

“皇子客气了，请代公输一族向黑炎王陛下问好。”

公输舸对待公主和皇子倒是彬彬有礼，进退有据。

毕竟，匠神世家也很有声望，时常和各国皇室打交道，公主和皇子还是见过不少的。

但是，偏偏面对李牧羊的时候，他抑制不住地有些紧张。

公输舸硬着头皮对李牧羊鞠了一躬，说道：“牧羊公子实在是太客气了。老朽只是……做了一点儿力所能及的事情而已。

“初闻噩耗，老朽简直难以相信，连续派遣了几路人马前去打探，得到的消息全部是一样的。老将军远在天都，那个时候公输一族有心要救援也是远水救不了近火。

“就在公输一族心焦之时，恰好千度公主派遣使者来访，说是有救陆氏族人的妙计。老朽不敢拖延，立即将使者迎了进去，这才有边境线上的鲁般战车。”

顿了顿，公输舸又补充道：“看到牧羊公子无虞，老朽也算是放下心来。可惜了老将军，一生戎马，却被奸臣所害……族人也惨遭屠戮。天道不公啊！”

李牧羊听得动情，心酸不已，伸手想握公输舸的手，公输舸下意识地连连后退。

“你握我的。”胖子公输垣很及时地把自己肉乎乎的手递了过去，说道，“我的手肉多，摸着暖和。”

公输舸也发现自己失态，连忙向李牧羊道歉：“感谢牧羊公子抬爱，只是老朽就是一个木匠，做了一辈子的木工活，皮糙肉厚的，怕割了牧羊公子的手。”

李牧羊并不在意，拍开公输垣的胖手，看着公输舸，安慰道：“公输伯父实在是太客气了。牧羊自小做活，也是皮糙肉厚之辈。公输伯父是神匠，一生都在磨炼技艺，手上起些老茧也是正常的。”

“牧羊公子……真是善解人意。”公输舸尴尬地笑。

公输垣又为李牧羊介绍公输族的其他匠人：一为公输明，是公输垣同父异母的兄弟；一为公输量，是公输垣的堂弟；还有公输丰、公输简、公输羌等人，他们则是公输舸的兄弟或者堂兄弟。

此番陆氏遭难，公输一族确实是不遗余力地前来帮忙，不仅将家族之中所有的精英都派遣了出来，还将家族之内刚刚打造出来的三百辆鲁般战车全部布置在了边境线上，给予那数路追兵致命的打击。

倘若不是那些鲁般战车大显神威，等到西风大军靠近，鬼舞军团和魔鹰大军就算早有准备，和西风的十万兵马厮杀，也会损失惨重。

到时候残余兵力能否反攻风城，或者守住风城，还是一个未知之数。

这一役，公输家族功不可没。

李牧羊对着所有的公输族人深深鞠躬，说道："陆氏倒台，但是陆氏族人不灭。公输一族此番大恩，陆氏定然铭记在心，世代不忘。"

公输舸在前，公输一族所有人躬身回礼。

公输舸抬起头时，看着面前的清秀少年，心里想道：听说此子也是陆氏族人，看他模样俊俏，礼数也周全，可惜却有这龙族的身份，这样一来，公输一族曾经许诺永远效忠于陆氏的话到底还算不算数啊？

陆老将军去了，陆总督重伤不醒，陆家那位天语小少爷生死未卜，倘若天语小少爷有个三长两短，陆氏一族就只有李牧羊一人了，复兴家族的重任必定只能落在李牧羊的身上。

这样一来，他们要是继续效忠陆氏，那不是效忠一条龙吗？

他想想就觉得诡异无比。

正在这时，城门之外有快马奔至。那是赢千度放到外面的众多探子之一。现在风城内损毁情况严重，城门也破损不堪，士兵修缮还需要时间，他们担心西风帝国派兵偷袭抢城。

"急报！"马上的探子一边朝着城门狂冲，一边大声吼道。

"嗒——嗒——嗒——"

荒野之中，黝黑的队伍正朝着风城所在的方向奔来，整齐划一的马蹄踢打着冻土，发出清脆响亮的声音，溅起一片片飞雪。

他们速度很快，就像是一缕黑烟，眨眼间就飘至风城城墙下。

为首的黑袍骑士摘下头上的斗篷，抬头朝城墙上的人群看了过去。

“来者何人？报上名来。”城墙上，一名小将喝道。

“牧羊少爷可在？”黑袍骑士问道。

李牧羊站在城墙上，从箭垛缺口朝下方看了过去，说道：“我是李牧羊。你是何人？”

“碎星。”黑袍骑士沉声说道。

李牧羊一愣，然后满脸惊喜地问道：“公孙姨何在？让她出来和我说话。”

李牧羊不曾和碎星打过交道，却知道爷爷陆行空麾下有十大死士名为“三魂七魄”。这十个人实力强大，神出鬼没，碎星就是其中之一。

此番陆氏遭难，“三魂七魄”领命保护陆氏族人从秘道撤退。

他们就像是人间蒸发了一般，所有人都不知道他们的下落。

这几日嬴千度也一直在派人寻找他们的踪迹，并且将风城易主、陆勿用投降的消息传得到处都是，为的就是让他们得到消息，及时赶到风城来会合。

没想到，他们真的来了，终于来了。

“牧羊哥哥！”一个响亮的男童声传来。

长长的队伍，簇拥着一辆看起来有些破败的马车。

马车的黑色布帘被掀开，从里面跳下来一个小胖子，正是陆家的小少爷陆天语。

“牧羊哥哥，我是陆天语。”陆天语站在雪地上，挥舞着胖手朝李牧羊喊叫。

在天都的时候，他便跟着李思念称呼李牧羊为哥哥。没想到这个习惯倒是一直保留了下来，完全没有因为李牧羊的身份变化而有所改变。

或许，他还不知道李牧羊变成了一条巨龙的事情？

“陆天语！”李牧羊心情激动不已，问道，“你……母亲呢？”

陆清明是他的亲生父亲，那么公孙瑜便是他的亲生母亲。

原本叫她公孙姨的时候，李牧羊还是叫得很顺口的。等到他的身世之谜解开，两人却是在这样的情景之下见面，那一声“母亲”到了嘴边，他却仍然没办法干脆地喊出来。

“母亲”——世间最伟大、最神圣的字眼！

他喊了罗琦十几年的母亲，现在却又要喊另外一个女人母亲，这种感觉真是极其怪异。

“母亲在车上。母亲一路奔波，患了风寒，急需医治。”小胖子陆天语并没有听出李牧羊话中的忐忑，高声回答道。

车帘再次被掀开，同样身穿黑袍却不复陆府夫人雍容的公孙瑜在两个婆子的搀扶下跳下马车，朝城墙上的李牧羊看了过来。

只是一眼，公孙瑜便眼眶泛红，声音哽咽：“牧羊……”

一句话还没有说完，只见公孙瑜双腿一软，人便朝前方扑了过去。

丫鬟婆子们急忙拥了过来，将公孙瑜牢牢抱住，不让她躺倒在雪地上。

李牧羊大急，霍然转身看向林沧海。

林沧海点了点头，出声喝道：“打开城门！”

“打开城门！”一名小将对着守城官发布命令。

在林沧海吩咐打开城门的时候，李牧羊已经朝下面跑去。

嬴千度看了林沧海一眼，紧跟在李牧羊的身后前去迎接公孙瑜等人。

林沧海看看李牧羊，又看看嬴千度，然后转身看着公输垣，问道：“来的是李牧羊的母亲，我们是不是也要出去迎一迎，尽一尽晚辈之礼？”

公输垣一把拖住林沧海，小声说道：“你去做什么？我们要是一起去了，就当真是尽了晚辈之礼。但是，倘若只有千度公主跟着李牧羊一起过去，意义可就大不同了。”

林沧海仰脸思考了半天，最后一脸茫然地看着公输垣，问道：“有什么不一样？”

“……”

公输垣心想：这样的人幸好投胎做了皇子，要是干别的，怕是早晚要把自己饿死。

城主府，水牢。

陆勿用的双脚被手臂粗细的铁链锁在水下的巨石之上，双手高举，被扣在头顶一个用黑石打磨成的兽首鼻环之上。他一半身体在水下，一半身体在水上，站不能挺直腰背，坐难以拉下身体，只能身体微躬地蹲在那里，样子看起来极其痛苦。

这里原本是用来关押敌方要犯或者其他重要人物的，陆勿用怎么也没有想到，有朝一日自己也会被人关进这水牢里，感受一番囚徒的滋味。

“轰隆——”

石门被人从外面打开，道道光线也从石洞的洞口照射进来。

陆勿用眯了眯眼睛，抬头朝石门所在的方向看了过去。

“噔噔噔——”

来人的脚步十分轻快。

这是女孩子们时兴穿的小云靴。这种靴子极轻极薄，却非常保暖，踩在石板上声音清脆，在神州很受欢迎。

处在陆勿用的位置，首先只能看到那一双小云靴，然后才是女孩子的长裙，直至那娇艳的脸和一头仿若正在燃烧的紫色长发。

陆勿用眨了眨眼睛，终于看清楚了女孩子的模样，说道：“契机，好久不见，最近过得还好吧？”

陆契机在水牢前停下，冰冷的目光在陆勿用的脸上扫来扫去。

“怎么？契机侄女不认识我了？”陆勿用见陆契机不接自己的话，笑着问道。

“确实不认得。”陆契机冷冷地说道。

“我是你陆叔叔。”陆勿用脸上带着诚挚和蔼的笑意，说道，“你小时候我还抱过你。还记得你最喜欢的那匹墨云马吗？你给它取名叫小黑，就是我送给你的。”

“听你这么一说，我确实有些印象了。”陆契机点了点头，看着陆勿用说道，“那我就觉得奇怪了，怎么有人好好的人不做，偏偏跑去做畜生？”

陆勿用并不生气，脸上的笑意反而更浓，他看着陆契机说道：“契机，你是贵女，又是凤凰之身，所以，下面小人物的艰难你是不知道的。我知道，你恨我，恨我背叛了陆氏，背叛了你的爷爷。可是，你扪心自问，就算我没有背叛陆氏，没有背叛你爷爷，陆氏就不会倒台吗？你爷爷就不会死吗？

“陆氏败是败在天都，你爷爷死也是死在天都，陆家的败和你爷爷的死与我没有任何关系。风城这种偏僻之地，又影响得了什么大局？你再仔细想想，倘若陆氏败了，你爷爷死了，而我这个风城之主却没有任何的应变之道，结果会怎么样？

“天都的陆家人是人，风城的陆家人也是人。天都陆氏遭难，难道风城就能幸免？为自己计，为家人计，为这风城的十万兄弟计，哪怕背负骂名，我也必须尽己所能，给他们找一条活路。人为了活着而做一些违背良心道德的事情，又算得了什么？”

“这么说，倒是陆氏亏欠你了？”

“陆氏并不亏欠我什么。我本是陆氏之人，理当和陆氏同荣共辱。我也无数次地当着兄弟们的面说过，没有你爷爷陆行空，就没有我陆勿用今日的成就和地位。但是，你爷爷求忠求名，我却不能带着这十万兄弟给他陪葬。我劝过他，他不听。既然如此，那我们就只能分道扬镳了。如此而已。”

“然后你就帮着他们设下这天罗地网，想着把我们一网打尽？”

“后面的事，就是迫不得已了。”陆勿用一脸坦然地说道，“既然决定改换门庭，我总要做点儿事情来做投名状，不然的话，人家凭什么要相信我？在我有危险的时候，人家又凭什么站出来替我说话？”

“你说得很有道理，”陆契机想了想，说道，“做得也没有错。”

“是的。无论什么人处在我这样的境地，都一定会做出和我一样的选择。”陆勿用说道。

“但是你背叛了我的家族，伤害了我的家人，又在风城设下伏击想要杀我，所以，无论我怎么针对你，都是理所当然的。是不是这个道理？”陆契机问道。

“你不能杀我。”陆勿用说道。

“为什么？”

“因为我投降了。”陆勿用说道，“我对你们护住风城有大用。”

“无耻至极。”陆契机的手掌一挥，一把光刀就朝着陆勿用的身体劈了过去。

“嚓——”

陆勿用的胸口出现一道口子，鲜血流出，很快就染红了水池里的浊水。

第258章

陆氏少主

李牧羊有两个父亲、两个母亲。

养他的父亲李岩、母亲罗琦昏睡不醒，生他的父亲陆清明、母亲公孙瑜也昏睡不醒。

李岩和罗琦是因为身体过度疲惫、精神过度紧绷而虚弱，紫阳真人为他们治疗过后，索性又给他们喂了两颗滋补丹药，让他们好好睡上几天恢复一下精力。不然他们刚醒过来，得知自己的儿子变成了一条龙，怕是又要晕过去。

陆清明是因为带着李牧羊一路逃离而受了重伤，后来为了救李牧羊，又用自己的身体去承受了宋孤独的一根幽冥钉。

连龙族强健的体魄都难以承受的幽冥之气，到了人的身体里更是可怕，那人的痛感相比龙族将强烈数倍。

所以，每到午夜幽冥之气狂泄而出的时候，陆清明便要承受一番生不如死的折磨。

好不容易熬到天明，幽冥之气散去，他也已经累得筋疲力尽，痛得全身抽搐，很快就陷入了昏睡状态。

李牧羊刚刚看望完罗琦和李岩，从房间里出来的时候，李思念提着一篮子野菊走进院子。

她快走几步，将手里的花篮举到李牧羊面前，声音欢快地说道：“虽然风城天气寒冷，黄沙漫天，但是城外的野菊花开得极艳。你看这些野菊花，有红的黄的蓝的紫的，还有我最喜欢的白的，是不是比天都的开得更好一些？”

李牧羊点了点头，说道：“是的。”

局势险峻至此，女孩子却是一副欢快雀跃的模样，好像丝毫不为自己的未来担心。

看着这张如野花一般娇艳的笑脸，李牧羊心里的忧思也减去了几分，心情变得愉悦起来。

“不过，我最喜欢的还是江南的鬼脸樱花。花季到来的时候满树都是‘鬼脸’，可好玩了。”

“就你觉得好玩。我可知道很多人不喜欢鬼脸樱。大多数人喜欢的是钟花樱和垂枝樱……”

“钟花樱和垂枝樱确实很美，但是你只能看到它美，那这美就太普通了。鬼脸樱不仅长得美，而且形状特殊，让人过目难忘。我记得小时候做噩梦都能梦见鬼脸樱。”

“那你还喜欢？”

“喜欢。既然它入了我的梦境，那就证明我心里是有它的。”李思念一副天真烂漫的模样，看着李牧羊说道，“就像你之前长得那么丑，但是我看着看着就看习惯了，也就不觉得你有那么丑了。”

“……”

“所以，就算你是一条龙又怎么样呢？你现在还是我的哥哥李牧羊啊！你还是用之前的语气和我说话，声音也一模一样。”李思念的眼睛里泪光闪烁，“我这几日一直在想，只要人活着就好，还有比这更重要的事情吗？你活着，我也活着，父亲母亲都活着。陆叔叔、公孙姨还有天语，他们也都来了。一家人都活着，这不是最好的结果吗？”

“是啊。”李牧羊伸手从花篮里取了一朵白色的野菊花，将它小心翼翼地插在李思念的长发间，轻声说道，“没有比活着更重要的事情了。”

李牧羊来到公孙瑜的房间里时，公孙瑜经过治疗已经苏醒，陆天语正坐在床头伺候着她喝水。

经历了那么多的变故，又经历了一路的生死逃亡，陆天语看起来比在天都的时候懂事多了。

看到李牧羊进来，陆天语赶紧站了起来，主动向李牧羊打招呼：“牧羊哥哥。”

正在喝水的公孙瑜放下手里的杯子，眼眶泛红地看着李牧羊，悲伤地唤道："牧羊……"

李牧羊定定地看着公孙瑜，沉吟片刻，最后声音坚定地唤道："母亲。"

"牧羊……""母亲"这两个字就像是眼泪的阀门、火山的出口，公孙瑜听了之后再也控制不住自己的情绪，号啕大哭起来，"牧羊，我的孩子……"

李牧羊的心情也是复杂至极，他一步步地走到公孙瑜的身边，蹲下身体握紧她的手，再一次唤道："母亲。"

"牧羊，我的孩子……"公孙瑜紧紧地将李牧羊抱在怀里，痛哭不已。

多年的委屈，多年的心酸，多年的痛苦，还有多年的怨恨，都在这一瞬间烟消云散。

她终于和自己的儿子见面，和自己的亲生儿子相认。

可是，她没能给予他应有的关爱，没能给予他一个完整的家庭，还连累他身处险境。

公孙瑜既悲伤，又心痛，还有很多的喜悦。

她紧紧地抱着李牧羊，就像她稍一松手，李牧羊就会再一次离她远去一般。

李牧羊被送走的时候她还年轻，还能承受住打击。

现在她年纪大了，这样的生离死别她实在没办法再承受，她怕这样的事再来一次，自己的精神会崩溃。

陆天语站在旁边，一脸呆滞地看看自己的母亲，又看看李牧羊，然后默默地拿过母亲放下的茶杯，关上房间的门独自走了出去。

公孙瑜好不容易才止住了眼泪，看着李牧羊说道："牧羊，母亲对不起你，陆家对不起你，我们……"

李牧羊轻轻摇头，说道："母亲，我都知道了。您没有对不起我，陆家也没有对不起我。相反，是我对不起你们。

"我的……身份您也知道了，倘若不是爷爷及时将我送走，倘若我整日在天都那种龙蛇混杂的地方待着，被无数双眼睛盯着，怕是早就暴露了。

"我在江南生活得很好。我在那里也有一个完整的家庭。父亲和母亲对我很好，思念也对我很好。在江南生活的那些年，是我觉得最幸福最快乐的时候。

“那时，我什么都不知道。所以，我能心安理得地享受那一切，享受另外一对父母、另外一个家庭对我的呵护和照顾，享受那个家庭给我的幸福和欢乐。

“倒是母亲您，您知道所有的事情，知道自己的儿子被送到了遥远的江南。您每一天都会思念，每一天都要担心他过得好不好，有没有生病，有没有遇到危险。每一天都是煎熬，每一天都度日如年。

“如果说有愧疚，也是我对你们的愧疚。因为，那些年，我没办法陪伴在你们身边，让你们过得踏实安稳一些。”

“牧羊……”公孙瑜再一次抱住李牧羊失声痛哭，声音哽咽地说道，“我和你父亲一直盼望着这一天，又担心着这一天。我们不知道要怎么向你解释这一切，怎么向你解释为何要在你最需要我们的时候，把你送到遥远的江南。我们以为你知道这一切之后一定会恨我们，恨我们对你做的这些事情。就连我也恨我自己，恨你爷爷，恨他把我的儿子送走，送到一个我根本就照顾不到的地方。牧羊，你能这么想，我心里真的很高兴，你父亲也一定会很高兴。”

“父亲已经知道了。”李牧羊安慰道，“父亲已经知道我不恨他。而且，他为我做的一切，我一生都难以报答。我又有什么资格恨他呢？”

“牧羊，好孩子……”

虽然两人很早就在天都相逢，但这还是母子之间第一次相认。

公孙瑜情绪非常激动，一会儿哭一会儿笑的，对着李牧羊有说不完的话。

李牧羊担心情绪波动太大会影响公孙瑜的身体，就暗暗用了催眠咒，很快，公孙瑜就觉得自己的意识变得模糊起来，再一次进入了梦乡。

李牧羊坐在公孙瑜的床头，看着她和分离时相比沧桑许多的面孔，有着难以名状的心痛。

到底是什么让一家人落难至此?

李牧羊感觉得到，有一双无形的大手在幕后操纵着这一切，操纵着他们的命运。

李牧羊准备离开的时候，发现公孙瑜还紧紧地拉着他的手。

他将自己的手慢慢地从公孙瑜的手中抽出，然后用棉被将她的身体盖好，这才开门走了出去。

“你是我哥哥吗？”陆天语的声音从李牧羊脚边传了过来。

李牧羊低头，看到陆天语一脸抑郁地坐在门口的石阶上，看起来心情有些复杂。

李牧羊走过去和他并排坐在一起，说道：“是的，你以前不就叫我哥哥吗？”

“这不一样。”陆天语摇头说道，“以前我是跟着李思念称呼你哥哥，现在我才知道，李思念一直都是跟着我称呼你哥哥。”

李牧羊不知道怎么安抚这个小胖子的情绪，思考了好一阵才说道：“不管是思念还是你，都是我的亲人。我们是一家人，我一定会努力照顾好你们的，不会让你们被人欺负。谁都不行。”

“我不是这个意思。”小胖子陆天语沉沉叹了一口气，说道，“我想不明白的是，既然我们是亲兄弟，为什么你长得那么好看，我却看起来这么胖？我觉得我们不像兄弟。”

“……”

李牧羊很想一脚把他踢到院子里去。

公孙瑜再次醒来的时候，精神状态明显要比初来的时候好上许多。

她大多数时候守在陆清明的身边悉心照顾，偶尔也抽出时间应酬，见各色人等，与他们寒暄。

公孙瑜和陆天语来到风城，意义还是极大的，因为在不少人的心里，公孙瑜和陆天语才是真正能够代表陆氏的人物。

譬如那些在厮杀之中幸存的风城将士，譬如宣布世代效忠陆氏的公输家族。

在他们的心目中，不管是以前还是现在，公孙瑜都是陆氏的主母，陆天语都是陆氏的小少爷。

突然间冒出来的那个小龙人算是怎么回事儿？

他到底是敌是友？到底是龙是人？到底是正义的还是邪恶的？

所有人都没有和龙族打交道的经验，并且在和李牧羊说话的时候都有一种压迫感。他们担心眼前的俊美少年一言不合就会化为巨龙，打个喷嚏就把他们烧成灰烬。那样的场面他们又不是没有见过。

谁敢冒这样的险啊？

不得不说，他们对李牧羊是畏惧的、有隔阂的，虽然嬴千度和林沧海等人都做了不少工作。譬如嬴千度拉着李牧羊的手在大街小巷散步，再譬如林沧海拖着李牧羊四处吃美食、喝烈酒……

但是，这个问题不是一时半会儿就能解决的，还需要更多的时间，或者契机。

风城易主，公孙瑜和陆天语归来的消息传出去后，立即有不少原本就忠于陆氏的将军率领手下部卒前来投靠。

嬴千度对此事处理得极其小心谨慎，让人再三确认这些人的身份以及他们对陆氏的忠诚后，才让领军的将军前来和公孙瑜见面叙旧，那些士卒则由风城提供帐篷粮草，在风城外驻扎。

“这不是一个好兆头。”嬴千度站在风城城墙上，看着城墙脚下一块又一块刚刚搭起来的帐篷方阵，表情凝重地说道。

“皇姐，来的人越多，咱们的实力就越强，为什么不是一个好兆头？”林沧海笑呵呵地说道，“陆老将军是西风战神，我们黑炎王朝的将军最怕的就是和陆家的狼骑军厮杀，一旦碰上，取胜不易，就算胜了，伤亡率也极高，很多时候一整支军团都覆灭了。以陆老将军在西风军界的影响力，有这么多人前来投靠也是理所当然的事情嘛。”

“有人前来投靠陆氏，我自然是高兴的。”嬴千度说道，“但是，来的人越来越多，想要辨别这些人的忠诚度就越发困难。有些人以前忠诚，可谁能保证他现在忠诚？谁又能保证他以后也忠诚？西风新皇和宋家看到这边的状况，定然也会向这里面掺一些沙子，为他们以后反攻创造机会。一旦战事发生，如果假意投诚的人在风城内部制造混乱……”

嬴千度顿了顿，继续说道：“再说，现在是寒冬腊月，外面冰天雪地的，创收不易，军中被褥的需求和粮食的消耗又极大。前来投靠的将士们虽然确实带了一些口粮，却也难以维持太长时间。风城是边疆重镇，倘若按照这种规模发展下去，怕是城内的粮食很快就要耗费干净。到时候粮食没有了，军民连肚子都吃不饱，又如何守城？

“到时候，西风新皇和宋家就算不来进攻，只需要让人散布城内缺粮的消息，怕是城内城外就要乱起来。只有让军民填饱肚子，我们才有资格跟他们谈勇气，谈忠诚。不然的话，我们凭什么让这些士兵为我们打仗？”

“竟然这么严重？”林沧海一脸惊讶，出声说道。

“最关键的是，这些将士诚心来投靠，我们还不能将他们拒之门外。不然的话，只会让他们寒心，也会让其他仍然心系陆氏的军人寒心。以后我们再想将他们收编，怕是难上加难。”

林沧海有些烦躁地摇了摇头，说道：“反正有皇姐在，这些麻烦事定然会迎刃而解。我还没有见过皇姐解决不了的事情。”

林沧海醉心剑道，对行军作战、后勤布局之类的事情完全不感兴趣，一听到这些麻烦事就有些头痛，索性丢给自己最信任的皇姐。他知道，反正皇姐不会让他为难的。

嬴千度看向李牧羊，说道：“这是陆氏的事，理应由陆氏做主。迎也好，拒也罢，都应当由你们自己人来决定。我就不掺和了。”

嬴千度不愿意接锅，索性就把麻烦推到了李牧羊的面前。

李牧羊眉头紧皱，一时半会儿也想不出解决这个棘手问题的办法。

他是一条龙啊，他说什么别人也不一定听啊！

就算他们听了，那也是因为畏惧，因为害怕吧？

林沧海苦着脸安慰李牧羊：“皇姐不愿意帮你，那你就只能自己想办法了。别看我，我也不知道怎么办。迎也不是，赶也不是，这总得有个章程不是？”

李牧羊看着城外密密麻麻的帐篷，心想：要是父亲能清醒过来就好了。父亲久经沙场，想来有办法解决眼前的难题。

城主府，议事大厅。

公孙瑜坐在正堂主位，身后站着李牧羊、陆天语等人。

赢千度和林沧海身份高贵，也陪同着坐在她的左右手。

公输族人以及前来投靠的众多将领站立在她的左侧，孔雀王朝和黑炎王朝的高级将领站立在她的右侧。

这算是风城易主之后的第一次高级将领会议，也是陆氏的人及其拥护者的一次见面会。

因为陆行空新丧，公孙瑜身穿素袍，头戴竹簪，凤眼环顾四周，自有一股子端庄威严。

“陆氏遭遇大难，家毁人亡，差点儿亡族。承蒙诸位不弃，将士效死，谋士用智，才保住了陆氏仅存的血脉。我不想在这里说任何感谢的话，因为陆氏之人一向只用自己的实际行动感恩。滴水之恩，必定涌泉相报。只要陆氏不绝，这份恩情就要世世代代地传承下去。”

“陆夫人客气了。”

“我等深受陆氏大恩，怎能不死战到底？”

“陆氏曾救公输一族于水火，公输一族本应如此。”

……

众人纷纷劝慰。

公孙瑜依次向众人点头致意，接着说道：“陆氏遭遇的问题，必须由陆氏之人亲自解决。父亲不幸命丧于叛贼之手，清明又身受重伤，一时半会儿难以理事。老妇年老，天语年幼，契机性格孤冷，不喜杂事，怕是都难以担当重任。”

顿了顿，公孙瑜看着众人说道：“今日请诸位过来，也是想请大家给我做一个见证。”

公孙瑜转身，看着李牧羊说道：“牧羊，你出来。”

李牧羊从公孙瑜身后走了出来，站在公孙瑜的身前躬身行礼。

“此子牧羊，实为我陆氏血脉，只因……只因父亲心存保全之意，在他出生当晚便由我最信任的家人罗琦、李岩夫妻带走，远赴江南隐居。牧羊和陆氏虽然相隔万水千山，但是血脉相连，骨肉亲情不断。李牧羊，他是我和清明的长子，也是父亲的长孙。”

公孙瑜的眼眶再次泛红，这两日她也不知道到底哭了多少回。

她看向李牧羊，说道：“今日，我想请在场所有人都给我们母子做一个见证，陆氏正式将牧羊孩儿认回，牧羊也正式成为我陆氏子孙，我将……”

公孙瑜的声音哽咽，后面的话难以为继。

李牧羊跪倒在地，沉声说道：“母亲。”

陆天语赶紧掏出手帕递了过去，轻声劝慰道：“母亲，别哭了。别伤了身体。”

公孙瑜接过手帕擦拭眼泪，然后伸出手来，李牧羊赶紧将自己的双手递了过去。

“从今日起，我将陆氏一切事务交给长子牧羊。在清明的身体未痊愈之时，牧羊就是我陆氏少主。”公孙瑜拉着李牧羊的手站了起来，对着站在前列的公输族人鞠躬行礼，说道，“请公输一族无芥无蒂，继续支持我牧羊孩儿。”

“夫人万万不可如此。”公输族上下连忙还礼。

见公孙瑜躬身不起，公输一族的族长公输舸轻轻叹息。

他转过身来，对着李牧羊站立的方向跪了下去，沉声说道：“公输一族誓死效忠陆氏，日月可鉴，永不食言。牧羊少主若有所示，公输一族必定唯命是从，绝不违逆。”

“哗啦啦——”

公输一族的所有人全部跪了下去。

胖子公输垣傻乎乎地跟着叔伯们跪倒在地，等到他抬起头看向李牧羊时，又觉得这样不太对劲儿。

他和李牧羊是兄弟，连兄弟的命都是他救下来的，他怎么能跪自己的兄弟呢？那不是跟自家兄弟见外吗？

公输垣刚想爬起来，他九叔公输鹊就一巴掌抽在了他的后脑勺上。

他腿一软，再一次跪了下去。

第259章
活着忠诚

李牧羊赶紧搀扶起公输舸，说道：“公输伯伯，你是我的长辈，是我的生死兄弟公输垣的父亲，怎可行此大礼？这不是折杀晚辈吗？快快请起，快快请起。”

胖子公输垣抬起头来，说道：“是啊，我和李牧羊的交情那可铁得很，比我做的那些木件还要结实好几百倍，父亲……”

“啪——”

公输垣的后脑勺上再次挨了一记。

公输垣回头瞅了瞅，不敢再说话了。因为这一次抽他的是二叔公输啸。

公输舸仰脸看着李牧羊，说道：“牧羊少主有所不知，我公输一族蒙陆氏先祖庇护，这才能生存下来。不然公输一族怕是早就人死族灭，毁于暴君之手，哪里还能像今日这般开枝散叶，继续磨炼技艺？先祖公输玉立下重誓，公输一族世代为陆氏附庸，陆氏有难，公输一族绝对不能坐视不理。

“此番陆氏蒙难，公输一族感同身受，尽出族内精英，动用族内的所有鲁般战车，为的就是救下少主们的性命，给老将军讨还一点点公道。陆氏在，公输一族必在。凡是陆氏有所需，牧羊少主有所需，公输一族必定效力，绝无藏私。”

李牧羊用力地将公输舸从地上拉了起来，沉声说道：“公输伯伯，我信你说的每一句话。就算你不说这些话，我也信你能够做到。你们之前不就是这么做的吗？

“爷爷走了，父亲重伤，家族内乱。帝国视我陆氏一族为逆贼叛将，随时有可能派遣大军前来讨伐。这是陆氏最艰难的时候，也是陆氏最危险的时候。任何有‘智’之士皆心里明白，此时远离陆氏才是保命正道。可是，你们偏偏站了出来，偏偏和陆氏族人站在了一起。这不已经证明了……证明了你们是有情有义的男人，公输一族是重信守诺的家族吗？”

“牧羊少主……”公输舸被李牧羊拉着手臂，原本内心深处是很紧张忐忑的，但是听了李牧羊这一番话，不知道怎么的，他心里就变得踏实了。

他竟然敢回握住李牧羊的手，沉声说道：“牧羊少主所言甚是。男儿当做不当讲，我说得太多，反而落入下乘。牧羊少主知我公输家族，懂我公输家族，如此甚好。”

李牧羊退后一步，整理衣袖，对着公输舸深深地拜了下去。

“牧羊少主不可如此！”

公孙瑜看向那些前来投诚的将军，对着他们深深地弯下腰背拱手行礼，说道：“各位将军既有心而来，还请多多支持我孩儿牧羊。牧羊定不会让诸位将军失望。”

“哗啦啦——”

那些身披重甲的将军跪了一地。

“愿为牧羊少主效死！”众将齐声喝道。

李牧羊站在公孙瑜的身后，也朝着他们深深鞠躬。

然后，李牧羊走过去将他们一一从地上扶了起来。

“我不要你们效死，我要你们都活着。”李牧羊看着在场所有人说道，“我们一路逃亡，一路奔波，一路浴血厮杀，为的就是杀出一条生路，在这神州好好地活着。如果不是为了活着，我们又何必受那么多苦难呢？

“我不想死，也不愿意我的家人朋友死。我又有什么资格让你们替我去死？你们也有家人，有朋友，有自己在乎的人和在乎你们的人。所以，你们也不许死，我们都要好好活着。我们聚集在这里，提起刀剑和敌人拼命，为的就是让自己不死。我希望在场的所有人都不要死，我希望城内城外的每一个兄弟都不要死。

“活着才有可能。活着，才是我们来到这个世界的最基本的目的。在这个世界上，没有什么比活着更重要，即便是忠诚，你们对陆氏的忠诚也比不过。”

众人一脸讶然地看着李牧羊。所有的将领都教育他们为了家国牺牲，为了忠诚而悍不畏死，怎么面前这个年轻人却说活着比忠诚更重要？

要是活着比忠诚更重要，那他们还要不要继续效忠陆氏？他们千里迢迢地奔波投靠还有没有意义？

“难道龙族是如此怕死的族群？”他们在心里暗暗想道。

公孙瑜一脸担忧地看着自己的儿子李牧羊。她放下身段，给一个又一个人鞠躬，以以前的恩情和他们对陆氏的忠诚请求他们继续辅助李牧羊，其实这种做法是非常自私的。

她心里明白，李牧羊的龙族身份其实是让人忌惮和畏惧的。

虽然有些人愿意继续效忠陆氏，譬如公输一族的人，但是倘若陆氏推出来的少主是李牧羊，怕是这份效忠就要大打折扣了。

不管怎么包装，不管怎么美化，龙族就是龙族，和人族是不共戴天的两个族群。

李牧羊化作黑龙的场景有眼者皆已看见，想要隐瞒是不可能的。他们确实是陆氏麾下，但更是人族，让人族去效忠龙族，对他们而言，这样的效忠意味着走到人族的对立面。

她知道自己这么做很自私，但是，为了自己的儿子，为了给自己的儿子增加一些助力，她愿意承担这份自私带来的后果，愿意承担一切的骂名。

没想到的是，她好不容易让公输一族和那些高级将领认可了李牧羊，李牧羊却又让他们好好活着，还对他们说活着是最重要的，比忠诚还重要……

这不是拆自己的台吗？

公孙瑜不明白。

林沧海不明白。

在场的很多人都不明白。

但是，嬴千度是明白的。

她一脸笑意地看着李牧羊，眼里不时闪过异样的光彩。

“这个家伙，确实和在星空学院的时候有很大的不同呢。”

李牧羊不管别人在想些什么，只想将自己想要表达的意思对众人表达出来。

“我希望你们忠诚，但更希望你们活着对我忠诚。正如我刚才所说，陆氏很艰难，处境很危险。你们既然和我们站在一起，陪我们驻守这座城池，那么随时都可能有生命之忧。倘若有人现在想要离开，我们绝不阻拦。为了家人，为了亲友，做出正确的选择是智者所为，也没有什么好丢脸的。想要离开的，现在就可以走出这个大厅。我们会赠予足以让你们投奔到其他地方的粮草。

“担心自己继续留在西风帝国处境危险，随时都有可能被帝国监察司拘禁的，我也可以为你们安排好退路。你们也看到了，坐在我身侧的是黑炎王朝的皇子林沧海，以及孔雀王朝的公主嬴千度。他们都是我可以生死相托的朋友。你们去黑炎王朝也好，去孔雀王朝也罢，我可以给你们一个保证，他们定然不会辜负你们的投诚。你们去了那里，也定然有用武之地。”

嬴千度点了点头，笑着说道：“我以皇室公主的名誉担保，倘若有愿意投诚我孔雀王朝者，孔雀王朝定然诚心相待。”

林沧海也适时地表态，他清了清嗓子，郑重说道：“李牧羊是我的好兄弟，牧羊说的，也是我要说的。他说的话和我说的话一样。有愿意来黑炎王朝的，我也绝对不会辜负。”

众将面面相觑。

“这诱惑太大了，不会是陷阱吧？”

李牧羊将众人的神情看在眼里，问道：“诸位做出选择了吗？”

没有人应答。

“既然如此，那我就再给大家半日的时间。从现在开始，一直到今夜子时，只要你们做出了选择，不管是想要率队离开，还是去孔雀王朝，或是去黑炎王朝，都可以私下和嬴千度公主或林沧海皇子接洽。明日之后，我希望再也没有人提起此事。”

“牧羊少主，我们是陆氏嫡系，自然是要忠于陆氏！”

“说实话，铁某是很动心。但是，我们是老将军一手提拔起来的将领。要是没有老将军，铁某现在还是一个杀猪匠。陆氏危急，我们此时走了不是狼心狗肺吗？”

“牧羊少爷为我们着想，我们也不能不为牧羊少爷、主母和天语小少爷着想。不管牧羊少爷说什么，我都不走。”

……

“哗啦啦——”

那些将军再一次跪倒在了李牧羊的面前。

李牧羊渐渐敛起脸上的笑容，表情凝重地扫视众人，沉声说道：“既然诸位不愿意离开，那从此时起，我们就是生死兄弟了。我是陆氏之主，尔等皆为陆氏家将。令行禁止，违抗者杀无赦。”

“是。”众将齐声应道。

李牧羊再次将跪倒在地上的将军们搀扶起来，眯着眼睛笑着说道：“那就让我们一起去做一件重要的事情吧。这是我一直想要做的一件事情。”

城主府，内院。

李岩在院子里练枪。这段时间发生了太多的事情，他承受了太大的压力，吃了紫阳真人的药后又睡了两日，感觉身体都快要生锈了。

今天他感觉精神好了一些之后，就赶紧提枪练习了起来。在发生了这么多的事情后，他清楚，拥有强大的实力才能真正保全自己和保护家人。

可惜，他偏偏没有实力。

罗琦站在廊檐下看着李岩练枪，看着看着就神情恍惚起来，也不知道想到了什么事情，眼眶瞬间就泛红了。

李思念走了过来，站在母亲的身后，一把搂住她的腰，将自己娇嫩的脸蛋靠在她的肩膀上，柔声说道：“母亲舍不得了？”

“哪里有舍不得？”罗琦抹了一把即将溢出眼眶的眼泪，说道，“牧羊本来就是人家的儿子，能和生母相认是值得高兴的事情。我这是为牧羊和小姐高兴呢。

“我只是突然间更深地体会到了当年小姐的感受。刚刚生出来的孩子，她自己还没来得及好好看上一眼就被人送走了，然后他们还抱来一个不是她生的孩子，硬说就是她生出来的孩子，那不是比割肉还要让人痛苦吗？

“为了这一天，她等了多少年，又盼了多少年！现在终于能和自己的孩子相认，她的心里一定很高兴吧？更可怜的是陆老爷，多好的一个人啊，对咱们家又那么照顾，却为了保护牧羊而死，连听牧羊喊一声爷爷，喝一口他奉上的热茶的机会都没有。和他们比，我又有什么好委屈的？”

“母亲还是舍不得。”李思念噘嘴说道，“母亲，您想啊，虽然哥哥和他的生母相认了，但他也只是多了一个母亲而已。母亲仍然是他最尊重最敬爱的母亲啊。难道哥哥认了那个母亲就不认这个母亲了吗？要是他敢这么做，我就不认他这个哥哥了。”

罗琦将小女儿从身后扯了过来，将她搂在怀里嗔怪地说道：“傻孩子，你瞎说什么呢！你哥哥的心性我还能不了解？就算全世界和他为敌，他也不可能不认我和你父亲。这孩子，心善着呢，又重感情。以后谁家的女子许给他，这辈子都会幸福。”

李思念“咯咯”娇笑，说道：“母亲，您还真是会给自己儿子脸上贴金。您自己的儿子，您当然是看着千般好万般好了。人家女孩子怎么看可就不一定了。我估计啊，您这儿媳妇的人选怕是已经有了吧？”

罗琦拉着李思念的手，小声问道：“思念，你哥哥有没有和你说过，他和那个千度姑娘到底是什么情况？”

李思念摇头，说道：“母亲，这我可就不知道了。哥哥是不会和我说的。再说，人家千度可是孔雀王朝的公主。”

“公主怎么了？我儿子还是……”罗琦的话头突然间打住，后面的话无论如何也没办法再说出来了。

她的儿子是一条龙。

李牧羊竟然变成了一条龙，这件事情直到现在还让他们感到震惊。

“怎么可能发生这样的事情？”

连她听的那些评书都不敢这么编，这老天爷是在和他们一家开玩笑吧？

罗琦心情很复杂，尽量不去想这件事情。她努力地，拼尽全力地将那条黑龙的形象从自己的脑海里抛出去，一次又一次地回想李牧羊小时候的画面。

李牧羊光着屁股的画面，李牧羊尿湿了被褥的画面，李牧羊“哇哇”大哭的画面，李牧羊含着手指熟睡的画面，李牧羊含糊不清地喊出“娘”的画面，还有李牧羊蹒跚学步的画面……

明明就是一个可爱的孩子啊，是自己从小养到大的孩子，怎么可能就成为龙族了呢?

李思念感受到了罗琦的心情，伸手握紧罗琦的手，说道：“母亲，没事的。以后一定会有办法解决的。发生这样的事情，哥哥一定也非常不愿意。是不是?再说，不管哥哥变成什么，哥哥是不是龙族，他都永远是我的哥哥，是你们的儿子。您看看，他和以前也没有什么变化嘛。是不是?不过就是长得比以前好看了。以前黑黑瘦瘦的，跟一只猴子似的，难看死了。”

“我明白，”罗琦沉重地点头，说道，“我明白。你哥哥他也不容易，他比谁都要难过。我就是替他担心啊，他的身份暴露了，所有人都和他为敌，所有人都想要杀了他……他以后的日子可怎么过啊?我真是后悔啊，早知道这样，就不让他去那个劳什子的星空学院了。你说他要是不去星空学院多好，去了之后招惹来这么多的是非，真是让人……”

“不去也一样。”一个清冷的声音传了过来，“他是一条龙，无论他在哪里，这都是难以更改的事实。”

院子门口，一个身穿流云星空袍，容貌艳丽，头发如紫火燃烧的漂亮女孩子默默看着他们。

陆契机!

陆契机出现的那一瞬间，画面有片刻的停滞。

因为陆契机的容貌实在太过艳丽，气势实在太过凌人，她突然间出现在他们眼前的那一刻，他们感觉这不是真实的，而是……自己的幻觉。

李岩收起手里的长枪，一脸呆滞地看着这个漂亮的女孩子。

罗琦看清楚女孩子的容貌后，看向她的眼神就变得柔和起来，眼眶也开始湿润。

“陆契机。”李思念低声叫道。

“契机。”罗琦轻声唤道。

陆契机站在院子外面，看起来就像是正在犹豫要不要进来。

“契机。”罗琦声音哽咽，朝着门口迎了过去。

陆契机的表情终于有了一丝松懈，她快走几步想要靠近，却又不知道在畏惧什么，有一种想要转身逃跑的冲动。

“契机。”罗琦一把抓住了陆契机的手。

陆契机很不适应这样的接触，想要把手抽回来，但是看到罗琦哭红的眼眶，只得任由她继续紧紧地拽着自己的手，说道：“其实我很早就想来了，又不知道来了要说什么……”

第260章
不跪龙族

陆契机是一个羞于表达的女子，何况是这般复杂的情感？

陆契机因为拥有完整的凤凰之心，所以对前一世的记忆是非常清楚的。

她知道那条黑龙附于一个孩童的身上，那个孩童就是被送至江南的李牧羊。

既然李牧羊的亲生父母是陆清明和公孙瑜，那么，她的生父生母便是带着李牧羊离开的李岩和罗琦。

因为被困于孩童的身体里，幼小的时候陆契机没办法表达自己的想法。长大之后，她也曾经派遣人手前去江南城打探李岩、罗琦一家人的生活状况，当然，那个时候她最关注的还是重病缠身，随时都有生命危险的李牧羊……

后来李牧羊进入了星空学院，她也跟着进入了星空学院，因此和被公孙瑜接到天都的亲生父母失去了见面的机会。

当然，那个时候李牧羊的身份还没有曝光，李牧羊的身世之谜也没有揭开，她也没办法跑到李岩和罗琦的面前吆喝着说："父亲母亲，我是你们的亲生女儿李契机啊……"

后来发生的一系列事情将他们的关系推至这个境地，使他们一家人会集在这个帝国的边疆小城。

这个时候，陆契机便不得不面临这样一个问题——自己到底应当如何和自己的亲生父母相认？

更让她为难的是，见面的第一句话应当说些什么。

她构思了无数种情景，也琢磨出了无数句话。

但是，这些全部被罗琦的眼泪打乱了。

陆契机感受着罗琦手掌的温度和力度，看着罗琦哭红的眼睛，突然间明白了一件事情。

亲情是不需要刻意表达的，只需要一个眼神、一个动作，他们就能知道彼此的心意。

陆契机被罗琦紧紧地握着双手，脸上的冰冷瞬间融化，讷讷难言，却又心生温暖。

“契机，母亲对不起你，母亲……”罗琦泣不成声。

陆契机回握住罗琦的双手，眼眶微微有些湿润，轻声说道：“你们没有对不起我。母亲……待我很好。你们比我更不容易。”

李岩也是眼眶泛红，提着手里的长枪走了过来，憋了好久，才咧开嘴巴很不自然地笑了起来，说道：“契机回来了？”

“父亲。”陆契机向李岩行礼。

一家人里反而是李思念最随意自然，她从呆滞状态反应过来后，便快步走了过来，对着陆契机深深行礼，说道：“契机姐姐好，我是思念。”

陆契机转身看着这个漂亮可爱，全身都散发着空灵之气的女孩子，也对着她福了一福，说道：“思念妹妹。”

陆契机对李思念并不陌生。李思念初至天都便声名鹊起，以布衣之身跻身帝国四明月之一。要知道，之前的帝国三明月，不仅才学出众，样貌绝佳，而且家世显赫。宋、陆、崔三家，原本就是天都的三大顶级家族。

“契机姐姐，你真漂亮。”李思念甜甜地笑着，“我还没到天都的时候，就听说过帝国三明月的大名，还听说契机姐姐发如紫火。那时我心里就一直很好奇，想着，头发长成紫色的女子还真是罕见呢。没想到的是，契机姐姐竟然是我的姐姐，我心里真是高兴呢。”

“我在星空学院的时候，也经常听到思念妹妹的消息。”陆契机说道。

想了想，她记起李思念刚才夸她漂亮的事情，便也说道：“思念妹妹才真是漂亮。”

罗琦一手握着陆契机的手，另外一只手抓住李思念的手，红着眼眶说道：“你们俩都很漂亮，都是我的好孩儿。你们俩是姐妹，以后要相亲相爱、互相照顾。”

李思念认真点头，说道：“母亲，您放心吧。姐姐一定会照顾我的。姐姐可厉害了呢。”

陆契机看着李思念，轻轻地点头。

她发现自己面对这样一个妹妹时竟然毫无招架之力，自己的“冰山神功”在面对妹妹的“甜腻娇蛮”时瞬间被破解。

“你这孩子。”罗琦也对李思念没有办法，嗔怪地说道。

“母亲，姐姐照顾妹妹不是理所当然的吗？牧羊哥哥就很照顾我啊。”

“……”

在李牧羊的带领下，公孙瑜、嬴千度、林沧海、陆天语、公输一族、鬼舞军团核心人物，以及魔鹰军团的将军们一起登上了风城的城墙。

李牧羊扫视众将，突然间冷冷地说道：“带风城叛将上城墙。”

众人面面相觑。

公孙瑜上前一步，喝道：“你们刚才不是说要誓死效忠陆氏之主吗？现在陆氏之主有令，你们为何不从？”

“陆昆领命。”一个年轻将领站了出来，躬身说道。

在他的率领下，一群人朝着城墙下走了过去。

很快，就有大批劲卒押着长长的一排身戴铁锁脚链的重犯朝城墙走了过来，为首之人正是之前的风城之主陆勿用。

在陆昆的安排下，囚犯们排成长排。其他的囚犯都被按着跪了下去，只有陆勿用挺直脊梁不肯下跪。

“跪下！”陆昆喝道。

陆勿用笑眯眯地看着陆昆，说道：“陆昆，现在傍上新主了？你本是我陆氏旁支，陆某也自视待你不薄。怎么，现在为了讨新主子的欢心，就准备拿陆某开刀了？你可要记清楚了，他是一条龙啊。你们效忠一条龙，又能得到什么呢？一旦他戾气大作，凶性大发，一口龙焱就能把你们灭得干干净净。到时候收拾残局的是谁？还是我们这些同胞，还是我们人族啊。”

李牧羊眼神冷厉地看着陆勿用，沉声喝道：“跪下！”

“李牧羊，我承认，你很厉害，那么多高手都杀不了你。但是，我怎么可能向你下跪呢？我是人族，我怎么可能向一条龙下跪呢？”

“跪下！”

“人族也是有自己的尊严的，陆某虽为阶下之囚，但是绝对不向畜生下跪。”陆勿用态度强硬地说道。

他这么一说，那些原本已经跪下的重犯便也挣扎起来，想要起身。

劲卒们纷纷上前，将他们的身体死死地按在了石板上。

李牧羊一脚踢出。

陆勿用再不愿，也无法控制地倒了下来。

所有人都瞪大眼睛，一脸惊诧地看着李牧羊。

这个容貌清秀，平时看起来斯文有礼的年轻人竟然下手如此果断……

当然，这和他化作黑龙口吐烈火的场面是没办法比的。

但是，那个时候的李牧羊远在天空之上，而且是以巨龙的形象出现的……那个时候他的所作所为被人潜意识地认为是巨龙的手段。

而现在这种场面就发生在他们眼前。

“这个年轻人可不是那么好相与的。”

陆勿用的身体原本就伤痕累累，只不过被他身上穿的囚衣包裹住了，别人看不清楚。

现在他被李牧羊踢倒，连带着那重若千斤，由寒铁打造的镣铐也砸倒在地上。

“李牧羊……”陆勿用双手撑地，拼命地想要爬起来，或者说，拼命地想要让自己的脑袋昂起来，“你这个畜生，你这条恶龙……”

他满脸仇恨地对着那些效忠于李牧羊的人喊道：“你们这些蠢物，愚不可及……人龙两族不共戴天，不是你死就是我亡。倘若龙族重新发展壮大起来，等待你们的就只有死路一条……

“数万年前，人族将龙族屠杀殆尽。你们以为龙族心里就没有恨意吗？你们以为……龙族还会把人族当作朋友吗？龙族会报复的，他一定会报复……他会将当年人族在龙族身上做过的事情全部重做一遍，那个时候，神州必定陷入有史以来最大的浩劫，整个人族都会被他毁灭，谁也别想活命！

“哈哈哈——效忠一条龙，真是天大的笑话！效忠一头畜生……”

听着陆勿用凄厉喊叫的声音，在场的不少人脸色大变。

虽然不愿意承认，但他们潜意识里还是觉得陆勿用所说的话是很有道理的。

他们是人族，却效忠一条和人族有深仇大恨的龙……

他们的未来是什么？

此番事了，他们何去何从？

或者说，有朝一日，风城之危解除了，他们又该做些什么？

要是整个神州的强者皆来屠龙，难道他们要和整个神州为敌吗？

假如李牧羊要他们和整个人族为敌，他们也要执行命令吗？

李牧羊眼神冰冷地盯着大喊大叫的陆勿用，沉声说道：“拖起来。”

“哗啦——”

陆勿用的身体被几名劲卒从地上拖了起来。

这些劲卒用力地架着陆勿用以及他身上的镣铐不敢松手，因为他们稍微松懈，陆勿用就可能再次坠倒。

李牧羊走到陆勿用的面前，说道：“你是因为这个才背叛陆氏的吗？”

“我没有背叛陆氏，我是在拯救陆氏。没有我的话，陆氏早就被灭族了。”陆勿用面目狰狞，声音阴狠至极，“倒是你的爷爷陆行空才是真正的陆氏罪人。他为了表现自己的忠肝义胆，为了自己名传千古，为了满足一己私欲，自己战死也就罢了，竟然还想拖着整个家族为他陪葬……这等恶人，有何资格做我陆氏之主？

“我只是做了正确的选择而已，以前不后悔，现在知道陆行空的孙子是一条恶龙，更不可能后悔……他为了保护你，竟然不惜将你隐藏起来，和你断绝关系，就连他身边最亲近的人都不知晓你的秘密……他这是和人族为敌，自寻死路，怪得了谁？现在，陆某心里只有得意，只有解气……”

“你说完了吗？”

“可笑那些蠢物被你蛊惑，竟然想着要效忠和维护龙族……他们将自己的家人置于何地？将人族安危置于何地？”

“能否抽出一点点时间听我说几句？”李牧羊看着陆勿用问道。

陆勿用想了想，发现自己没办法拒绝李牧羊。

因为自己的时间掌控在他的手里，他想让自己有时间，自己就有时间。他想让自己没有时间，一刀斩了自己便是。

“怎么，你想说服陆某，让陆某和那些蠢物一样为你卖命？李牧羊，你休要痴心妄想！”陆勿用态度强硬地喝道。

李牧羊摇了摇头，说道：“我知道，你不是那种人。”

“……”

陆勿用的心里更加憋屈了。

你都没试过，怎么就知道我不是那种人呢？

“所以，我就不在那种事情上多费口舌了，免得你觉得我是在侮辱你的人品，以及我自己的智商。”李牧羊平静地说道，“你本是风城之主、陆氏核心子弟，被我爷爷视为子侄，和我父亲手足相称……你背叛陆氏的时候，可曾想过这会将他们置于险地？”

“他们不死，陆氏便亡。再说，他们的死伤也算不到我陆勿用的头上。”

“我爷爷死了，他为了保护我，为了给我争取一点儿逃生的时间，死在了宋孤独的手上。我父亲重伤不醒，从岚山之巅逃脱后，他带着我一路逃亡，历尽凶险，为了保护我击退了七拨敌人，最后还为我挡下了一根幽冥钉。正如你所说的那般，我爷爷的死和我父亲的昏迷不醒都和你没有关系，因为那个时候你远在风城，就算有心伤害他们也没有机会……

“可是，我也不能把所有责任都担到自己身上，你说是不是？我的心情很不好，身体也承受着巨大的痛苦……要是再将所有的责任都担到自己肩上，我一定会愧疚自责得活不下去。人都是自私的，陆城主为了自己活着，所以背叛了自己的主家，背叛了自己的兄弟长辈。我也是自私的，为了让自己的心里稍微好受一些，压力稍微减轻一些，就只能委屈陆城主帮我承担一些，你觉得如何？”

“李牧羊，你想要怎么样？”

“这样一来，就好给陆城主定罪了。”李牧羊说道，“陆勿用欺师灭祖，屠杀族人，无恶不作，判斩立决，立即行刑。”

他话音刚落，伸手一招，就将一名小将腰间的佩刀招到了自己的手里。

手起刀落。

陆勿用倒地而亡，鲜血染红了在场所有人的眼睛。

所有人都身体紧绷，一脸紧张地看着手提长刀的李牧羊。

那些重锁在身，被数名士卒强行按倒在地的风城叛将更是呼吸急促，身体激烈地抽搐抖动着。

原本他们还心存幻想，以为这次叛变的人那么多，而且是以陆氏族人为主导，就算天都陆家的人想要惩罚，也不过是每人打上几十板子的事儿。

叛将数百，士兵数万，总不能全部判斩立决吧？

那句话是怎么说的？对了，法不责众。

大家一块儿犯下的错误，所有人一起来承担的话，每个人承担的责任就会是很微小的一部分了。

可是，事实看起来并非如此。

连之前的风城之主陆勿用都被李牧羊说砍头就砍头了，他们又能够心存侥幸，认为自己能在他手下存活吗？

李牧羊转身看向陆昆，问道：“陆昆将军，你准备好了吗？”

“禀告少主，末将已经准备好了。”陆昆躬身行礼。

陆昆从怀里摸出一块白绢，绢上写满了细密的小字。

他捧着绢布走到一个囚犯的面前，朗声念道：“陆俊，陆氏族人，神豹军将军，背叛族长，诛杀族人，伙同陆勿用叛国，当斩。”

跟在陆昆身后的一名刽子手毫不犹豫地举起手里的行刑刀，一刀砍向那名叫作“陆俊”的囚犯。

“陆成，陆氏族人，威武军将军，背叛族长，诛杀族人，伙同陆勿用叛国，当斩。”

刽子手又是一刀。

“张强峰，猛虎军参军，伙同陆勿用叛国，当斩。”

“蔡清水，神豹军将军，伙同陆勿用叛国，当斩。”

……

陆昆每念一个名字，便会有一个人倒地而亡。

旁观者神情凝重，跪地者哭喊声一片。

看李牧羊这架势，他是不准备放过那些跟着陆勿用一起叛变的将领了。

第261章
三百零七

“陈洁，神豹军辅将，伙同陆勿用叛国，当斩。”

“李新宁，石毅军将军，伙同陆勿用叛国，当斩。”

“张家宝，神豹军……”

看到张家宝瞳孔涣散，身体瘫倒在地上，陆昆转身看着李牧羊，脸色惨白地问道：“少主，还要……继续吗？”

虽说这些人叛变，死有余辜，但他们都曾经是他的袍泽，是他战场上的生死兄弟。

他不知道自己念出了多少个名字，他也不想知道。

只是，这样的事情，他还要接着做下去吗？

“饶命啊，我们知道错了，我们知道错了……”

“我上有老下有小，当初是为了自己的孩子才背叛老将军的。放我一条生路吧，我愿意做牛做马……”

“牧羊少爷，牧羊少爷……不要杀我，不要杀我，我愿意将功赎罪……”

……

求饶声此起彼伏，城墙上嘈杂一片。

李牧羊扫了一眼那些痛哭流涕悔恨当初或者拼命喊冤的囚犯，吐出两个字：“继续。”

陆昆看着李牧羊，咬牙说道：“是。”

说完，他继续捧着那块写满小字的丝绢朝前面走过去。

“牧羊……”公孙瑜心有不忍，小声说道，“要不……给他们留一条活路？杀鸡儆猴就好，想必其他人不敢再生二心。”

李牧羊摇了摇头，看着公孙瑜说道：“母亲，倘若我们给他们一条活路，就会对那些为了保护我们而死在他们手上的人不公平……同样是人，凭什么恶人长命百岁荣华富贵，好人就不长命穷困潦倒？”

“可是……”

李牧羊拍拍公孙瑜的手背，说道：“母亲，没事的。”

“好吧。”公孙瑜轻轻叹息，说道，“你父亲没醒，你现在就是一家之主。无论你做出什么决定，母亲都支持你。”

“谢谢母亲。”

高高的风城城墙上，跪了长长一排的囚犯。

林沧海犹豫再三，想要张口说些什么。

嬴千度回头看了他一眼，他立即沉默不言，将视线转移到了他处。

他知道，皇姐是不赞成自己这个时候站出来的。

公输垣瞪大眼睛，视线跟随着陆昆的脚步向前移动。

公输一族的其他人都低头不语，像是不愿意看到这样的场面。

唱名继续，行刑也在继续。

天色阴沉，飞雪漫天。

李牧羊一袭白衣站在城墙上的人群之中。

他这么做，不为自己解恨，只为祭奠死于宋孤独之手的爷爷陆行空……

“他倘若泉下有知，定然不会支持自己做出这样的事情吧？

“可是，如果自己什么事情都不做，轻易就说出原谅的话，那些无辜死亡之人的魂魄如何能够安宁？

“每一件恶事都要有人来承担恶果，不是我，便是你。”

唱名停止了，挥刀的声音也消失了。

没有人说话。

没有人喊叫。

没有人哭号……

就连呼吸声似乎都消失了。

陆昆全身大汗淋漓，就像是被人刚刚从冷水里面拖起来一般。

他脸色惨白、眼眶通红地朝着李牧羊走了过来，脚步踉跄，“扑通”一声跪倒在李牧羊的面前。

“禀告少主，叛将共三百零七人，悉数斩首。”

李牧羊低头看向陆昆，陆昆虽然有点紧张，但是仍然坚毅地抬起头和李牧羊对视。

他不敢躲避，也不能躲避。

他一点儿也没有心虚，至少，他要给李牧羊这样的感觉，给在场所有人这样的感觉。

“陆将军，你做得很好。”

李牧羊亲自将陆昆从地上扶了起来。

“谢少主。”陆昆声音坚定地说道。

李牧羊拍拍他的肩膀，说道：“来人，送陆昆将军下去休息。”

“是。”

两名护卫走过来搀扶着陆昆走了。

“叛国者，人人得而诛之。”李牧羊沉声说道，“将这些人头都悬挂至风城墙头，以此来警告不轨之徒。”

“李牧羊！”林沧海再也忍不住了，说道，“你知不知道你在做什么？你不会真想变成恶龙吧？”

“沧海！”嬴千度厉声喝道。

“皇姐，你看看李牧羊，你看看他现在变成了什么样子……”林沧海这次不顾嬴千度的呵斥，怒喝道，“我知道，你喜欢他，他做什么你都接受……可是你看到了没有？他刚才当着我们的面让人斩了三百零七个风城将领。就算是杀神白启，也没敢一次性斩杀这么多高级将领……

“……你看看他把陆昆逼成了什么样子！

“陆昆面对的都是什么人？是他以前的朋友，是他以前的战友，是他在战场上可以托付后背的兄弟，其中甚至还有他的至交、亲戚！只要是一个正常的人类，怎么可能面无表情地下达这样的命令，做出这种事情？

“我为什么要骂他？我把他当成好兄弟才要骂他，我担心他才要骂他。他当着满城将士的面做出这样的事情，很快就会传遍西风甚至整个神州！那样不是更坐实了他是一条恶龙的恶名吗？

“到时候群情激愤，所有人都要来杀他。皇姐，你能护得住他吗？你能护得了他吗？”

林沧海满脸气愤地盯着李牧羊，说道：“到时候他要怎么办？当他在人族这边无路可走的时候，他就只能成为龙族！这就是我们想要的结果吗？”

“牧羊这么做，自然有他这么做的原因。”嬴千度的声音变得柔和了许多，她轻声说道，“再说，这是陆氏的家事，是西风的事，我们无须多言。”

“皇姐，怎么任何事情一旦牵扯上李牧羊，你的睿智就消失不见了呢？”林沧海恨铁不成钢地说道。

他转身朝城墙下走了过去，既然他们都不愿意听从自己的建议，他也不想再看到这样的画面。

毕竟，林沧海是喜欢一切美好事物的。

虽然他心里很清楚，战场上不是你死就是我亡，但是刚才看到的那一幕仍然让他心里极度不适。

“你别放在心上。”嬴千度看着林沧海远去的背影，轻声劝慰李牧羊道。

“没关系。”李牧羊同样凝视着林沧海离开的身影，说道，“我知道他是为了我好。”

嬴千度点了点头，走到公孙瑜身边，说道：“伯母，您站了半天一定累了，我扶您回去歇息吧。城墙上风大，您可不能伤了身体。”

公孙瑜一把握住嬴千度的手，说道：“好孩子，咱们回去说点儿体己话。这些打打杀杀的事情，就交给他们男人去处理。”

“伯母说得是。”嬴千度说道。

嬴千度看了李牧羊一眼，搀扶着公孙瑜朝城墙下走去。

陆天语一脸呆滞地看着李牧羊，就像是从来都不曾见过李牧羊一般。

良久，他走到李牧羊的面前，深深地鞠了一躬。

"你不怕？"李牧羊问道。

"逃亡路上，我们最大的期望就是迅速赶到风城，因为那是爷爷的命令，是他让我们朝着风城的方向逃跑的。

"所以，我们告诉自己，只要到了风城，我们就安全了，就能得到族人的庇护，就能有一个安居之所，就能洗一个热水澡，就能吃一口热饭，就能找一个大夫给母亲治病……"

陆天语声音低沉地说道，小小的脸上充满了悲切。

"可是，我们熬过了一拨又一拨敌人的追杀，好不容易赶到沥城的时候，却听到了陆勿用叛变、风城易主的消息。

"帝国浩瀚，却无我等藏身之所。我们进不得，退不得，只能和那些尾随而来的敌军在西风境内周旋、厮杀。

"每一次厮杀，我们队伍里的人就会死掉一些。后来，原本上千人的队伍就只剩下这一百六十二人，包括我和母亲在内，只有一百六十二人平安地到达风城。小文、如雪、张涛，还有二狗，他们都是我身边使唤的人，结果为了保护我全都被人杀了……

"母亲让我记录人数，每一次厮杀后统计人数，对我来说是最害怕、最痛苦的时刻，我很怕喊出一个名字却无人回应的情景出现。可是，这样的事情出现的次数太多太多了。我点了十三次名字，少了九百多号人，九百多个名字无人应答。

"和你今天做的这些相比，那个时候的场景才真正让我恐惧。"

"这些人，我都不认识。可那九百多号人……"陆天语抹了一把眼泪，声音哽咽地说道，"那些才是我的家人。"

李牧羊伸出手，将陆天语紧紧地搂在自己的怀里。

"哥……"陆天语嘶吼，"爷爷死了，爷爷死了。你一定要替爷爷报仇啊！"

"我会的，"李牧羊咬牙说道，"我会的。"

……

罗琦正拉着陆契机和李思念的手说着一些江南旧事时，公孙瑜带着嬴千度走了进来。

看到公孙瑜过来，罗琦赶紧起身行礼，说道："见过小姐。"

公孙瑜抓着罗琦的手不放，责怪地说道："都说过多少次了，你我姐妹相称，你偏偏总是这般见外……你再这样的话，我可就要生气了。"

"是。"罗琦笑着答应。

陆契机也起身向公孙瑜行礼，有些不太自然地叫道："母亲。"

"契机，看到你在这里，我很高兴。"公孙瑜笑着说道，"原本我还想亲自带你来一趟呢。你能自己过来，倒是一个有心的好孩子。"

陆契机默然。

这样的事情她也不知道应当如何去应对。

公孙瑜拉着罗琦的手坐下，看着罗琦说道："都和孩子们说清楚了？"

"说清楚了。"罗琦点头，"我们做下错事，怎么能让孩子们承受痛苦呢？早些说清楚更好。"

"这不怪你，"公孙瑜摇头说道，"怪我。倘若当初我的态度强硬一点，你我两人也不至于承受这样的痛苦。好在上天待我们不薄，终究将这些错误纠正了过来，还给了我们补偿，让我们每个人都有两个儿子、两个女儿……无论如何，我们都是一家人。"

"是啊。"罗琦的眼眶又湿润了起来，"契机是我的女儿，也是你的女儿。牧羊是我的儿子，也是你的儿子。只要他们平平安安的，我就很高兴、很开心。"

"就是这个理。"公孙瑜眼角带着泪，脸上却带着笑。

她看着站在自己面前的陆契机和李思念，柔声说道："你们都是我们的好孩子。"

罗琦看着站在一边浅笑的嬴千度，主动问候道："公主殿下要穿厚实一些，外面天寒地冻的，你可不能冻坏了身子。"

"是啊。"公孙瑜点头，看着嬴千度说道，"公主确实穿得有些单薄。"

她转过身去，对着身边的丫鬟唤道：“洗雪，去把我的那件红色毛绒披风拿来给公主殿下穿上。”

“伯母，真的不需要。我不冷。”嬴千度拒绝。

“傻孩子，又不是什么贵重的东西。你要是看得上眼，就穿上暖暖身子。”公孙瑜说道。

“那就谢谢两位伯母。”嬴千度不再拒绝，很聪明地向李牧羊的两个母亲道谢行礼。

洗雪很快就将一件红色毛绒披风捧了出来，公孙瑜接了过去，亲自上前帮嬴千度披上。

嬴千度穿着红色的毛绒披风，端庄中多了一分俏丽，如雪中绽放的寒梅。

罗琦和公孙瑜一脸满意地看着嬴千度，齐声说道：“真是一个好孩子。”

“……”

李牧羊迷迷糊糊睁开眼睛的时候，嬴千度一脸笑意地站在他的面前。

李牧羊揉了揉脑袋，然后去寻找铜镜看自己的脸有没有花。

又是一晚上的痛苦，又是一晚上的煎熬。

幽冥钉不取出来，李牧羊就要夜夜承受这幽冥之气的折磨。

这样的痛苦别人没办法和他一起承担。

李牧羊只希望，自己遭遇这些的时候能保持基本的尊严。

所以，每天晚上他都是一个人睡。

当然，雪球偶尔会飞进来陪伴他。

无论他叫得多么凄惨，撞得多么用力，他都不让人进来看望。

他不希望他们看到自己这副模样。

“没事的。”嬴千度从旁边的木盆里拧了一条毛巾递给李牧羊，说道，“你现在越撞越有技巧了，已经不会把脸撞得青紫一片了。”

李牧羊接过毛巾擦拭脸上的灰尘，顺带揉开瘀血，同时问道：“外面情况如何？”

“果然不出我们所料，在你怒斩三百零七名叛将的事情传出去之后，外面投诚的方阵一夜之间消失了三分之二。粮食危机已经解除了。”

第262章
九国皇室

陆勿用投降，风城重新落入天都陆氏的手里。

但是，他们面临着一个严峻的问题：粮食短缺！

风城位于帝国边疆，长年累月都是风沙天气，一年只能收一季青稞或者麻籽。气候特别恶劣的时候，一整年下来几乎是颗粒无收。

风城民众吃的粮食，一方面靠自产，另一方面靠用纺织好的麻线或者剥下来的兽皮和过往商队换。而风城军队的军粮则大部分由朝廷提供，是从玉音关内几座盛产粮食的大城调过来的。

现在城池都被人抢走了，帝国还没来得及抽出手夺回城池，输送粮食的事情自然就中断了。

城内的粮食原本是足够整个风城的十万驻军度过整个冬天的，但是，经历了这么一场大战，粮草被战火烧毁了不少，再加上来投诚的士兵不停地增加，那些粮食就远远不够用了。

赢千度说这是李牧羊的家事，自己不方便插手，所以李牧羊就只好自己想办法解决了。

他用三百零七颗脑袋来祭奠爷爷陆行空和那些在这场叛变中被屠杀的陆氏族人，以及那些忠于爷爷的高级将领。

“那条龙杀人了，杀了三百多个人！”

“据说明天他还要接着砍呢，他要把那些背叛过自己族人的人全部杀掉！”

“恶龙果然像传说中那般喜欢杀人，喜欢吃人心肝。他下令把人杀掉后，又让人把那些心啊肝啊什么的全部收拾起来油炸爆炒！”

……

这样的传言在城内以及城外的那些帐篷里面流传。

城内还好，陆勿用及其麾下的三百零七个主要人物全部被斩，那些风城士兵被鬼舞军团和魔鹰大军歼灭大半，剩下的又见识过那条黑龙一个喷嚏就毁掉了大半截城墙的神通，战意全无，早就没有了反抗之力。

至于鬼舞军团和魔鹰大军那边，有嬴千度和林沧海这两个重要人物在，将士们就算腹诽，也做不出什么影响城池安全的事情。

倒是外面那些投诚者鱼龙混杂，难以一一辨别。

这三百零七颗脑袋砍下去，那些心有所图的家伙自然会产生恐惧情绪。就算心无所图，那些意志不坚定者也定然会生出逃离的念头。

这样的情绪经过发酵，终于有人开始撤离，然后更多的人跟随远去……

等到李牧羊一觉醒来时，城墙脚下的大军已经逃走了一大半。

"现在留下来的，要么是陆家铁杆心腹，无论发生什么事情都愿意和陆家同生共死；要么就是一些别有用心者，想要寻找可乘之机制造骚乱，配合帝国派来讨伐风城的大军。无论他们是前者还是后者，现在都不重要了。现在最重要的是，守住风城。"李牧羊将毛巾丢进木盆里，沉声说道。

"你也不用担心，我已经给父皇蜂蝶传信，想来他不会坐视不理。"嬴千度安慰道。

"不要让他过于为难。"李牧羊轻轻摇头，"我龙族的身份，现在定然已经传遍神州九国。孔雀王朝公主亲自率鬼舞军团闯境救援，国师嬴无欲出手击灭数十名修行者，后来千度公主又联合黑炎王朝帮助我击溃西风联军……你们已经做了太多。现在，九国之内所有的视线都集中到你们身上。倘若你的父皇再派兵增援，怕是会引起其他诸国对孔雀王朝的敌意。"

嬴千度轻轻叹息，她知道李牧羊说得极有道理。

自己私自率领鬼舞军团闯到西风帝国境内援助李牧羊，已经算是犯了众怒。稍有不慎，两个大国就会由此爆发一场惨烈的战争。

幸好这是在西风帝国先帝新丧的时候，帝国境内求稳。若是平日，怕是西风帝国已经调集大军准备向孔雀王朝发起反攻了。

要是其他的皇室家族，皇子或者公主做出这等事情，定然会被宗室责罚。自己不过是依仗着父皇对自己的宠爱而已。若是出现动摇国本的事情，想必父皇那边也会慎重考虑。

所以，父皇能否在接到自己的求援后派兵前来，还真是未知数……

就算父皇想派兵前来，也要顾及群臣的反应啊。现在这种局势下，谁愿意和一个武力强大的帝国发生冲突啊？

更不用说，他们要救的还是一条龙……

怕是除了自己那位天不怕地不怕的父皇，其他诸国，包括黑炎王朝都不会同意做这种事情。

林沧海能够率领大军来援，一方面是因为他本身和李牧羊有深厚的感情，另一方面是打着嬴千度遭遇生命危险，他前来保护的幌子。

黑炎王若是知道他率领十万魔鹰大军跑到边境救下来的是一条黑龙，怕是胡子都要气歪了。

当然，现在黑炎王自然是已经知道了，只是林沧海不愿意回去而已。怕是黑炎王朝那边很快就会派人来召回林沧海了。

“没事的。”李牧羊眯着眼睛微笑，“和我们前几日的处境相比，现在不是已经好了太多吗？有热饭吃，有热水喝，有暖和的被子盖，有城池可守，还有十几万的兄弟与我们并肩作战……”

“我已经非常满足了。”李牧羊道。

“可是……你怎么办？”

“我怎么了？”

“你准备怎么办？考虑过自己的未来吗？”

“我啊，”李牧羊笑，“先守住风城再说。等到风城守住了，我就去一趟昆仑墟……或许，我此番当真会找到传说中的昆仑神宫呢？我能承受这幽冥之气，我父亲却难以承受。无论如何，我都要走一趟。”

“倘若找到了神宫，寻到了神兽，得到了你想要的东西，拔出了伯父和你体内的幽冥钉……接下来你要怎么办？”

“接下来？”李牧羊认真地想了想，笑着说道，“太遥远的事情，我还没有想过。”

“你要永远逃避下去吗？”

李牧羊抬头看向嬴千度，轻声说道：“我也不想，我也不愿意过四处流浪、无家可归的生活。可是，我是一条龙啊。我在哪里，就会给哪里带来灾难。我死不足惜，但是，我不能让身边的亲人朋友跟我一起死……”

“李牧羊，跟我去孔雀王朝。”嬴千度正视着李牧羊的眼睛，“我保护你。”

“……”

“哐当——”

房间的门被人重重地撞开，林沧海满脸兴奋地跑了进来，喊道：“李牧羊，李牧羊，城外的人很多都跑了！粮食危机解除了！”

看到嬴千度也在李牧羊的房间里，林沧海虽然稍有诧异，但仍然彬彬有礼地对着嬴千度鞠躬行礼，说道：“皇姐早，没想到在这里见到皇姐。”

嬴千度的脸微红，自己这么大清早就跑到李牧羊的卧室，确实让人有些浮想联翩。

不过，她终究是皇家之女、大气之人，表情很快就恢复了正常，看着林沧海说道：“慌慌张张的，没有礼数。宫廷里就没有教过你进别人的房间之前要先敲门吗？”

林沧海一脸苦笑，说道：“皇姐教训得是，我就是太激动了，所以才有些鲁莽。牧羊不会怪罪的，是不是？”

李牧羊笑着摇头，说道：“我妹妹思念也是如此，从小到大，进我的房间从来就没有敲过门，每次还都是用脚踹的。”

嬴千度“扑哧”轻笑出声，说道：“昨日我和思念妹妹说了好一阵子话。思念妹妹天真狡黠，可爱至极，我很喜欢她。”

“就怕她大大咧咧的，说了一些惹你生气的话，你也不要放在心上。”

“怎么会呢？我很喜欢思念妹妹。”嬴千度摇头说道。她并没有将公孙瑜和罗琦赠送自己礼物的事情讲出来，那样的话，终究是有些害臊的啊。

“对了，牧羊，我终于明白你昨日为何当着众人的面在城墙上斩人首级了。

你是想杀鸡儆猴，让那些心里有鬼的家伙自己害怕，提前逃跑，对不对？”

“真正心里有鬼的家伙是不会逃跑的。”李牧羊笑着说道，“因为他们有任务在身，身负上令，所以无论发生什么事，他们都要坚守到底。”

“啊？那城墙外面留下来的都是心里有鬼的家伙？”林沧海大吃一惊，“书记官向我汇报，说城门外驻扎的部队三去其二，粮食危机解除，我还以为是你昨天使的手段起了作用。没想到那些诚心来投的人都被吓跑了，倒是那些心怀鬼胎的家伙都留了下来。”

“不，也有可能全部是忠于我们陆氏的部队。”李牧羊笑着说道。

“怎么将两者区别开来呢？”

“不用区分开来。”李牧羊笑着说道，“因为，不管是前者还是后者，他们都要陪伴我们做同一件事情。”

“做什么？”林沧海疑惑地问道。

“陪着我们一起去死。”李牧羊沉声说道。

孔雀王朝，飞虹宫。

飞虹宫是历朝历代的孔雀王休养度假的行宫，不及主城宫殿肃穆庄严，却多了一分亲和、闲适的感觉。

今日，孔雀王嬴伯言就在飞虹宫宴请贵宾。

这些贵宾着实是贵不可言，要么是一国之君，要么是九国皇室的重要人物。

九国皇族齐聚飞虹宫，所要讨论的问题只有一个：屠龙。

龙族现世，这个消息早就传遍了整个神州，无人不知，无人不晓。

九国百姓谈龙色变，好像一场神州浩劫即将到来。

“那些浑蛋是什么意思？”孔雀王愤愤不平地说道，同时举起手来，任由宫女为他系好紫色腰带，“西风出现了黑龙，那他们就到西风去屠龙，跑到我孔雀王朝来干什么？这和我孔雀王朝又有什么关系？怕是他们觉得我孔雀王朝的孔雀酿好喝，一个个都是来蹭酒喝的吧？”

国师嬴无欲身着白袍，一脸和煦的笑意。

“这还不是你的宝贝女儿惹来的事端？西风出现了黑龙，九国理应派强者前去西风屠龙。结果呢？你的宝贝女儿万里迢迢地带着鬼舞军团越境救人，把西风宋家的麒麟军都消灭了个干净。现在谁不知道孔雀王的女儿和那条黑龙关系密切？他们派遣强者屠龙之前，总要前来找你孔雀王讨要一个说法。”赢无欲道。

“他们屠他们的龙去，只要别伤到我的宝贝女儿就成了。”

“这种事情谁能保证？龙族的破坏力你又不是不知道，到时候双方当真打起来，毁灭城池都算是小事，谁敢保证在乱局之中你的宝贝女儿不受伤害？”

“伤了我的女儿，就是我赢伯言的死敌。”孔雀王蛮横地说道，“我赢伯言拼尽最后一兵一卒，也要替我女儿讨回公道。”

“你看看。”赢无欲轻笑出声，说道，“就知道你是这样的态度，所以他们才赶来和你当面商议此事。再说，这次事件，孔雀王朝和黑炎王朝都深陷其中，而且是辅助龙族攻击人族。倘若不给他们一个说法，一个交代，我们怕是不好蒙混过关吧？”

“交代？”孔雀王从鼻孔里发出一声冷哼，说道，“他们想要杀我女儿，我女儿身边的卫队反把他们杀了。这怪得了我们吗？只能怪他们技不如人。”

“话倒是可以这么说。”赢无欲笑着说道，“可是，你觉得其他几国会甘心吗？”

孔雀王转身看向赢无欲，说道：“倘若其他几国联起手来，咱们孔雀王朝能不能打得过？”

赢无欲摇头，说道：“孔雀王朝和黑炎王朝交好，但是其他几国也各有交际。若是其他事务，我们孔雀王朝和黑炎王朝联起手来，倒是也不会怕谁。但是，此次他们是为屠龙而来。

“在百姓心中，龙族是邪恶和灾难的化身。倘若我们不去屠龙，反去护龙，那就失去了军心和民心。到时候，不用其他几国联手，怕是我国就会因为百姓对皇室心生怨言而分崩离析。”

孔雀王轻轻叹息，说道：“看来此番我们非出手不可了？”

“可以真出手，也可以假出手。那要看你心里怎么想了。”赢无欲笑着说道，“你是想让那条龙死，还是想让那条龙活呢？”

孔雀王沉吟片刻，说道：“龙族与我嬴家也算有一线渊源，我终究是有些于心不忍。更何况你也看到千度那个丫头的态度了。她可不是骄纵冲动的人，却愿意为了那条小龙万里迢迢地赶去救援，将自己和麾下将士置于险地。这和她的性格极其不符。我若是力主屠龙，怕是那个丫头回来不会罢休吧？”

“女大不中留。”嬴无欲一脸慈爱地说道，“我倒是觉得那条小龙不错。”

孔雀王大怒，说道：“我可不愿意将我的宝贝女儿许配给一条小龙，那样的话，她这辈子怕是都要受其拖累，难以安生。”

“你可有解决之法？”

孔雀王摇了摇头，说道：“还是先去看看我们的贵客吧，看看他们是个什么态度。”

“也好。”嬴无欲笑着说道，“出工不出力。实在不行，我再走一趟罢了。”

孔雀王步入惊虹殿的时候，客人们杯子里的茶水已经换过两轮，都已经等得有些不耐烦了。

孔雀王哈哈大笑，拱手行礼，说道：“朕身体不适，累诸位贵客久等，实在是对不住了。”

“孔雀王的身体可看不出有什么不适的地方。”一个清瘦俊美的年轻人冷冷地说道。

孔雀王转身看着那个少年，一脸疑惑地问道：“这位是？”

“宋停云。”

“宋停云是谁？”孔雀王问道。

宋停云大怒，说道：“孔雀王何故羞辱我西风？”

“哦，原来是西风的宋家。”孔雀王这才一副了然的模样。

他接着说道：“实在是抱歉之至。因为此番前来的贵宾都是各国皇族中人，是朕以前经常打交道的老朋友，所以突然间看到一张新面孔，朕才出声询问，没有要羞辱西风和西风宋家的意思。毕竟，现在的宋家也算是西风的皇族了。诸位说是不是？”

"孔雀王……"宋停云又想出声反击。

与西风帝国交好的大武王侯武昭赶紧将宋停云的话头拦下。

胖乎乎的大武王侯满脸笑意，出声说道："孔雀王，大家齐聚于此，只是为了人族安危。神州惊现恶龙，而且那恶龙极其强大，腾云驾雾，口吐龙焱，抢了城池，杀人千万。倘若不将此龙屠杀，民众寝食难安啊。"

"是吗？"孔雀王一副迷惑的模样，说道，"朕也听说西风帝国出现了一条小龙，只是想着西风帝国有'星空之眼'宋老神仙坐镇，那条小龙早该被人杀了才是。难道现在那条小龙还在兴风作浪祸害人间？"

"孔雀王，你还敢说出此话？倘若不是你的女儿从中作梗，那条恶龙早就被杀掉了！"

"你说的是朕的女儿千度？她前段日子说心情不好，想要出去散散心。难道她去了西风帝国？这丫头，真是一点儿也不让人省心。宋大人，小女贪图玩乐，性子也有些刁蛮，是朕没教好。小女在西风的时候，还请宋大人多多照顾，不要让她伤着碰着。"

"散散心？"宋停云的肺都要气炸了，他脸色铁青地说道，"带着数千鬼舞军团将士越境杀人，这还叫作散心？"

"哦，朕担心女儿的安危，所以就派了几个护卫跟随。你们也知道，朕就这么一个宝贝女儿。要是她有个三长两短，朕也没办法活了。是不是？"

"……"

"孔雀王，无论千度公主去哪里玩，我们这些做长辈的都会好好招待一番，让她宾至如归，绝对不让她受到半点儿委屈。"大周国皇帝成海王说道，他的话锋一转，变得尖锐起来，"可是，千度公主率领鬼舞军团在西风国境内肆意纵横，而且三番五次地阻止西风帝国军队屠龙。朕就想问孔雀王一句话，你们孔雀王朝到底和那条恶龙是什么关系？"

"成兄，你还不知道我孔雀王朝吗？我们孔雀王朝和那条恶龙一点儿关系也没有。"

"既然没有关系，那为何千度公主几次出手相救？"

“小女年少不懂事，或许是被人蒙蔽。”孔雀王一脸无奈地说道，“朕平日公务繁忙，没时间教育女儿，致其心思单纯，出去之后很容易被人欺骗。”

“那么，朕再问孔雀王一句，倘若我们其他八国齐心屠龙，孔雀王可愿意出力？”

“唰——”

孔雀王从椅子上跳了起来，表情凝重地说道：“恶龙行凶，人人见而屠之。我孔雀王朝岂能坐视生灵涂炭、百姓遭殃？既然诸位有心屠龙，那我孔雀王朝定然要贡献一份心力。”

“如此甚好。”

众人都松了一口气。

他们就怕孔雀王从中作梗，不仅不出力屠龙，反而派人破坏他们的屠龙计划。

成海王满脸笑意，说道：“此番我们也效仿先贤，来一次九国屠龙，定要让那恶畜身首异处。”

“正当如此。”孔雀王击掌叫好。

“是的，我们也当行此善事。”

“为百姓计，我大武将不惜与其死战。”

“帝国精英应当尽出，合力屠龙。”

……

诸国皇族纷纷表态，以示对屠龙计划的支持。

成海王看着孔雀王，问道：“不知孔雀王准备派遣哪位强者过去屠龙？”

孔雀王沉吟不语，一副思索的模样。

良久，良久……

他指了指台阶下站着的一名带刀护卫，说道：“那就他吧。”

第263章
不会爱龙

所有人的视线全部聚集在了台阶下那名带刀护卫的身上，那名叫作王超的护卫脸颊抽搐，但仍然昂首挺胸保持镇定。

成海王看着王超，问道："此人是孔雀王朝的新晋高手？"

"不是。"

"是哪位星空强者的传人？"

"也不是。"

"那为何孔雀王要选他出战？"

"因为其他人都很忙啊。"孔雀王一脸无奈地说道。

"国师大人掌控国教，难以抽身。将军们要镇守边城，不可轻动。其他的星空强者都是神龙见首不见尾，一时半会儿也寻不着。

"屠龙是大事，而且是急事，孔雀王朝自然不敢大意怠慢。所以，朕将自己最信任的护卫王超派遣过去。朕相信，王超定然能在屠龙之战中贡献自己最大的力量。我孔雀王朝，誓与其他诸国同进共退，与那龙族不共戴天。"

成海王怒了，喝道："赢伯言，你是在戏弄我等不成？"

"成海王，你这话是什么意思？你们说要屠龙，朕也觉得你们说得对，这龙是得屠。你们说要支援，朕就把自己最铁杆的心腹派遣出去。现在你却说朕在戏弄你们……到底是谁戏弄谁啊？"

"我算是听出来了。孔雀王根本就没打算与我们一起去屠龙吧？"宋庆冷笑道。

宋庆是宋孤独的第四子，也是宋停云的父亲。他说话要比宋停云那个小辈有分量多了。

"孔雀王的爱女千度公主在星空学院时和那条黑龙有私，后来为了将那条黑龙从我西风强者的利剑下救下来，不惜万里奔波，硬闯我西风国境，屠戮我西风将士！诸位，你们想想，孔雀王怎么可能去杀自己女儿的情人呢？我想，这九国屠龙大计不提也罢，免得我等自取其辱。”

孔雀王眼神冰冷地盯着宋庆，冷冷地问道：“你刚才说什么？”

宋庆倒也强硬，并不畏惧孔雀王，反问道：“怎么？难道我说的话有错吗？只是孔雀王不肯承认而已。你的女儿和那条黑龙原本就是爱侣关系，她为了保护那条黑龙而做的事情，在场诸位都看在眼里，记在心里。只是你自己愿做瞎子、聋子，不愿意睁开眼睛看、打开耳朵听而已。不然的话，这样的事情怎么可能瞒得过你？”

“宋家人还真是硬骨头，胆大包天，难怪连谋逆之事都做得那么轻松随意。”孔雀王怒极反笑，说道，“但是，你可不要忘了，这里是孔雀王朝。孔雀王朝的子民都清楚一件事情，你可以当众往朕脸上泼脏水，但是千万不要背地里说朕女儿的坏话。”

“孔雀王息怒。”最为和善的精灵后裔灵王出声调停，笑着说道，“大家此番齐聚孔雀王朝，为的是集合九国之力一起屠龙。这龙还没屠呢，大家可千万别伤了和气。”

“和气和气，无气才生和。”孔雀王笑容森冷，说道，“可是朕现在心中有气，又如何能和？”

说话之时，他的身影突然间化作一道彩色光华。

那道光华幻化成孔雀的模样，朝着宋庆所站的位置冲了过去。

宋庆知道孔雀王嬴伯言喜怒无常，而且实力深不可测，说完那番话之后心中有悔，但是那怒气又不得不发。

同为神州的超级大国，这一次孔雀王朝简直是骑在他们西风帝国的脖子上了。

不管是铲除陆氏余孽还是追杀黑龙李牧羊，那都是他们西风帝国的事。孔雀王朝的公主嬴千度不仅率领大军冲进西风帝国境内，还将他侄儿宋朗及其麾下的数千麒麟军屠杀殆尽。此番血海深仇，让神州震惊，更让宋氏蒙受着巨大的耻辱和损失。

此番西风帝国应其他诸国邀约前来集会，原本就有兴师问罪的意图。

怒而不发，是为惧。

无论如何，他们宋氏都不能表现出对孔雀王朝威势的畏惧，一丝一毫都不能表现出来。

所以，他们一开始就和孔雀王朝之间有一种剑拔弩张的味道。

宋庆不入官场，不理俗事，在宋氏里面属于一心修行问道的典范。

最关键的是，他一直藏于宋氏门阀的隐蔽之处，不显山露水，却有着让人不可轻视的实力。

他察觉到危险时，想也不想，一拳朝着身前轰了过去。

一轮红日急速升起，带着熊熊燃烧的火焰朝天空上的那只孔雀扑了过去。

大日光术！

压缩版本的大日光术！

“轰隆隆——”

红日和孔雀碰撞在一起，发出噼里啪啦的撞击声。

它们在半空之中时而僵持，时而厮杀。

空中出现异响，白光照耀得人睁不开眼睛。

孔雀被红日包裹，看起来一副即将窒息的模样。

孔雀王冷哼一声，那只孔雀就像是受到了惊吓似的，突然间拼命地挣扎起来。

“咔嚓——咔嚓——咔嚓——”

红色的火一片片从红日上脱落，就像是那包裹着稚鸟的蛋壳开始破碎。孔雀鸣叫一声，猛地朝着宋庆所在的方向扑了过去。

它冲进了宋庆的身体，然后，宋庆的身体变成了彩色的，开始膨胀，变大。

最后，宋庆的身体变成透明的，彩色的光辉将他笼罩在其中——不，是从他的身体内部透射出来。

“嚓——”

宋庆的身体化作一缕尘烟，消失于众人的眼前。

光芒消失了，孔雀消失了。

"父亲——"宋停云悲愤大喊，朝孔雀王站立的位置冲了过去。

"伯言兄，何苦来哉？"黑炎王捧着玉石杯，在只剩他和孔雀王时，苦笑着说道。

黑炎王朝和孔雀王朝关系密切，时有婚姻往来。现在的黑炎王娶的便是孔雀王后的妹妹，所以，黑炎王的儿子林沧海称嬴千度为"皇姐"。

林沧海小时候被送至孔雀王朝和嬴千度一起生活，两人的感情最为深厚。

黑炎王道："原本大家是为了屠龙而来，你却把宋家的宋庆杀了。宋家虽然不是皇族，却胜似皇族。西风境内，众人只知有宋，而不知有楚。宋氏才是西风帝国真正的掌权者。你杀了宋庆，会导致两国之战。这种时候，孔雀王朝怕是也不希望和西风帝国这样的超级大国刀兵相向吧？"

孔雀王优哉游哉地喝着茶汤，好像根本没有把杀了一国使者这样的事情放在眼里。

"此番八国前来，所为何事？"

"自然是屠龙。"

孔雀王冷笑不已，道："仅仅是为了屠龙之事而来吗？如果是商议屠龙之事，为何不在大周聚集，不在大武聚集，也不在你们黑炎聚集，却偏偏招呼都不打一声就跑到了我孔雀王朝？他们怕是也有逼压孔雀王朝的意思吧？

"他们是想集合诸国之力，让我嬴伯言低下头颅向他们认输，在他们的逼迫下，派遣大军攻击我女儿好不容易救下来的那条黑龙，当然，还包括我女儿和你们家那个臭小子。"

"话虽如此，但是，伯言兄的反应也实在太过激烈。"黑炎王道，"宋庆一死，孔雀和西风两国便结成死仇，此番怕是要不死不休。"

孔雀王骄横地说道："那又如何？我女儿都做了那么多事情，你觉得西风帝国还有可能和我孔雀王朝化敌为友，化干戈为玉帛？这种包藏祸心的友谊我可不敢接受。

"再说，宋庆当众辱骂我女儿，我心里实在咽不下这口气，杀了宋庆，果然觉得解恨多了。既然两国注定会有一战，那我就先寻找机会铲除他们一名高手，也算是为以后的大战做些准备，何乐而不为？”

“可是，倘若此事传了出去，天下人必会以为孔雀王朝不愿意和其他诸国合力屠龙，所以才杀了力主屠龙的西风使者。屠龙是大势所趋，更是人心所向，伯言兄不得不顾及一下吧？否则，怕是连孔雀王朝的子民都难以接受自己的君王做出这样的事情。”

“谁说我不愿意屠龙了？”孔雀王笑着说道，“我已经命令厉封城率领大军加入屠龙队伍。”

“伯言兄……还是要屠龙？”

孔雀王道：“我杀掉宋庆，是想告诉那些家伙我孔雀王不是谁都可以逼迫的，也是警告他们收起那些小心思。我想做什么，自然会做，不容别人逼压。”

他轻轻叹息，说道：“千度此番做的事着实有些过火。她私自率领鬼舞军团前去救那条黑龙，此事尽人皆知，难以隐瞒。

“不管我们对龙族的观感如何，整个神州对龙族都是极其仇恨的。我们倘若不做些事情，怕是会失去军心和民心。这对我嬴氏不利，也对我孔雀王朝不利。”

黑炎王的脸色也变得不太好看，说道：“我们家那个混账小子，也不让人省心。”

“再不让人省心，”孔雀王一脸忧虑地说道，“他也不会爱上一条龙啊。”

“……”

罗琦亲自下厨，李牧羊的四个婢女在旁边打下手。

李思念蹲在地上的一个大木盆边洗菜，一肚子怨气地说道：“看到了没有？整天把儿子当成宝，儿子怎么不来帮你洗菜？就我心疼你，舍不得你累着。等到你儿子娶了媳妇，怕是你这做娘的都不知道被他丢到哪个墙角旮旯去了。”

“我乐意。”罗琦说道，她们母女俩已经习惯了这样的斗嘴生活，“我儿子要是能娶到媳妇，就算把我丢到西子湖去我都乐意。”

“啧啧啧，看你这心偏的。我怀疑我就不是你亲生的。”

罗琦朝外面看了一眼，说道：“谁说你不是我亲生的？你要不是我亲生的，我早就把你饿死了，还整天想着给你做好吃的？嘴巴这么毒，整天说这些不着五六的话气我。”

“我这是忠言逆耳。李牧羊倒是会说些喜庆话讨好你，但是家务活从来都不伸手。”李思念把萝卜从木盆里掏出来装进筐子里，将一筐子的青菜提起来递给罗琦，说道，“我也不干了，跟他们一起坐在客厅里吃糕饼果子去。”

“不许吃那些，要吃饭了。”

“我就要吃。”

“胖死你。”

“我愿意。”

……

李岩坐在旁边陪着公孙瑜说话，因为以前是公孙瑜的车夫，李岩坐在那里浑身都不自在，屁股只挨着凳子的一个角。公孙瑜每次微笑着和他说话，他都紧绷着脸，有一种要从椅子上跳起来的感觉。

公孙瑜便也不再为难李岩，说道：“李岩若是有事，就自去忙吧。”

“我去打水。”李岩终于把憋了半天的一个蹩脚借口说了出来，“缸里的水用完了。”

说完，他就逃也似的离开了客厅。

公孙瑜无奈，对身边的李牧羊说道：“都是一家人了，你父亲还是如此拘束。”

李牧羊一脸笑意，说道：“以后便好了。父亲只是暂时还有些不适应而已。”

“是啊，公孙姨。”赢千度笑着说道，“今天是你们一家人团聚的日子，原本我、沧海和公输垣这三个外人不应该在这里。只是牧羊有邀，而且我们也着实想沾一沾你们的喜气，见证一下你们一家人的团圆饭，就厚着脸皮留了下来。”

“傻孩子，说些什么话呢！”公孙瑜一把握住赢千度的手，笑着说道，“事到如今，你还和我们客气什么？大家都是一家人，理应在一起吃一顿团圆饭。早几日我就想着这件事情，只是城内不稳，城外更是危机重重，这餐饭也就耽搁了下来。”

“是啊。千度殿下可千万别客气，晚上要多吃一点儿，吃少了就是嫌弃我的手艺不好。”罗琦端着一大盆肉出来，笑着说道。

嬴千度站起来要接，说道：“辛苦伯母了。”

“你快坐下，快坐下，可别让手沾到油。”罗琦连忙阻止想要帮忙的嬴千度。

“是啊，我们来就成了。”李思念也端着一盆菜出来，说道，“我母亲对自己的厨艺可得意了，她才不会觉得自己的手艺不好呢。”

李牧羊站了起来，要进厨房帮忙端菜。

林沧海和公输垣也赶紧跟着起身，嘴里喊道“我来我来”。

罗琦把他们全都推了回去，说道：“君子远庖厨。你们一个比一个身份金贵，哪里是干这种活的人呢？”

李牧羊笑着说道：“母亲，没事的。就让他们帮忙吧。”

他很喜欢这种一家人其乐融融坐在一起的画面，以前在江南城的时候，他和李思念都推着对方去厨房帮忙，当然，大多数时候都是他输。

只是令人伤感的是，也不知道这种生活什么时候就会突然结束。

在李牧羊、林沧海、公输垣等人的帮助下，罗琦做的一道道菜都被端上了桌子。

李牧羊和陆天语到房间将陆清明推了出来。陆清明直到现在还神志不清，时睡时醒的，每日还要承受幽冥之气的折磨。

此时陆清明仍然处于昏睡状态，但李牧羊觉得，这种时候他应该在场。

因为他是自己的父亲。

李岩坐在陆清明的身边，帮忙照顾他。

公孙瑜坐在陆清明的另外一边，看着丈夫清瘦蜡黄的脸以及因为痛苦而碰撞出来的伤口，眼眶泛红，强忍着没有流出泪水。

罗琦拍拍公孙瑜的手，轻声说道：“老爷会好的。”

公孙瑜点了点头，看向李岩说道：“今天是一家人的团圆饭，清明身体不适，就由李大哥说几句吧。”

李岩又一次脸色赤红，吭哧了半天，说道：“还是牧羊说吧。牧羊现在是陆氏少主。”

“就让牧羊说。”罗琦点头应和。

公孙瑜看向李牧羊，说道：“牧羊，你的父亲一个不擅言谈，一个身体不便，就由你这‘一家之主’说几句话吧。”

李牧羊扫视众人，笑着说道：“我知道了自己的身世后，就幻想过这一刻的出现。那个时候，我特别想一家人能够坐在一起吃一顿饭，喝酒聊天，其乐无穷。没想到这一天当真被我盼来了。”

“我遭遇了很多自己不愿意遭遇的事情，这是命运。你们也跟着我一起受苦受累，甚至……”李牧羊看了一眼昏睡不醒的陆清明，声音哀伤地说道，“……随时都有可能失去性命。我会努力，努力地保护你们，努力不让你们受到任何伤害。”

李牧羊又看了赢千度和林沧海一眼，继续道：“为此，我甚至不惜厚着脸皮将千度、沧海这些无辜的人也拖了进来，希望他们跟我一起保护你们。因为我知道，我一个人的力量是不够的。可是，现在我仍然没有信心。我想到了，但我怕自己做不到。”

“牧羊，”公孙瑜看向李牧羊，轻声提醒道，“说点儿高兴的。”

“我是想说点儿高兴的，只是最近一段日子，实在没有什么值得高兴的事情。”李牧羊举起了酒杯，说道，“不过，今天晚上是高兴的，因为我们一家人团聚在了一起。所以，就为了今天晚上，大家同饮此杯。”

“同饮。”

众人都举起了酒杯，一同将杯中酒喝了个干净。

“嚓——嚓——嚓——”

这是靴子踩进积雪里的声音。

风城内，士兵们正列队戒严，一排排身穿黑盔甲的士兵在街道上走来走去。

这是大战前的宁静，每个人都清楚，那些屠龙大军随时都有可能杀过来。

李牧羊四处观察着士兵的布防，寻找有可能存在的破绽。嬴千度却脚踩穿云靴低头赏雪，一副心事重重的模样。

“嚓——嚓——嚓——”

两人的脚步声在静夜里响起，传得很远很远。

“你说，我的父皇会来吗？”嬴千度突然问道。

“什么？”李牧羊转过身来，问道。

“我的父皇，他会率领大军来围攻风城吗？”嬴千度再一次说道。

李牧羊想了想，说道：“一定会的。”

“那我派人回去拦截……”

“何必让他陷入两难？我若是他，也会这么做的。”李牧羊说道，“为家族计，为军心计，为民心计，他都必须做出这样的选择。龙族邪恶，人人见而屠之。作为一国之君，他怎能不站出来保护自己的子民不受龙族祸害呢？”

“可是……”

“没有什么可是。”李牧羊摇头说道，“事实便是如此。这样的谎言在浩瀚的神州已经传了数万年，每个人一想起龙族，第一反应便是将其屠杀。你的父皇虽然贵为一国之君，也没办法替我逆天改命。”

“李牧羊，我想过了，你走吧。他们的目标是你，他们是为了你而来。”嬴千度说道，“你现在立即离开，我和沧海替你守城。等到那些星空强者来了，我们就说你走了。到时候又有父皇和黑炎王在，他们应当不会为难我们。”

李牧羊摇头，说道：“我现在不能走，我若是走了，他们必然会伤害我的家人。”

“我答应你，无论如何，我都会保护你的家人，就像是保护我自己的家人一般。”嬴千度漂亮的眸子一眨不眨地看着李牧羊，声音坚定地说道，“只要我活着，他们就不会受到任何伤害。”

李牧羊看着嬴千度那如雪花一般晶莹透亮的瞳孔，柔声说道：“这样一来，所有的压力就都堆到了你一个人的身上。我已经欠了你那么多，我不会那么做。我会在适当的时候离开，但前提是，我要让他们清清楚楚地看到，我离开了。”

“可是我怕等到你想走的时候，已经走不了了。”

“不会的。”李牧羊笑着摇头，说道，“你忘了，我是一条龙啊，人人畏惧的恶龙。”

“李牧羊……”

李牧羊伸出手，将落在嬴千度发梢间的一片雪花摘了下来，笑着说道：“放心吧，我们终会有再见之日。”

嬴千度神情哀伤，突然间下定了决心。她踮起脚，在李牧羊的唇上轻轻地亲了一口。

冰凉、柔软，带着栀子花的馨香。

李牧羊眼睛睁大，眼神迷醉，这是他从来不曾有过的体验。

第264章
千度求婚

黑穹笼罩，大雪纷飞。

荒城脚下，古老巷子。

身穿白衣的男女身体不停地靠近，嘴唇轻轻地碰在一起。

这是李牧羊的初吻，也是嬴千度的初吻。

生涩而深情。

浅尝辄止，一触即分。

李牧羊还沉浸在这一瞬间的震撼和美好中，嬴千度的脚后跟已经落下。

她的脸颊如同抹了胭脂一般，心里如同有一把烈火在烧。

嬴千度有些羞涩，不好意思再看李牧羊的眼睛，轻声说道："无论如何，你都要好好活着。你的家人交给我来保护，你想做什么事情，那就痛快地去做吧。只有你活着，你的家人才有盼头。不然的话，他们怕是……生不如死。"

"我明白。"李牧羊轻轻点头，"我一定会活着，无论用什么办法，我都会好好活着。不管谁想我死，都要付出惨重的代价。"

"最好的解决办法是你现在就走，趁他们还没有到来。"

李牧羊轻笑起来，心中如有芦苇轻荡，如有弱柳轻扬。幸福犹如春风化雨，一丝丝地浸入他的心田，让他忍不住眉开眼笑，藏也藏不了，掩也掩不住。

"你不用再劝了。"李牧羊看着嬴千度低头的模样，这个时候的她退去了一些坚定从容，变得温和柔美了许多。

李牧羊说道："我会走，但是要在他们的眼皮底下离开。不然的话，这风城怕是保不住，这满城的人怕是也保不住。"

"谁敢？"嬴千度抬头，看向李牧羊的眼睛。这一瞬间，嬴千度就仿佛天之女，展现出了她的高傲和冷冽之气，让人难以直视。

“我们刚才聊过，人在很多时候都是身不由己的。你的父皇如此，你也会如此。”李牧羊轻轻叹息，“所以，我们就顺天意而为吧。”

“顺了天意，违了心意。”

李牧羊看着嬴千度轻笑，问道：“什么心意？”

嬴千度终于敢直视李牧羊的双眼，她轻咬薄唇，十指握紧又松开，终于下定了决心。她问道：“李牧羊同学，你愿意娶一个人族女子为妻吗？”

“什么？”李牧羊瞪大眼睛看着嬴千度。

这是……求婚？

可是，从来都是男子向女子求婚，哪里有女子向男子提出这样要求的啊？

“你喜欢我，我感觉得到。”嬴千度说道，神情和语气都无比肯定。

这么聪慧的女子，又有什么事情隐瞒得了她呢？

“……对。”李牧羊拼命地吞咽着口水，有一种脑袋完全转不过弯来的感觉。

一直以来，嬴千度给人的感觉是和蔼的、从容的，对一切都淡然处之。

即使是生气的时候，她脸上也仿佛带着一丝笑意，好像是在告诉别人，她所面对的一切问题都是微不足道的，举手投足间便能解决。

而此刻的嬴千度自信、强大、咄咄逼人，而且，无比认真。

她说的话就是事实，就是真相，就是不容置疑的法则。

“你是龙族，在人龙两族的仇恨彻底消解之前，你要承受时时刻刻被人追杀的命运，就连你的家人也居无定所，难以安宁。我不想你孤独一人隐居深山洞穴，不希望看到你和家人不能团聚，长久分离。”嬴千度看着李牧羊，说道，“我是孔雀王的女儿，以后将是孔雀王朝的女王。我可以保护你的家人，也可以保护你。或许你还有别的选择，但是，和我在一起才是最适合你的。”

“……应该是吧。”

“所以，我再问你一次。李牧羊同学，你愿意娶一个人族女子为妻吗？”

“……”

“告诉我你的答案。”

“我不愿意。”李牧羊说道。

“为什么？”嬴千度问。

“因为我不能牵连你。”李牧羊苦笑着说道，“正如你刚才所说，谁跟我在一起，都会被殃及。我的父母如此，我的妹妹如此，甚至我身边不那么亲的亲人和朋友亦如此。”

李牧羊道：“我是龙族，生我养我的父母是什么？我是龙族，与我朝夕相处的家人是什么？总会有人来寻找答案，总会有人想要在他们身上找到什么秘密。他们我尚且保护不了，我又如何去保护你？

“就算你贵为孔雀王朝的公主，就算你以后会成为孔雀王朝的女王，可是，你能为了我和其他八国开战吗？你能命令大军向自己的子民举起长刀吗？”

“我就知道你会用这样的借口来拒绝。”嬴千度一脸笃定的笑意，好像这样的结果在她的预料之中，“不过没关系，我一点儿也不生气。大不了过段时间我再问一次。”

“……”

李牧羊看向嬴千度的时候，嬴千度的眼睛里闪耀着两团火苗。

那两团火苗越来越大，越来越烈，看起来即将把他焚灭。

“小心！”李牧羊朝嬴千度扑了过去，一把将她单薄的身体搂在怀里，朝着远处的城墙飞去。

“轰——”

巨大的火球落在了李牧羊和嬴千度刚才站立的地方，将那里砸出了一个巨大的深坑。

倘若不是李牧羊及时搂着嬴千度逃离，怕是两人已经被那个巨大的火球覆盖。

带着腐蚀气息的火焰还在朝着更远处蔓延。

街道断裂。

房屋倒塌。

半边街道都被火焰照亮。

第一个火球落地带来的异响和造成的破坏还没有停止，天空之中已经红光点点。

无尽的黑幕之上，仿佛突然间亮起了无数的星光。

无数的火球铺天盖地地朝着风城袭了过来。

人族组成的屠龙大军，在这个晚上没有任何预兆地朝着风城杀了过来。

没有招降！

没有预警！

一出手便是毁灭城池的强硬姿态。

“你没事吧？”李牧羊将嬴千度放在地上，急切地问道。

“我没事。”嬴千度看着头顶的漫天“星光”，脸色难看地说道，“他们开始攻城了。”

“他们不是攻城，是毁城。”李牧羊露出咬牙切齿的模样，说道，“他们为了杀我，不惜用这满城的军人和百姓给我陪葬。”

“这些人不择手段，你一定要注意安全。”嬴千度抓着李牧羊的衣袖，嘱咐道。

“我在城墙守城，你去照顾好我的家人。如果有可能，尽快将他们转移出去。”

“放心吧，我不会让他们有事的。”嬴千度说道。

在漫天的具有毁天灭地威能的火焰下，两人对视着，久久不愿分离。

“一定要活着。”嬴千度喊了一声，身影已经朝着城池中心位置飞了过去。

“一定会的。”李牧羊轻声说道。

他表情狰狞，漆黑的瞳孔变成了红色的。

心海中间，一颗黑色的晶体悬浮起来，阵阵黑气朝着他的身体聚集。

黝黑的鳞片首先在李牧羊的手背上浮现，然后一路朝着他身体的其他部位蔓延。

“嗷——”

李牧羊嘶吼一声，巨大的黑龙朝着天空之中冲了过去。

黑龙张开大嘴，对着漫无边际的天空喷射出炙热的龙焱。

龙焱在飞向天空的时候四处散开，然后和朝着风城降落的漫天火球碰撞在一起。

噼里啪啦的声音不绝于耳。

大部分的火球被龙焱扑灭，还有少量的火球掉落在风城。

每一个火球都是一场灾难，它们会掀开城墙或者街道的一角，将那一片区域的百姓或者军人烧成灰烬。

“黑龙出现了，兄弟们随我杀过去！”

“立万世传唱之功，便在此时！”

“杀啊，杀掉那条恶龙！”

……

天空之中，无数道漆黑的身影朝着盘旋在空中的黑龙扑了过去。

黑龙瞳孔里血雾沸腾，李牧羊的瞳孔若隐若现，继而完全被血雾掩盖。

“嗷——”

黑龙张开嘴巴，再次对着天空喷了一记龙焱。

那些飞扑而来的修行者被烧了个干净。漆黑的天幕之中，只有那一道又一道五颜六色的裂痕显示他们存在过。

风平浪静。

大雪纷飞。

就好像什么事情都没有发生过一般。

只有天上的红霞以及地上还在不停燃烧的火焰显示着，这是一个不一般的夜晚。

黑龙在天空之中盘旋腾跃，那双红色的眼睛充满杀意，盯着这苍茫大地，以及苍茫大地上的一切。

孔雀王暴跳如雷，怒吼道：“是谁干的？是谁干的？千度尚在风城，他们怎敢行此卑鄙手段？查，立即去给我查！”

此番屠龙之战孔雀王原本是不愿意参加的，派遣孔雀王朝的大将军厉封城率领十万彩羽军参加便足够表达孔雀王朝对此次行动的重视。

但是念及女儿赢千度尚在风城，倘若自己不来，还真没人能说动那个丫头回心转意，所以，他还是亲自来了。

他怎么也想不明白，自己的女儿怎么就爱上了一条龙呢?

他让厉封城率领十万彩羽军和屠龙联军会合，自己则悄悄带领一众护卫前来风城观战，以待关键时刻将嬴千度拽出火坑。

他没想到的是，他还没来得及做出任何行动，竟然就有人招呼都不打一声便开始偷袭风城。

倘若自己的女儿葬身火海，他就算让这些人全都陪葬也解不了心中恨意。

正在这时，一名彩羽小将飞奔而来，双膝跪倒在孔雀王的面前，急急忙忙地汇报道：“禀告我王，西风帝国派遣高手偷袭，厉将军拦截不住。厉将军还说，其他诸国也准备同时发动袭击，不给那条黑龙喘息之机。他们担心那黑龙利用空隙，趁机溜走。”

“该死！”孔雀王怒喝出声，“他们哪里是不给黑龙喘息之机？他们是不想给风城百姓活命的机会。那条小龙倘若想要逃跑，早就在大军临城之前逃跑了，还用等到现在任由他们出招？”

孔雀王抬头看向云海之中的那条黑龙。云是黑色的，龙也是黑色的，两者轻易便融为了一体。

不过，那黑龙搅动风云的样子和气势仍然让人心惊肉跳。

这可不是一条未成年的龙，而是一条真正的龙王级别的老龙。

“此番九国联合屠龙，怕是要损失惨重吧？”孔雀王在心里想道。

“王，我们现在应当如何是好？”孔雀王身边，一个身穿彩羽衣，头戴彩羽纱帽的男人问道。

孔雀王犹豫片刻，说道：“封城那边难以拦截，毕竟，他名义上要听从九国联军总部的命令。倘若其他国家都要毁灭风城，他即便有黑炎王朝的支持，也难以扭转局势。”

孔雀王看向那名小将，说道：“传朕口谕给厉封城将军，攻城之时，我方只出人不出力。”

“是。”小将行礼之后离开。

孔雀王又看向那身穿彩羽衣的男人，说道：“惩戒，麻烦你亲自前往风城一趟，和千度会合，然后想办法将她带出来。”

“是。”惩戒应道，“王，倘若公主不肯与我回来呢？”

孔雀王眉头紧皱，凝神细思了一番之后，说道：“她不回来，定然有她不回来的理由。看看她有什么要求，能满足的，就尽量满足吧。毕竟，她是本王唯一的女儿。”

“是。”惩戒答应了一声，身影变得越来越淡，最后消失不见了。

孔雀王站在象山之巅，仰起脸看着头顶上方的巨大黑龙，轻声说道：“小子，希望你能够活下来。前提是，不许招惹我的女儿。我们嬴氏不能再和龙族有任何瓜葛。”

（本册完）

《逆鳞10》即将上市，敬请关注！